LA ISLA DEL TIEMPO

LA ELEGIDA

Silvia Brena e Iginio Straffi

Traducción de Manel Martí

DESTINO

A Francesca, y a sus pasionales, profundos, rabiosos, maravillosos diecisiete años. Sin ella, este libro habría sido distinto. SB

A Joanne, admiradora sincera, crítica atenta e inspiración cotidiana de mi trabajo. IS

DESTINO INFANTIL Y JUVENIL, 2009
destinojoven@edestino.es
www.destinojoven.com
Editado por Editorial Planeta S. A.

Título original: *Maya Fox. La predestinata*

Avda. Diagonal, 662-664, 08034 Barcelona
Primera edición: mayo de 2009
ISBN: 978-84-08-08603-1
Depósito legal: M. 18.196-2009
Impreso por Huertas Industrias Gráficas, S. A.
Impreso en España - Printed in Spain

«Cuando el Cordero abrió el sexto sello, vi que se había desatado un violento terremoto. El sol se tornó negro como el fondo de un saco, la luna se tiñó de sangre, las estrellas se desplomaron sobre la tierra, como cuando una higuera azotada por el vendaval deja caer los higos aún verdes.»

El médico cerró su libro favorito. Suspiró.

Había que ponerse manos a la obra; el tiempo apremiaba. Ya no faltaba mucho. Y ni siquiera había empezado.

Antes que nada, había que pensar.

El médico leía y releía el Apocalipsis, la descripción de los últimos días sobre la Tierra, el momento en que se desencadenaría la lucha definitiva entre el bien y el mal. Intentaba comprender.

Pero primero tenía que despachar una tarea urgente.

Volvió a su escritorio.

Blanco.

Ordenado.

Resplandeciente.

Sobre él, allí mismo, un portátil de última generación, extremadamente fino y ligero conectado a un grupo de pantallas situadas en la pared opuesta, que mostraban las imágenes y las palabras que tecleaba en él.

CAPÍTULO UNO

DOMINGO, 26 de octubre
18.23 horas

Zafth, *el Maestro*, echó un último vistazo a las diapositivas que debía presentar al día siguiente en un importante congreso.

«Sí —pensó—, podría funcionar. Sin duda esto logrará sacudir a la pomposa y aburrida comunidad científica. ¡Os vais a enterar! ¿Es que no os entra en la cabeza que ya estamos en el futuro?»

Kyle Zafth, profesor titular de la Universidad de Londres y con un montón de prestigiosos títulos más, era uno de los más brillantes y aclamados investigadores del ADN.

Por su condición de pionero en los estudios sobre el rejuvenecimiento celular, una auténtica legión de mujeres en busca de la eterna juventud se había encomendado a él.

Pero Zafth era algo más que todo eso.

Era un hombre curioso. Un hombre dotado de una sensibilidad superior. Y de un carisma arrollador.

Un hombre con una misión. Y estaba dispuesto a todo con tal de llevarla a cabo.

Había gente que confiaba en él.

Ciegamente.

No sólo se trataba de aquella multitud de mujeres que atestaban su consulta, convencidas de que él era el único mago capaz de erradicar los años y la tristeza de sus rostros afligidos por las arrugas, de sus cuerpos marcados por la celulitis.

Eran muchos los que creían en él. Cada vez más.

Confiaban en sus palabras.

Y en sus promesas, sobre todo en sus promesas, sonreía el doctor para sus adentros.

«Ilusos, como esas viejas que siguen presentándose en mi consulta todos los días. Están convencidas de que puedo regalar la juventud.

»Aún no.

»Puede que dentro de unos años —pensó—. Cuando por fin tenga el poder...»

Pero ésa era su otra vida. Ésa en la que Kyle Zafth era conocido como el Maestro.

Apagó el ordenador sintiendo una repentina satisfacción y se dirigió a la puerta secreta de la consulta, aquel hueco oculto que ni siquiera su secretaria había descubierto.

Abrió la puerta con gesto decidido y entró en su otra vida.

CAPÍTULO DOS

Londres, 27 de octubre de 2008

Joder.

Joder, Megan.

Estoy mal.

Mal, ¿comprendes?

Aquí dentro hace un calor asqueroso. Aunque me hayan cambiado de celda. Ahora ya no tengo que compartir esta mierda de rincón con esos cerdos violadores y psicóticos empedernidos con los que querían juntarme. Pero sigo estando mal igualmente, ¿lo entiendes?

Joder, Megan.

Tengo un montón de cosas que hacer ahí fuera.

Y los animales que dirigen este antro incluso me tienen a oscuras.

¿Por qué, Megan?

¿Te he asustado, valiente Megan?

¿A qué viene esa manía de atraparme a toda costa?

Fue un accidente.

Un estúpido accidente.

Tu marido no tenía que estar allí en ese momento.

No fue culpa mía.

Pero eres testaruda, dulce Megan.

Demasiado.

Y no eres nada inteligente.

Si el muy obseso de Dave no hubiera puesto todas aquellas cámaras en su estudio nunca me habrías pillado.

Estúpida, presuntuosa Megan.

La que nunca da su brazo a torcer.

La que está convencida de que siempre es la mejor.

Pero esta vez la has cagado, deliciosa Megan.

No deberías haberlo hecho.

No deberías haberme perseguido. Has tardado tres años en pillarme; son demasiados.

No tenías que haberme pillado.

Ahora, peor para ti. No tienes ni la más mínima idea de lo que has desencadenado.

Hay cosas, inconsciente Megan, de las que es mejor mantenerse alejada.

Pero tú lo sabes todo. Eres tan perfecta que no sirve de nada que yo intente ayudarte. Y protegerte.

Ahora ya estás pringada hasta el cuello.

No hay marcha atrás.

Porque yo estoy predestinado.

Yo, Michael Gacy.

Tú no crees una mierda de lo que digo. Lo sé. Te he observado mientras tomabas notas, sentada detrás de la mujer policía que me interrogaba. «Psicótico, presenta una grave esquizofrenia paranoide con episodios delirantes muy estructurados y momentos de grave pérdida del control, durante los cuales pasa a la acción. Se le ha detectado una reducción de los nexos asociativos, severa falta de afectividad, autismo, ambivalencia», has dicho finalmente.

Pero ¿quién coño te crees que eres?

Ten muy presente que yo, dulce Megan, no tengo nada de autista.

Ten presente que yo sé amar, hermosa Megan.

A mi manera, es verdad.

Sé cómo hacerlo.

Él me ha elegido.

A mí, el único entre todos.

A mí, que no tenía historia hasta que él me iluminó. Que no tenía vínculos. Ni sueños.

Ahora tengo una misión. La más importante de todas.

Pero debo empezar por el principio. Si no, no comprenderás.

CAPÍTULO TRES

LUNES, 27 de octubre
7.20 horas

Las notas de «Teenagers» la despertaron de repente. Como todas las mañanas, había programado el despertador del móvil, sintonizándolo con la inconfundible melodía de los My Chemical Romance.

«Ya es lunes —pensó Maya con irritación—, un asqueroso lunes tras un asqueroso domingo por la noche. Odio a todo el mundo. Que les den por saco a todos esos que dicen ser tan amigos míos.»

Se liberó con esfuerzo de las sábanas y se incorporó hasta quedar sentada. Y entonces vio la bola de papel al pie de la cama.

—¡NO LO LEAS! —se dijo a sí misma.

La noche anterior, antes de desmayarse de sueño y de rabia, había arrugado aquella nota y la había tirado. Hubiese deseado no volver a verla. Pero ahora la tentación era poderosa. La recogió del suelo y empezó a leerla:

Querida Maya:

Siento en el alma, de verdad, haberme llevado a Harry. El otro día, en el instituto, te vi muy alterada: ¿era por la desilusión? ¿Era de rabia? Ojalá pudieses perdonarme. Me encantaría ser tu amiga. Y quiero que sepas que no te he quitado a Harry a propósito. Simplemente, ha pa-

sado. No lo sé, de verdad. No entiendo qué ha podido ver en mí, qué puedo tener yo que tú no tengas. Pero lo siento. En serio. Habríamos podido ser amigas. Tal vez. En cualquier caso, sé que me comprenderás, porque tú habrías hecho lo mismo. Además, no puedo invitarte a mi decimoctavo cumpleaños, de verdad. Eres tan irascible y tan cerrada, tan sombría y tan triste, que no encajarías en mi fiesta. ¿Y sabes una cosa? Sólo se cumplen dieciocho años una vez en la vida. Harry está de acuerdo conmigo. Pero no vayas a pensar que tengo nada contra ti. Si fueses tan sólo un poco distinta, un poquito menos borde, un poquito más accesible... quizá hubiéramos llegado a ser amigas. Pero no desespero. Tal vez el futuro nos reserve un jardín de rosas.

Tuya, Stacy.

«Sí, un jardín de espinas», pensó Maya.

«O mejor, un zarzal plagado de cactus. Y que te pinchases con ellos, pillases una septicemia y te murieses.»

Maya apretujó la hoja con tranquilidad e inspiró profundamente, como le habían enseñado en la clase de yoga a la que la loca de su madre la había arrastrado una vez. Respirar lentamente y aligerar el pensamiento. Aligerar un rábano. Lanzó la bola de papel directamente a la papelera.

Se miró en el espejo y frunció ligeramente el labio. Era un gesto que sus amigos conocían bien ya que lo hacía instintivamente cada vez que se le metía en la cabeza una idea desagradable o fastidiosa.

En el iPod sonaba «Hey there Delilah», una canción rara, pensó. Un poco como de viejos. Pero agradable, en el fondo. Se concentró en sus ojos, grandes, oscuros, iguales que los de su padre.

«Ojos marrones, de color del bistre», pensó, mientras observaba las pesadas líneas del perfilador con el que no paraba de delinearse la mirada. «Bistrados», dijo imitando a su madre. «Una palabra que ni siquiera existe», pensó con fastidio sin dejar de admirar aquellos trazos negros, fruto de varias superposiciones. Volvió la cabeza lentamente. Con gesto decidido despejó su larga melena negra del rostro y dejó al descubierto la marca oscura, aún ligeramente enrojecida, bajo la oreja izquierda.

—¡Sí! —se dijo.

Estaba orgullosa de su último tatuaje, aunque tampoco había contado con la aprobación de Megan mamá-no-me-lo-habría-permitido.

—¡Y tres! —dijo en voz alta.

Tres, como debía ser, pues los tatuajes no pueden llevarse en número par.

El primero de ellos lo llevaba en la parte interior de la muñeca, justo debajo de la palma; era una pequeña flor de loto. Se lo había hecho mucho tiempo atrás, cuando tenía catorce años. Le recordaba a Dave, su padre, que siempre utilizaba el nombre de la flor para llamarla. «Mi pequeña Maya. —Aún se acordaba de cada una de las palabras de su padre—. Eres mi florecilla de loto. En ella brotan con impaciencia la flor y el fruto al mismo tiempo. ¿Sabías que Ra, el dios del sol de los antiguos egipcios, nació del capullo de una flor de loto? Es una flor maltratada: nace en el fango, pero se vuelve tan hermosa... No tengas miedo del barro, pequeña Maya.»

El segundo tatuaje estaba en la base de la espalda, a la altura de la goma de las braguitas, donde los tejanos caen ligeramente. Una pequeña estrella de cuatro puntas: el lucero del alba, un símbolo mágico para los indios de las praderas norteamericanas. Se lo había hecho tatuar el año anterior. Sus primeras vacaciones sola. Universidad de California, Los Ángeles. Un sueño. La habían acompañado Matt y Cristina; él era finlandés y ella, española.

Los tatuajes sirven para recordar. Para trazar el mapa de las emociones.

—Y ahora, mira aquí. —Maya seguía observando complacida la pequeña espiral que se dibujaba bajo su oreja, trazada desde el centro hacia la izquierda. Había leído en alguna parte que para los celtas aquel movimiento representaba a la diosa de la vida y el camino que debe seguirse para entrar en contacto con uno mismo. Se sentía orgullosa de su nuevo tatuaje, pero también de haber engatusado a

Flo. Su amiga Flo. La había convencido de que las dos tenían que tatuarse. «Venga, Flo. Una pequeña señal de que las dos seremos amigas para siempre.»

Un nuevo vistazo al espejo. Sonaba otra canción. «I write sins not tragedies.» De los Panic! At the disco.

Sí, definitivamente, el vestido que acababa de comprarse en Camden le quedaba muy bien. Enmascaraba a la perfección su mayor tormento: un busto demasiado abundante para su gusto, demasiado visible, como si los ojos de todo el mundo tuvieran que ir a parar allí. Incluso ella misma, que no hacía caso de nadie, se acababa obsesionando por esa fijación propia de las *mean girls*. Incluso ella, Maya, a la que todos tenían por diferente. A la que le importaba un pimiento lo que el mundo pensase de ella. La que siempre hacía lo que le daba la gana.

Escondió su tormento bajo el encaje negro, que se prolongaba hasta la falda, justo por encima de la rodilla, tapándolo todo, incluida esa otra cosa horripilante.

Se armó de valor y levantó ligeramente el borde de la blusa. Allí estaban aquellos estúpidos y horribles lunares. Dos franjas negras, justo alrededor del ombligo. Cada una en un lado distinto, con un puntito en medio. Parecían dos flechas.

Qué asqueroso.

—Dentro de unos años me los haré quitar, puedes estar segura —se dijo.

Pero por el momento debía resignarse a enseñar la barriga lo menos posible. En fin, ya estaba bien así. Le encantaba vestirse a capas. Su madre, en cambio, detestaba aquel *look*: muy pocas veces iban juntas de compras. Y esas pocas veces resultaban una auténtica tortura. Sin embargo, cuando se sentía triste, se acercaba a las pequeñas tiendas de Camden High Street, y aquello le resultaba una verdadera panacea. Verdaderas montañas de vestidos de auténtico estilo gótico. Allí, Maya podía dar rienda suelta a su inmensa capacidad para combinar zapatos y camisetas, pendientes y chaquetas.

Adoraba el negro. Y los encajes. Y las chaquetillas. Y las manoletinas con sus lazos.

Cada vez que iba a Camden también se pasaba por su tienda de discos favorita, Rhythm Record, en Camden High Street, 281. Allí había descubierto a los Dresden Dolls. Dios, aquel vídeo, «Shores of California», era una verdadera delicia.

Tenía que acordarse de colgar en *www.polyvore.com* la última camiseta que había diseñado. También se la había pedido la chica de su puesto preferido de Camden, que solía reservarle los mejores vestidos. Era una camiseta negra. Con una doble espiral enroscada que se convertía en una especie de serpiente.

Ella sí que tenía gusto. No como aquella burra de Stacy, que surtía su armario ropero en Abercrombie. Trapejos. Ropa para una panda de pijas.

¿Y quién tendría ganas de ir a aquella plasta de fiesta?

Maya se mordió el labio.

«Di la verdad», se exigió, al tiempo que lanzaba una mirada incendiaria al espejo.

«Está bien: yo», se confesó a sí misma.

No valía la pena disimular. Ella, como todos sus compañeros, ardía en deseos de participar en la fiesta del año. Y la perra de Stacy la había dejado colgada. Con la excusa de Harry, aquel estúpido pelele al que había besado por equivocación, una sola vez.

Una-sola-vez-y-cómo-podía-ser-que-aquello-se-le-hubiera-quedado-metido-en-la-mollera.

CAPÍTULO CUATRO

LUNES, 27 de octubre
7.50 horas

El móvil comenzó a sonar. Maya esbozó una sonrisa. La canción de My Chemical Romance que había seleccionado ayer como tono la ponía de muy buen humor.

—Maya, ¿va todo bien?

Era Flo. Siempre intuía cuándo se la necesitaba.

—No, estoy de mala leche. Stacy me ha jodido. Ayer mandó a su esclava, Phoebe, para que me entregase una carta. Tendrías que leerla. Dice que siente mucho lo de Harry, y que no lo ha hecho a propósito. Pero, imagínate, dice que para evitar que me ponga celosa y sienta envidia no me invitará a su fantástica fiesta.

—No puedo creerlo, ¿de verdad?

—Sí, pero ¿sabes qué te digo? Su jodidísima fiesta me resbala. Será una fiesta de plastas, así que, mejor que mejor, hoy voy a verla y le agradezco que me haya liberado de asistir a la fiesta más aburrida del año, ya verás...

—Pues ¿sabes lo que te digo, Maya? Que yo tampoco iré.

—Gracias, Flo, pero no es necesario. Me quedaré en casa chateando con Matt y Cristina. Hace días que no sé nada de ellos. Así pasaré una buena velada y no pensaré en esa guarra. Por suerte, aún no había escogido el vestido...

—Hummm, me parece que vas a divertirte tú más que nosotros, que estamos obligados a asistir a la fiesta del año...

—Flo, Flo, pero ¿cómo puedes llegar a ser tan lista? Señor, ¿por qué no te escucharé más a menudo, miss botella-siempre-medio-llena?

—...

—Oh, perdona. Tú no tienes la culpa. Es que me siento mal, ¿comprendes? Mal-mal-mal-mal-mal-mal-mal-mal-mal-mal.

—Vamos, Maya, no te pongas así...

—Es que en Londres todo es una porquería. No tengo amigos, aparte de ti; mi madre no para de fastidiar, y ni siquiera tengo un puñetero novio.

—Muy bien, voy para allá. Me visto y ya estoy en tu casa. Nos comemos una tarta de chocolate y hoy hacemos campana, me la suda...

—No te preocupes, nos vemos en el instituto...

—No, hoy no voy a ir, mi hermana *Little-miss-Perfect* vuelve de América y toda la tribu irá al aeropuerto para recibirla a lo grande. ¡Tiene narices! ¿Estás segura de que no quieres que pase por tu casa?

—Flo, déjalo correr, tengo que arreglar la habitación antes de ir a clase. Mi madre ya ha empezado a dar la tabarra otra vez.

—¿Dónde está?

—Yo qué sé. Estará persiguiendo a algún criminal, mi importante madre-*profiler*-criminóloga-famosa-que-además-tiene-tiempo-para-su-hija.

—Vamos, no seas así; tu madre es un poco paranoica, pero no está nada mal.

—Que sí, Flo, pasa de todo; hoy no es el mejor día... Y además, hay otra cosa... Esta noche me ha sucedido algo extraño.

—¿Qué ha pasado?

—He soñado con mi padre. Pero no era realmente un sueño, era como si estuviera aquí de verdad.

—Maya, escucha, tal vez sólo deseabas sentirte cerca de alguien, y entonces has pensado en tu padre. Tranquila, seguro que ha sido un mal momento. Además, tu madre siempre está fuera y tal vez te sientas un poco abandonada. Por eso has tenido un sueño que parecía más real que los otros. Verás cómo se te pasa.

—Hummm... Quizá tengas razón. Nos vemos mañana, ¿vale?

Maya apagó el móvil y de repente se acordó de su padre, muerto hacía ya mucho tiempo. En realidad, sólo habían pasado tres años, pero a Maya le parecía una eternidad. El recuerdo aún ardía en su interior junto a la dolorosa idea de que si hubiera llegado un segundo antes...

Tan sólo con que hubiera llegado un segundo antes...

Maya rompió a llorar.

Tan sólo con que, en lugar de esperar a su padre en el coche, como él le había pedido, hubiese subido corriendo a su estudio.

Tan sólo con que...

Su madre y sus amigas se lo habían repetido de todas las formas posibles. No habría podido hacer absolutamente nada. Pero aquel ápice de culpabilidad no la abandonaba. Iba a recordar siempre aquel día, cada condenado segundo, cada trágico minuto.

Su padre había ido a buscarla. Eran los últimos días de clase, su último año en aquella escuela. «El próximo será un gran año», le decía él. Y así, siempre que podía, aquellos últimos días de primavera pasaba a recogerla. La llevaba a comer fuera, los dos solos. «No hay que contárselo a mamá, pequeña Maya —le decía—. Dentro de pocos meses, cuando vayas al instituto, me evitarás. Siempre serás mi "pulguita", pero será distinto. Así que ahora vamos a disfrutar un poco.» A ella le gustaba que su padre la sorprendiera. Los almuerzos en el restaurante chino: arroz y rollitos, galletas de la suerte y helado frito. Uno de sus lugares preferidos era el café de Maya, un restaurante tailandés situado en el verdor de Primrose, una de las zonas más relajantes y hermosas de Londres. Dave adoraba el nombre de aquel lugar, el nombre que había elegido para ponerle a su hija. A los dos les volvían locos aquellas comidas «de extranjis». La saludable Megan, por el contrario, detestaba los restaurantes chinos y los orientales en general; decía que su comida era venenosa. Sólo se permitía una excepción con la comida japonesa que, según afirmaba la madre de Maya, «te purifica».

Sentados en el restaurante, él le hacía un guiño de complicidad. Y entonces se reían, conscientes de que estaban desairando a Megan. Sí, las sorpresas de su padre eran fantásticas.

Y entonces, de golpe, se hicieron mil pedazos, para siempre.

Aquella maldita mañana Dave quiso pasar primero por el estudio.

—Sólo un segundo, Maya. Espérame en el coche. Tengo que coger unos papeles, documentos importantes que quiero volver a guardar en la caja fuerte, en casa.

Ella esperó. Demasiado.

Casi no se dio cuenta de que el tiempo pasaba. Móvil-SMS-música a tope en los oídos-inspección del salpicadero del coche de papá. Al final se percató de que había transcurrido más de media hora. Y decidió subir a ver por qué su distraído padre tardaba tanto. «Vaya narices, papá», había pensado Maya mientras subía la estrecha y empinada escalera de la casa-estudio donde Dave había establecido su cuartel general.

«Es el lugar ideal para dedicarme a mis estudios», le había explicado a su mujer cuando la alquiló. Pero cuando Maya vio aquella extraña casita en el tranquilísimo barrio de Hampstead, se tronchó de risa. Cuatro pisos encaramados el uno sobre el otro, una vieja casa de madera con una sola vivienda por piso, pintada de amarillo y azul. Parecía la casa torcida y angulosa del Sombrerero Loco. En el último piso, bajo el tragaluz que ocupaba todo el tejado abuhardillado, había situado su telescopio. Megan le tomaba el pelo diciéndole: «Con las luces de Londres seguro que verás tus estrellas». Pero a Dave le encantaba su refugio. Estaba a dos pasos de la colina de Hampstead Heath y su naturaleza casi salvaje; allí iba a reflexionar cuando no tenía bastante con observar sus estrellas y sus mapas. A dos pasos de una extraña iglesia, la Rosslyn Hill Unitarian Chapel, que consagraba una gran fiesta al equinoccio de primavera, a la usanza de los antiguos celtas. A Dave ese detalle le encantó desde el primer momento.

Dave, el célebre astrofísico; Dave, el investigador inquieto; Dave, el explorador intrépido.

«Dave, mi padre.»

Maya adoraba a su padre, aquel padre suyo que siempre andaba con la cabeza en las nubes. Cuando alguna cosa se torcía, iba a visitarlo a la casita amarilla y azul, como ella la llamaba de pequeña. Dave le había dispuesto un espacio en el segundo piso. «Así estarás protegida, como el jamón entre dos tostadas», le había explicado.

Pero aquel día, mientras subía la escalera que conducía al tercer piso, a la «sala de los documentos secretos» —como la llamaba su padre—, Maya no estaba alegre. Tenía un extraño presentimiento. Había llamado al timbre, pero nadie respondió.

Sólo un murmullo. Frenético e insistente.

«Vaya tela con papá, siempre metido entre sus malditos papeles; no oye ni el timbre ni el teléfono», pensó Maya.

Pero Dave no habría podido oír nada.

Cuando Maya entró, con el rabillo del ojo vio a un hombre con una sudadera gris cuya capucha le cubría la cabeza. Estaba de espaldas, inclinado sobre el escritorio de su padre. Maya no fue capaz de hacer nada. Se quedó paralizada. Se limitó a contemplar la escena y registrar metódicamente, como un escáner, todos los detalles.

Tal como recordaría más tarde, en aquel momento no estaba asustada. Estaba casi tranquila. Grabó minuciosamente todos los detalles. Para no olvidarlos jamás.

Cuando posó la mirada en el suelo, encontró una gran confusión: papeles por doquier, libros desordenados, el ordenador de su padre tirado en un rincón... y un reguero rojo que partía de detrás del escritorio y surcaba el centro de la habitación.

No gritó. No retrocedió. No se movió ni un milímetro.

Se quedó allí mirando fijamente el escritorio, sin ver nada en realidad. No quería ver. No podía ver a su padre, tumbado en el suelo, con las piernas extendidas y los brazos doblados de cualquier modo por encima de los hombros. La cabeza, torcida de un modo antinatural. Y un desgarro en la barriga, del que manaba un río de sangre.

Maya no tenía ni idea de cuánto tiempo transcurrió. Pero de repente sintió que le propinaban un terrible empujón, cayó al suelo y vio de soslayo al asesino, que huía por la escalera. Aunque más tarde olvidaría toda la escena, Maya reunió fuerzas para llamar por el móvil pidiendo ayuda. En un rincón de su cerebro evocó los episodios de «CSI» que había visto: «No tocar nada de la escena del crimen». De modo que llamó al 999 y pidió ayuda. Se oía a sí misma pidiendo que enviasen una ambulancia a Rosslyn Hill, número 38. Se oía a sí misma pidiéndoles con voz firme que se dieran prisa, porque había un muerto.

Se preguntó sorprendida si no sería un monstruo. Se veía a sí misma inclinándose sobre su padre, con la mirada vítrea, casi sin verlo. Para comprobar lo inevitable. Sin embargo, percibió un leve movimiento en el diáfano cuello de Dave. Era una delgadísima franja de piel que se inflaba y se desinflaba. Lentamente. Milímetros. Un movimiento imperceptible. La carótida. Su padre estaba vivo. Su corazón seguía latiendo.

En ese instante Maya gritó, liberando su estado de *shock* y su desesperación.

En ese mismo momento llegó la policía. A continuación, la ambulancia. Y por último, Megan con los camilleros. Se llevaron a Dave. Y también se llevaron la infancia de Maya, sepultada para siempre bajo aquel dolor inmenso e indecible que ya no la abandonaría jamás.

Dave estuvo diez días en coma. Maya iba al hospital todos los días. Le hablaba, permanecía a su lado.

Finalmente, murió. No hubo nada que hacer.

Pero había seguido viviendo dentro de ella. Era a él a quien hablaba cuando se sentía fatal. Era a él a quien recurría cuando su madre la sacaba de quicio. «Papá habría dicho», «Papá me lo habría permitido», frases que enfurecían a Megan.

Quizá Flo tenía razón. Lo de esa noche había sido sólo un sueño, un sueño vívido y desesperado, porque se sentía sola y, como siempre que eso sucedía, su mente buscaba refugio en su padre.

Maya suspiró y decidió contentar a su madre, aunque sólo fuera por una vez.

Aquél era el día de la penitencia, de modo que quiso someterse a un enésimo suplicio: intentar poner remedio a aquello que Megan la superpulcra llamaba «inaceptable desorden».

Empezó por los libros. La estantería negra que dominaba su habitación era una de esas embarazosas herencias familiares de la que Maya se hubiera librado encantada. Desentonaba completamente entre las paredes de color lila y burdeos de su refugio. Era-de-la-abuela-Maya-cariño-no-pretenderás-que-la-tiremos.

De modo que tuvo que hacer un sitio en su habitación para aquel horrible armatoste cargado de libros que ni siquiera pensaba leer. A ella no le gustaba leer. Aprovechó aquellos viejos y polvorientos estantes para poner sus CD, sus DVD, los cómics y la colección de bolas de cristal nevadas. Le encantaba contemplarlas. La ponían de buen humor. Todos lo sabían, los amigos y los parientes. Cada vez que viajaban al extranjero tenían que volver con una contribución para Maya. Así, con el paso de los años la colección se fue ampliando, y ahora tenía bolas de nieve provenientes de todo el mundo. Cuanto más *kitsch* eran, más le gustaban. Su preferida era la del hotel egipcio de Las Vegas, una enorme y falsísima pirámide, pero también poseía un grupo de míticas «patatas rock» que simbolizaban el estado de Idaho, un toro envuelto en la bandera de España, y un Coliseo romano iluminado.

Maya miró a su alrededor. ¿Se daría por satisfecha, la muy quisquillosa de Megan? ¿Valoraría el inmenso esfuerzo que le había supuesto ordenar aquella ingente cantidad de volúmenes que-nunca-dejaría-de-preguntarse-para-qué-leches-servían? Paseó la mirada por el escritorio, que por primera vez se veía realmente lustroso. Y despejado de móviles, lápices de colores y rotuladores, de los apuntes que se acumulaban, de iPod, ¿cuántos tenía? ¿Tres? ¿Cuatro? «Gracias, mamá —se dijo Maya—, sigue así, intentando aliviar tu sentimiento de culpa. Buena chica, Maya —concluyó—, sigue dejándole que lo crea.»

A continuación pasó a los cajones, que regurgitaron uno por uno todos sus recuerdos. Los cromos de Pokémon, las muñequitas Candy, las perlitas con las que de pequeña se hacía collares de princesa que su madre nunca veía, pues estaba siempre muy ocupada estudiando sus casos sin resolver. «Lástima que el caso más grande sin resolver de tu vida, querida Megan, sea yo, tu propia hija.»

«Pero ella ni siquiera se lo imagina», se dijo Maya a sí misma, ceñuda.

De repente, su vista quedó atrapada en una caja de lata. Siempre había detestado aquellas viejas cajas que su abuela le regalaba por su cumpleaños. «Aquí puedes guardar tus cosas, tus secretos», le decía. Maya había cogido las viejas cajas de galletas y las había dejado olvidadas en cualquier parte. Salvo una. Esa roja, con tres niños que se perseguían y se arrojaban bolas de nieve. Era un paisaje alegre, navideño. Y Maya adoraba la Navidad, el período más bonito del año. Había escogido aquella caja para custodiar los secretos de su padre. Los objetos que le habían pertenecido y que ella había querido poner a buen recaudo. Reliquias, recuerdos, fragmentos de vida. La había dejado olvidada en el fondo de un cajón, para evitar llorar cada vez que la viese. ¿Por qué había reaparecido hoy? «Qué extraña coincidencia», pensó mientras abría la caja.

Una pipa de madera y marfil con una cabeza de ciervo tallada. Una navaja suiza multiuso, de color violeta. Una pluma estilográfica verde y negra, la Pelikan que su padre utilizaba para escribir, siempre con tinta verde («el color de la vida», decía). Un Scooby-Doo verde y azul... Maya se enjugó una lágrima. Tenía un recuerdo muy vívido del Scooby-Doo. Se lo había regalado a Dave dos días antes del accidente. Entonces le gustaba hacer pulseras de Scooby-Doo y su padre se mostraba entusiasmado con aquella habilidad artesanal de su hija. Por eso Maya le había hecho una especial, grande, mucho más grande de lo habitual, con sus colores preferidos: verde y azul, la tierra y el cielo.

También encontró un mapa del firmamento con extraños dibujos, y cálculos y cifras que se perseguían unos a otros. Mostraba nuestro sistema solar, con el sol alineado justo con el centro de la Vía Láctea, nuestra galaxia. Al lado, en rojo, figuraba la siguiente inscripción: «21-12-2012!» Aquel extraño signo de exclamación destacaba aún más aquella extravagante combinación.

Maya volvió a guardar el mapa y siguió hurgando en la caja. Sabía qué le faltaba por sacar a la luz.

Una carta que le había escrito su padre. Tres meses más tarde ya no estaría allí. Al menos a este lado de la barricada, sobre esta tierra.

Querida Maya, mi pequeña, mi dulce Maya:

Hoy cumples catorce años. Y yo tengo que decirte una cosa. No sé si estaremos siempre juntos. La vida es extraña. Unas veces une, y otras, separa. Pero recuerda: yo siempre estaré a tu lado. Porque te quiero mucho, mi niña. Para mí eres lo más importante. Porque la vida y el amor son eternos. Piensa en la luz que proviene de las estrellas, que están a una distancia de millones y millones de kilómetros de nosotros. Esa luz nunca deja de viajar por el universo. Esa luz no se extingue, no muere. Y nuestra luz, nuestra energía, también sigue viviendo. ¿Y sabes de qué está hecha nuestra luz? Está hecha de amor. Un amor fuerte, más fuerte que las barreras del tiempo y del espacio. El amor es alegría, el amor es lo que nos une. Los antiguos ya lo descubrieron. ¿Sabes por qué te llamas Maya? Porque hace mucho tiempo, cuando las estrellas aún estaban en su sitio, existía un pueblo de sabios: el pueblo maya, sí, como tú. Eran unos excelentes astrónomos, escrutaban el cielo y sabían leerlo. Mejor que nosotros, que para hacerlo tenemos que valernos de complejos instrumentos carísimos. Yo he estudiado a los mayas, he intentado comprender sus secretos y sus mensajes. ¿Sabías que fueron los primeros que confeccionaron un calendario para calcular los días y las eras históricas? Es muy hermoso, pero esconde un terrible misterio que afecta a toda la humanidad. Lo estoy estudiando. Por eso estoy fuera tan a menudo. Espero llegar a comprender pronto ese secreto. Pero tú tienes que ser feliz, porque hemos nacido para ser felices, hemos nacido con la capacidad de amar. Y yo te amo. Por eso, aunque un día suceda lo inevitable, nunca me separaré de ti.

Tu papá.

Maya no pudo contenerse. Empezó a llorar sin parar, sin pensar, sintiéndose rodeada únicamente de dolor y nostalgia.

Y entonces sucedió.

Al principio no lo comprendía.

Notó una luz muy intensa. Una luz blanca que brotaba de su interior. Sintió un intenso calor en la barriga y en el pecho, y casi se quedó sin aliento. Por un instante, Maya dejó de respirar, no necesitaba capturar oxígeno, pero ni siquiera se dio cuenta de ello, pues un resplandor muy intenso y cálido la envolvía por completo. Una luz cegadora se proyectaba desde el centro de su estómago: no podía ver nada más. Le pareció percibir que una parte de su cuerpo se separaba de ella, se vaciaba para volverse a llenar con una cálida sensación de paz. Y de profunda alegría. Y, sin embargo, no se movía ni un solo músculo de su cuerpo.

Maya no estaba asustada, pues aquella fuerza era tranquilizadora, tenía algo familiar. La inducía a dejarse llevar por aquel abrazo, como hacía cuando de noche su padre le explicaba aquellos cuentos tan estrambóticos para que se durmiera, y ella no sentía ningún temor. Seguía sus palabras y se dejaba llevar hacia la lejanía.

Entonces, el resplandor se convirtió en una voz. Un susurro, un hilo de palabras recitadas muy, muy suavemente, al oído.

Maya intentó decir algo, abrió la boca pero no emitió sonido alguno.

Volvió a intentarlo, y la luz se tornó aún más cálida, como si la estrechara con fuerza.

Maya se abandonó a aquella sensación.

La voz estaba diciéndole algo. Pero ella no la entendía. Era como si llegara de lejos, de muy lejos, y costaba oírla. Palabras pronunciadas en voz baja, como una cantinela. Un sonido suave que la adormecía.

Maya no estaba asustada, se sentía extrañamente tranquila. Se dio cuenta de que no lloraba, sino que casi sonreía.

El resplandor se hizo más intenso y la voz pareció subir de volumen, sin brusquedad, manteniendo un ritmo lento y relajante.

En ese momento Maya lo entendió.

Y es que estaba escuchando con claridad las palabras que la voz le susurraba:

«"With or without you", mi pequeña. Gracias por la música.»

Entonces Maya se acordó.

Ésa era la canción que ella había elegido mientras acompañó a su padre cuando estuvo en coma pues eran ésas las notas que él solía silbar cuando estaba de buen humor.

Cuando Dave entró en coma, Maya empezó a cantar. «*See the stone set in your eyes. See the thorn twist in your side. I wait for you...*»

Eran palabras de los U2.

Maya cantaba en voz baja, convencida de dirigirse a un oído que ya estaba sordo. Pero su padre la había escuchado.

Y ahora le estaba dando las gracias.

CAPÍTULO CINCO

LUNES, 27 de octubre
23.32 horas
THE FLOG

¡¡¡Socorro!!! Somos demasiados. Esta casa es para morirse. Demasiados-demasiados-demasiados. ¡¡¡Que alguien me ayude!!! Nunca dispongo ni de un segundo para poder escribir en paz. Aquí siempre se dedican a espiarme y a controlar lo que hago, que si estudio, que si arreglo mi habitación, que si pierdo el tiempo en mis cosas ☹☹☹☹☹ ☹☹☹☹☹☹☹☹☹☹☹☹☹.

¡Siempre hay alguien merodeando!

El otro día, mi hermana de veintiún años le pidió a mis padres una liposucción, o una liponoséqué, como regalo por su licenciatura. Vamos, que quiere que le succionen la chicha de las piernas. ¡La leche, mira que llega a ser burra!

Más tarde pillé a mi madre hablando por teléfono con la psicóloga. Se creía que estaba sola y le sollozaba al auricular, preguntando en qué se había equivocado y por qué mi hermana no se aceptaba a sí misma.

Tiene cojones, el rollo este de la hermosura.

Te aceptas, no te aceptas.

Vale, yo tengo la nariz demasiado grande.

Mi hermana tiene unos muslos que parecen dos zódiacs de las

que se usan para el rafting. Mi prima tiene unas posaderas más confortables que un edredón de Ikea.

Y Maya.

Glupsss, lo he dicho.

Vale, mi amiga Maya está con esa fijación suya de las tetas. Tiene unos pechos normalísimos, pero no quiere atender a razones, no escucha a nadie y trata de ocultarlos por todos los medios.

Vaya guasa con la vaina esta de la belleza.

No, en serio.

Yo estoy hasta las narices, no sé vosotras.

Ok, ¿estáis listas para la clase de miss-Flo-the-wonder-fulfog?

Chicas, no caigáis en la trampa. No cedáis. En cuanto os reconstruyan, seréis todas iguales: infladas, arrogantes, capullas.

Oh, yes.

«Hey, girls, you're beautiful. Don't look at those stupid magazines with sticklike models.»

¡My Chemical Brothers, os adoro!

Ok, ¡¡¡ha llegado la hora del AMOOOORRR!!!

Éstos son los deberes de hoy para mis *flogginazas*. El mantra de la autoestima. Repetid conmigo:

> «En el mundo hay al menos dos personas que morirían por mí.
>
> »Existen al menos quince personas que me quieren mucho de una u otra manera.
>
> »El único motivo por el que alguien podría odiarme es porque quiere ser como yo.
>
> »Hay alguien para quien yo lo soy todo.
>
> »Soy especial y única.
>
> »Incluso del error más garrafal que cometa puede salir algo bueno.
>
> »Cuando piense que todo el mundo me ha dado la espalda, me esforzaré en volver a mirar de nuevo.

»Recordaré los halagos, olvidaré las ofensas.

»Sólo hay algo peor que el hecho de que hablen mal de una: que no hablen de una nada en absoluto».

Os quiero.

The flog.

Me olvidaba. Maya. ¡¡¡Ey, Maya!!! Si me estás leyendo, si aún estás despierta, ¡LLÁMAME! Esta mañana tenías una voz horrible por teléfono. Después tuve lo del coñazo de mi hermana, que había que ir a recogerla al aeropuerto, y ni siquiera nos hemos podido ver. Bueno, ¿cómo estás? ¿Por qué no quieres decirme qué te ha pasado? Seguramente ya debes de estar mejor. ¿Ya sabes cómo se siente una cuando su mejor amiga pasa de ella? Pues eso, como una mierda, Maya. ¿Qué tienes? ¿Es por la fiesta? ¿Es por esa gilipollas de Stacy? Mira lo que te dice tu vieja amiga *wonderfulflog*: «*Everybody hurts sometimes. So, hold on, hold on*».

Oh, yes.

CAPÍTULO SEIS

Londres, 28 de octubre de 2008

Entonces, Megan, ¿quieres oír esta historia?

No, tú nunca me escuchas, adorable Megan.

No sabes nada de mí.

No comprendes.

No puedes comprender por qué me gustaba tanto pasar las tardes solo, aunque realmente nunca estuviese solo.

Mi madre: ella sí que estuvo sola. Mi padre, si es que alguna vez tuve uno, se marchó poco después de que yo llegara. Sí, lo has entendido bien: tenía pocos meses de vida.

Buen comienzo, ¿no?

En lugar de la sonrisa, el llanto. En lugar del abrazo, el abandono.

Pero ya está bien así.

Me ha hecho más grande.

De golpe.

Gracias, papá.

Mi madre, decía. Tuvo que apañárselas. Entonces yo no sabía cómo conseguía el dinero. Ahora lo sé. Era una mujer guapa, mi madre. Y todos aquellos hombres que traía a casa, a los que se vendía, le robaron su belleza.

«Mis novios», me decía.

Detestaba a aquellos puercos. Para no tener que verlos, me encerraba en la habitación, en mi agujero sin ventana. Con un tragaluz a través del cual veía el cielo.

Entraba poca luz en el cuarto, por eso tengo que llevar gafas.

Leía. Mucho.

Había una pequeña librería cerca de mi instituto. Encima de Camden, en la Shaftesbury Avenue. Ahora, en su lugar hay un megastore, una gran librería para apasionados de la ciencia ficción. Las mejores cosas mueren, inevitablemente.

En aquella época mi librería vendía libros de segunda mano. Me había hecho amigo del viejecito que la regentaba.

Los libros explican las vidas, las espían, te hacen entrar en ellas. Es como si cada vez que te sumerges en una página, robases un fragmento de la vida de otro.

Y yo, por entonces, tenía muy poca historia.

Y la que tenía no me gustaba.

Así que empecé a leer, mejor dicho, a devorar libros. Tenía la esperanza de que algo de lo que leyese se me acabaría contagiando y me regalaría una nueva vida.

El prójimo me la traía floja. Yo sólo quería las historias de los libros. Ésas eran perfectas. Eran puras. No como las vidas reales, que llevaban en su interior el estigma de la vergüenza.

Como la mía.

El viejo de la librería me había entendido. Él sí. Permanecía allí, acurrucado en un taburete altísimo, con un gato rojizo medio pelado y hecho un ovillo en su regazo. Utilizaba unos pequeños anteojos rosados en forma de media luna.

Leía a todas horas. Sujetaba los libros de un modo extraño, abiertos sobre la palma de una mano, mientras con la otra acariciaba a su gato. Tenía una sonrisa extrañamente feliz. Su librería se caía a trozos, pero él parecía no darse cuenta.

Tras el gran mostrador de oscura, casi negra madera maciza, tenía los libros más valiosos. Los guardaba «para sus amigos», decía. No para venderlos. «Porque las cosas muy valiosas se cambian, no se venden», me decía.

Yo no leía novelas. Me gustaban las historias de grandes personajes del pasado. Las llaman biografías.

Esperaba encontrar el secreto en su interior.

¿Por qué unos nacen felices y otros desesperados?

¿Por qué unos son guapísimos y otros deformes?

¿Por qué unos son pobres y otros nacen ricachones?

¿Por qué he tenido que arrastrar mi vergüenza desde que vine al mundo?

¿Por qué?

Éste era el tipo de respuestas que andaba buscando.

El viejo lo sabía, y me ayudaba.

Por eso, un día me explicó de improviso la historia de un tal Fibonacci.

Un tipo raro. Un pisano que vivió en la Edad Media. O al menos eso se supone.

Y no pongas esa cara. ¿Crees que sólo porque estoy en este agujero apestoso y tú eres la señora profiler, la criminóloga, no tengo ni idea de nada?

¡ILUSA!

Vives en la oscuridad.

Y si no tienes la paciencia y la modestia de escucharme, nunca comprenderás.

Fibonacci, decía. Era un tipo extraño. Empezó a usar la numeración árabe cuando todos seguían empleando aún el viejo sistema romano.

Pero no fue eso lo que me impresionó sino la secuencia numérica que había descubierto.

Una secuencia perfecta, en la que cada número es la suma de los dos que lo preceden.

1-1-2-3-5-8-13-21-34-55-89-144...

Lo has entendido, ¿verdad?

¿Lo ves? Está claro.

Sin embargo, hay un terrible secreto en torno a esta fórmula.

Porque, en la naturaleza, la secuencia de Fibonacci se manifiesta de mil maneras distintas.

Y aún hay más.

Mucho más.

Pero no sé explicarme muy bien. El Maestro, en cambio, sí. Cuando él lo explica, todo se vuelve claro.

Resulta luminoso.

Deberías escucharlo.

Pero no, no lo mereces.

En cualquier caso, deberías saber que los números de Fibonacci están conectados entre sí mediante un número extraño llamado phi, *también conocido con el nombre de «áureo». Me lo ha explicado el Maestro.*

Phi *es igual a 1,61803.*

Pero phi *es mucho más que un número. Es la clave.*

Es el símbolo de la armonía del universo.

Es la divina proporción, la que ha escogido la naturaleza.

El secreto de su belleza.

Aquello que se oculta tras la perfecta distribución de los pétalos de una flor, o tras la espiral de una concha.

Pero tú, doña-todo-lo-controlo, ¿qué sabrás de estas cosas?

Eres como algunos cirujanos plásticos, que usan la proporción áurea para definir mejor las formas. Pero ésa no es la verdadera belleza. Es una ficción. Esas mujeres no lo entienden. Con la naturaleza no se juega.

Crees que estoy loco, ¿eh?

Sé perfectamente lo que estás pensando, maldita presuntuosa.

Crees que se trata de los delirios obsesivos de un maníaco.

Es una lástima, señora.

Te estás equivocando.

Y no sabes lo caro que va a costarte tu error.

Yo no estoy loco.

CAPÍTULO SIETE

MARTES, 28 de octubre
2.00 horas

—¡Megan, son las dos de la madrugada!

—Lo sé, Garret; lo siento. No puedo dormir. Estas desapariciones me tienen obsesionada.

—Pero, Megan, hace ya más de tres años que dura esta historia. ¿Y precisamente esta noche te tienes que emperrar con el tema?

—No logro sacar nada en claro, sigo dándole vueltas. Tengo la sensación de que se me está escapando algo. Quizá porque se trata de chicas muy jóvenes... Las seis son adolescentes. No dejo de pensar que podría estar en la misma situación que esas madres. No logro sacármelo de la cabeza.

—Lo que tú digas. Hablamos mañana.

Megan Moore Fox colgó el teléfono, enojada. A veces, el teniente Garret la sacaba de sus casillas. Dios, cómo llegaba a irritarla con aquella tranquilidad suya tan zen.

En la habitación contigua al despacho donde estaba trabajando, Maya dormía. O al menos eso era lo que esperaba Megan. Aquella noche apenas la había visto. Había regresado tarde de la comisaría, para variar. Llegó a casa extenuada. Maya ya había cenado y estaba encerrada en su cuarto, pegada al teclado de aquel dichoso ordenador. Para variar. Con la televisión a todo volumen, como siempre.

Cuando llamó a la puerta y se acercó a saludarla, su hija gruñó algo incomprensible. Traducido, sonaría más o menos así: «¡DÉJAME EN PAZ!».

«Qué difícil puede llegar a ser —pensó Megan—, interactuar con una adolescente enfurecida y de humor voluble.» Le resultaba muy complicado tratar con su hija. ¿En qué se había equivocado? ¿Por qué su hija estaba siempre tan enfadada? Megan se sacudió de encima la fastidiosa idea de que era una mala madre y se concentró en el caso que la tenía obsesionada de unos meses a esta parte.

Seis chicas habían desaparecido en distintas zonas de Londres, tanto en el centro como en la periferia. Tal como había dicho Garret, la historia ya hacía tres años que duraba. La primera desaparición se denunció el 21 de diciembre de 2005. Joan Desai, una jovencita de origen indio, se desvaneció en la nada. Catorce años. Sólo tenía catorce años.

Ella no se había ocupado del caso. En aquella época aún estaba conmocionada por el homicidio de su marido y su única idea era llevar ante la justicia a aquel loco de Michael Gacy, el maldito psicópata que se había cargado a su Dave. Lo identificó gracias a las cámaras que su marido había instalado en el estudio por motivos que desconocía. «Vete a saber por qué», había pensado Megan cuando él le comentó que quería instalar un sofisticadísimo sistema de seguridad.

A saber por qué un astrofísico precisaba de un sistema de protección tan avanzado.

La doctora Megan Fox, reputada criminóloga de Scotland Yard, había tenido suerte. Había tenido suerte, porque Michael Gacy ya estaba fichado. Y las huellas encontradas en el cuerpo de Dave habían hablado.

A decir verdad, Gacy había sido introducido en los archivos de la policía por una nimiedad. Por ser un *hacker*. No un *hacker* sofisticado, de esos que tienen entre sus objetivos los bancos, los organismos estatales, el FBI y otros por el estilo. Un *hacker* obsesivo, más bien un maníaco, con una auténtica fijación, según creía Megan. Se había infiltrado en las páginas web de algunas prestigiosas universidades y de algunos académicos, profesores de matemáticas célebres por sus investigaciones. Había forzado el sistema y había replicado las contraseñas, violando las escasas protecciones que las universidades sólo reservan a trabajos de élite, que mantienen encriptados porque aún no están concluidos.

Cuando Megan examinó el expediente, no podía dar crédito a lo que sus ojos veían. Típico de una personalidad paranoide, pensó. Lo habitual: obsesionarse con una serie de argumentos completamente incomprensibles, y creerse un elegido. ¡Incluso a riesgo de acabar en la cárcel por cuatro operaciones que hacían referencia a un matemático italiano de la Edad Media!

En aquella ocasión, Gacy tuvo suerte. Salió del trance con poco: una reprimenda, una multa y la información del ordenador borrada. Tras lo cual lo mandaron a casa. Pero su nombre permaneció en los archivos de los celosos custodios de la legalidad del reino. Y el expediente de Michael Gacy fue reabierto oficialmente.

En el vídeo registrado en el estudio de Dave, Gacy siempre aparecía de tres cuartos, con la capucha de la sudadera puesta, pero sin duda se trataba de él. Sus rasgos somáticos, el color de sus cejas y su estatura coincidían. Y sobre todo coincidían las huellas.

Sin embargo, a Megan le costó tres años capturarlo. La policía no tenía ni idea de su paradero. Hasta donde sabían, desde lo del «Incidente de Fibonacci» Gacy se había comportado como era debido. En su antigua dirección, en Berwick Street, en el centro del Soho —la casa de su madre, una vieja prostituta muy conocida en la zona—, no quedaba ni rastro de él. La policía lo buscó durante algún tiempo, apretó las tuercas a los vecinos del barrio, a algunos *hackers* más o menos conocidos. Nada. Gacy parecía haberse esfumado.

Entonces Megan tuvo una iluminación: buscar en las librerías de viejo especializadas en temas de matemáticas y física. Se le había ocurrido porque Dave, que también estaba interesado en Fibonacci, le había hablado de una vieja librería en Camden. En efecto, Gacy era cliente habitual de aquella librería. Y tras una infinidad de vigilancias fallidas, los agentes lograron detenerlo.

Ahora ya estaba en la cárcel, por fin. Pero Megan no estaba tranquila. Cada vez que lo interrogaba, aquel presuntuoso enfermo mental no hacía más que provocarla. Algo típico de los psicópatas, pensó. Siempre se fijan un objetivo. En la comisaría habían ventilado el homicidio atribuyéndolo a la desagradable —aunque perfectamente posible— consecuencia de un intento de robo. Pero a ella no le convencía. O, como mínimo, no por el momento. Además, no dejaba de pensar en Dave ni un solo instante. Y por más que hubiese intentado acallar el dolor, aquel vacío aún seguía allí.

Sí, estaba Garret...

Megan sonrió e hizo las paces mentalmente con el teniente. Y a continuación volvió al trabajo.

El caso de las jovencitas. Todas desaparecidas sin dejar rastro.

21 de diciembre de 2005: Joan Desai.

21 de marzo de 2006: Phillys Gordon.

21 de diciembre de 2006: Tracy Lee.

21 de marzo de 2007: Susana Millberg.

21 de diciembre de 2007: Henrietta Brown.

21 de marzo de 2008: Amanda Sloane.

Una india, una china, una afroamericana de origen caribeño, tres blancas. Una de catorce años, dos de quince, dos de dieciséis y una de diecisiete. Una de Belgravia, una de Notting Hill —los barrios altos—, una de Brick Lane, la zona multiétnica, una de East Walworth —que se cuenta entre las zonas más peligrosas de Londres—, dos de Hounslow, la zona de la burguesía de clase media.

Megan leyó y releyó los informes de la policía, los interrogatorios a los familiares, a los amigos, a los compañeros de colegio.

Aquel caso la obsesionaba. Había tenido que luchar denodadamente con el teniente Garret y con los jefes de Scotland Yard, pues nadie estaba dispuesto a admitir que aquellas desapariciones estaban vinculadas. Pero ella estaba convencida.

—Megan, ¿cuántas chicas huyen de casa cada año en Londres? —le había espetado Garret tras la última y furibunda trifulca, cuando él decidió cerrar el caso.

—Éstas no se han escapado, han desaparecido.

—Pero ¿qué te hace pensar eso? Y aunque así fuese, ¿qué te hace sospechar que esos casos están relacionados? ¿Tienes idea de cuántos maníacos, pervertidos, asesinos potenciales, de cuántos violadores rondan por esta jodida ciudad?

—Lo que sé es que las desapariciones están relacionadas. Lo siento.

—¡Vaya, vaya! —dijo Garret con voz burlona—. Así que ahora tenemos una Megan vidente.

El tono que Garret empleaba la sacaba de quicio.

Ella estaba segura de que las desapariciones estaban relacionadas entre sí. Lo intuía. Y cada vez que se zambullía en el caso, le sobrevenía una ligera sensación de náusea. No quería pensar qué les había podido pasar a aquellas chicas. Y además, Amanda Sloane, la última desaparecida, tenía diecisiete años, la edad de Maya.

Pero no había pruebas. Ningún indicio. Ninguna amistad en común.

Entonces, ¿por qué había sucedido?

Una atenta y escrupulosa mujer policía había despertado sus dudas cuando la llamó porque, de entre todos los casos denunciados diariamente a la policía de Londres, había detectado que aquellos seis tenían una cosa en común: la belleza «perfecta» de las jóvenes. Los rasgos de sus rostros poseían una belleza desconcertante. Al menos eso era lo que se deducía de las fotos.

—Se trata de un caso extraño —le había confiado la policía—. Fíjese, en todos estos años no me había sucedido que una chica desapareciera sin dejar rastro. Si la hubiesen secuestrado de pronto, con toda seguridad habría dejado algo inacabado tras de sí; si, por el contrario, se hubiese marchado por su propia voluntad, entonces habría dejado algún indicio, una señal, algo que como mínimo infligiese algún dolor a sus padres, que en el noventa y nueve por ciento de los casos son culpables de la infelicidad causante de la fuga, cuando menos en la mente de las chicas.

—En cambio, éstas parecen haberse desvanecido en la nada.

—Exacto. Guapísimas y misteriosas. Como crisálidas.

Y además estaba el asunto de las fechas de las desapariciones. Desde hacía tres años, desaparecía una chica a intervalos regulares, en el equinoccio de primavera y en el solsticio de invierno. 21 de marzo y 21 de diciembre.

Megan se dio cuenta en seguida, porque Dave le había puesto la cabeza como un bombo con los equinoccios y los solsticios, los mejores períodos, decía, para observar el cielo en toda su vitalidad.

Se sacudió de encima el recuerdo y las fantasías de su marido. Y volvió al enigma de las desapariciones.

Sí, las fechas.

Pero había algo más.

«Las fechas», se dijo Megan.

«¡Claro, las fechas!»

Había otro elemento que compartían las chicas desaparecidas: su año de nacimiento.

1991.

El año en que había nacido Maya.

CAPÍTULO OCHO

MARTES, 28 de octubre
7.20 horas

—¡En este armario no hay nada decente que pueda ponerme!

Con un gesto de fastidio, Maya comenzó a rebuscar en los estantes de su armario ropero. Pilas de camisetas con mangas y de tirantes, ordenadas por color y por modelo. Como si ella escogiera qué ponerse en función del color y del modelo, y no de su estado de ánimo. Pero todo esto la madre perfecta, Megan *superwoman*, no lo habría entendido en absoluto.

Maya suspiró, resignada ante aquel orden inútil que Megan le imponía. Ese día tenía un día de perros. No encontraba nada que ponerse. Y para colmo ya llegaba tarde. Aún tenía que desayunar. «Y no se puede empezar el día estando de mal humor, tesoro.»

«¿Y qué sabrás tú, *superwoman*, de lo fatigoso que resulta vivir en este mundo?»

Maya revolvió entre sus manos el corpiño que se había obsequiado a sí misma unos días atrás: un auténtico Pop Soda: adoraba la ironía de aquella marca, los ligeros bordados, los vestidos que parodiaban a las heroínas góticas de siglos atrás. Aquello sí que era moda. Lo encontró en el tenderete *japo* del mercado de Camden, donde descubría todas sus piezas favoritas. «Verde hielo», lo había definido Florence, su amiga Flo. «Igual que tú, Maya. Libre y glacial.»

Al recordar aquella observación se sintió terriblemente desalentada. Ella no quería ser libre y glacial, aunque, tenía que admitirlo, hiciese lo posible por causar esa impresión.

Arrojó el corpiño al suelo, sobre el montón de camisetas y vestidos que había sacado del armario. Todo le parecía horrible.

Finalmente decidió al azar. Unas All Star con calaveras, falda negra justo por encima de la rodilla, con una pizca de ropa interior asomando apenas, un suéter azul (el color de la depresión, dicen, perfecto para ese día) insignificante y demasiado largo. Debajo, el corpiño de sus amores, el primero que se había regalado: negro con lunares blancos.

Pero no era suficiente. Maya sentía que a su vestimenta por capas le faltaba algo. ¡Ajá! La camiseta del Hard Rock Café de Nueva York, la que Dave le regaló durante el único viaje que habían hecho los dos solos, sin la metomentodo. Aquella camiseta acababa de llegar a sus manos por casualidad. ¿Por casualidad? ¿Qué le estaba sucediendo? Maya decidió no pensar más en ello y salió a todo correr: llegaba tarde a la primera hora.

Ya le había dado demasiadas vueltas. Toda la noche, una larga noche durante la cual fue incapaz de pegar ojo. Había conectado el iPod y había estado escuchando una y otra vez «With or Without You». ¿Cuánto había llorado esa noche? Ahora no tenía ganas de volver a pensar en ello. Sólo esperaba poder hablar con Flo.

Florence, una amiga de verdad. Flo, que se pasa horas pegada al ordenador y a quien la ropa le trae sin cuidado. Flo, el genio de las matemáticas. Flo, que tiene un famosísimo blog con el *nickname* «the flog». Flo, que siempre está cuando se la necesita. Flo, que se construye una especie de tienda para proteger su isla, una cama en una habitación demasiado pequeña, que ha de compartir con la más egoísta de las hermanas. Flo, que te ayuda a hacer los deberes en casa pero que no te suelta ni-siquiera-una-sugerencia cuando se hacen las tareas en clase. Sabihonda, odiosa Flo, miss-sábelo-todo.

«Flo, amiga mía», pensó Maya mientras la observaba sentada tres bancos más adelante. Tal vez Flo podría explicarle qué había sucedido el día anterior. Qué clase de extraña alucinación había podido generar la voz de su padre susurrándole: «Gracias por la música». Pero Maya tendría que esperar.

La clase de la *seño* Saunders no se acababa nunca. «Qué aburrimiento tan mortal —pensó—. Odio a Shakespeare, sus sonetos, sus absurdas historias de amor. Romeo y Julieta, ¿el más romántico de los amores? ¿Dónde? ¿Cuándo?»

Inmersa como estaba en sus pensamientos, Maya no reparó en que alguien la observaba atentamente. Era Phoebe, la esclava de Stacy, el asqueroso correo que le había entregado la carta-condena de exclusión de la fiesta del año. Cabello rubísimo y cuidadísimo, minifalda cortísima que dejaba al descubierto unas piernas larguísimas, pestañas espesísimas, uñas pintadísimas, boca en forma de lindísimo corazón, gafas de sol de marca carísima, sonrisa falsísima. Demasiados «ísimos» para Maya.

Además, había sido por culpa de Phoebe que una vez discutió con Flo. Según Flo, aquella guarra-cero-en-personalidad no era ni malvada ni estúpida. Sólo era una desgraciada, hija de una madre demente que le robaba los vestidos para irse a bailar a la discoteca. «¿Y cómo quieres que alguien salga adelante con una madre así?», argumentaba Flo-la-chica-juiciosa. Pero Maya no se lo tragaba. Quizá Phoebe no era exactamente malvada. Eso no. Pero estúpida, sí, sin duda.

¿Por qué estaba mirándola fijamente? ¿Qué andaría buscando? ¿Complicidad? ¿Perdón? No, a Maya no le cabía la menor duda. Ninguna indulgencia. Phoebe era como las otras odiosas, las *mean girls* del instituto. Sólo que, tal vez, un poco más tímida y amable.

Finalmente sonó el timbre. Ya se había acabado también por aquel día. Maya se había vuelto a librar: ninguna pregunta.

—Flo, por fin. No veía la hora de hablarte.

—¿Has visto mi iPod nuevo? ¿Sabes cuántos tiene?

—No... sí. Escucha, ya me lo dirás luego.

—No, tienes que oírlo. Escucha esto: ¡I Killed the Prom Queen: «666»! Je, je. ¿Lo pillas? Dedicado a las miss Simpatía.

—Vale, vale. Pero ahora tengo que contarte algo. Hagamos juntas un trecho del recorrido.

Las dos chicas tomaron el camino, solas. Lo hacían a menudo. Y hablaban. Hablaban durante horas. A Maya le gustaban aquellos paseos, aunque algunas veces Flo la pusiera de los nervios. No le iba hablar de chicos y se obstinaba en cambiar de tema. Salía con John, el «empollón» del instituto, alguien que estaba siempre en otro planeta, totalmente entregado a sus experimentos de química, vaya, todo un as de los deportes, un «empollón» de los gordos. Llevaban tres años saliendo. Tres-años-tres. ¡A los diecisiete! Cuánto tiempo desperdiciado, pensaba Maya, con un solo chico.

Ella prefería variar. O tal vez era que no había dado con el adecuado. No resultaba nada fácil. ¿Por qué todos los chicos son tan cobardes? ¿Por qué en cuanto te muestras un poco enamorada, al momento salen por piernas? Maya detestaba aquella absurda regla que repetían todas sus compañeras de clase de que por poco que les des largas los tienes rendidos a tus pies.

En cualquier caso, con Flo era imposible entrar en materia. No lo entendía. No quería admitir que hubiese diferencias tan enormes entre «tíos» y «tías». Ni tampoco, además, que dichas diferencias fuesen casi imposibles de superar. Flo sostenía que ante todo se trataba de buena voluntad.

—La cosa consiste simplemente en hallar la estrategia adecuada para que hablemos los unos con los otros —decía—. Si se consigue, las diferencias y las distancias se reducen de golpe.

Pero Maya sabía que no era así. Incluso lo había leído una vez, en un artículo de una de las revistas que su madre traía a casa. En Francia, unos psicólogos habían realizado un curioso experimento. Habían cogido a un grupo de niños y niñas, de entre cinco y siete años, y les habían pedido que terminasen una frase que empezaba así: «John y yo / Joanna y yo...». Las chicas terminaban con frases del tipo: «Somos amigos», «Nos queremos». Ellos, en cambio, terminaban con: «Jugamos a la pelota», «Vemos la tele»... «¿Lo ves? —se decía Maya, concluyendo el comentario de aquel artículo—. Los tíos hablan de acción y las tías de sentimientos.»

—Así pues, está claro, somos distintos —refunfuñó Maya, recapitulando.

—¿Qué? ¿Cómo dices? —preguntó Flo.

—Nada. Sólo pensaba en voz alta... Flo, escucha, tengo que contarte una cosa absurda. Ayer, después de nuestra conversación de la mañana, mi padre me habló.

—...

—No pongas esa cara. No estoy loca, te lo juro. Me dijo: «Gracias por la música».

—¿Qué música?

—«With or without you». Era la canción que le ponía cuando estuvo en coma.

—Maya, ¿no es posible que sólo sea una alucinación, que te lo hayas imaginado? Vamos, estás cansada, te sentías furiosa por lo de la fiesta. Y acababas de soñar con tu padre...

—No, Flo. Te lo juro, he oído su voz.

—¿Era realmente la suya? ¿Estás segura? Quiero decir: ¿sólo lo has oído o también lo has visto?

—Lo he oído. Ha sido muy extraño. He sentido una especie de fuerza cálida que salía de mi estómago, aquí, mira, justo en este punto. Después ha sido como si percibiera una extraña luz, y de repente he escuchado su voz. Era la suya, de verdad. Estoy segura. Era la voz de mi padre, era idéntica... Y venía de mi interior.

—¡Hablas con los muertos! Una de dos: o estás loca o eres médium y yo no lo sabía.

—Pero ¿tú crees en esas cosas?

—¿En el más allá? Bueno... no sé... Existen un montón de teorías distintas. Hay quien sostiene que no hay más allá que valga, pero en cambio sí existe un más acá...

—Vamos, Flo, no empieces con tus teorías. Sabes que no me entero de nada. Lo que quiero es que me expliques qué me ha pasado esta noche...

—Maya, ¿y yo qué quieres que sepa de esto?

—Vamos, ¿eres o no eres mi amiga la súper-genio-que-todo-lo-sabe?

—No sé... Mira, podrías haber tenido una experiencia extrasensorial.

—Entonces ¿me estás diciendo que estas cosas son reales? ¿Así que tú te las crees...?

—Ya sabes que yo, como buena científica que soy, nunca podría creérmelas. No existe ni una triste prueba al respecto. Pero debo admitir que una parte de mí se siente fascinada y que no estoy tan segura de que todo sean invenciones...

—¿Quieres decir que tal vez no esté del todo majara? En tu opinión, ¿es posible que realmente haya oído la voz de mi padre? ¿Que fuese él?

—Tal vez. No sabría decírtelo. Pero una vez leí un artículo que explicaba un experimento realizado en distintas universidades estadounidenses: cogían a un médium y le hacían escribir lo que le dictaba un muerto. Al parecer puede hacerse. Es de locos, ¿no te parece?

Maya se sobresaltó.

Eran las tres de la tarde, el instituto ya había acabado y en el exterior todo era gris. El gris de Londres, que todo lo envuelve y todo lo oculta. Desde hace siglos. Y no se ve nada, especialmente en aquellas calles. Estrechas y lóbregas, habitadas por fantasmas del pasado. Los pobres diablos de Dickens, descritos hace milenios. Asesinos y huérfanos, ladrones y putas, ladrillos rojos y calles de piedra. Y *pubs* apestosos. Y, sin embargo, desde hacía muy poco se había convertido en una de las zonas más *trendy* de Londres. Megan-madre-estúpida, ¿no-podríamos-vivir-en-una-zona-más-normal?

Cuanto más pensaba en ello peor se sentía Maya. Aquella tarde, tras una jornada difícil y llena de pensamientos fatigosos, le parecía oír por todos lados las voces desesperadas de los hombres, de las mujeres y de los niños que habían arrastrado sus desgraciadas vidas por aquellas calles. Eran los caminos del horror. Sí, porque allí, precisamente allí, había vivido (quizá), se había rozado con otras personas (sin duda), había comido (casi seguro) y había matado Jack *el Destripador*.

De vuelta del instituto, Maya y Flo se bajaban en la parada de metro de Liverpool Street y tomaban Commercial Street. Flo arrastraba a Maya hasta la esquina con Fournier Street pues, tal como hacía todos los puñeteros días, quería entrar en la Christ Church Spitalfields, la iglesia maldita, aquella que formaba, junto con otras cuatro iglesias de Londres, un dibujo: la estrella invertida de cinco puntas, el símbolo del diablo. Todos los días Flo arrastraba a Maya para pasar por allí.

«Qué plasta —pensaba Maya—, con todas esas historias malditas.» No había nada que hacer: era totalmente incapaz de relajarse ante aquellas piedras antiguas y elevadas, ante aquellos vitrales austeros y misteriosos. Siempre tenía una desagradable sensación cuando se hallaba frente a aquella iglesia. Y cuando iba sola, la evitaba a toda costa.

—¡Vete a saber cuántas historias habrán oído estos muros! —dijo entusiasmada Flo por enésima vez.

A Maya le importaba un bledo aquella horrible iglesia. Además, aquel día... Estaba de un humor de perros, no lograba sacarse de la cabeza la voz de su padre, y aquellas calles no eran precisamente la bomba. Hanbury Street, donde fue asesinada Annie Chapman, la segunda víctima de Jack *el Destripador*. Middlesex Street, doble homicidio: Elizabeth Stride y Catherine Eddowes, hallada un poco más lejos, en Mitre Street.

Y finalmente, Trawl Street, donde vivía Mary Nichols, la primera de las víctimas, a las que hallaron con la garganta cortada. Trawl Street, o mejor dicho, su continuación, que llevaba el romántico nombre de Flower and Dean Walk, donde se hallaba la casa de Maya.

—Maya, ¿sabes qué dicen? —La pregunta de Flo la liberó de sus pensamientos—. Dicen que los muertos están pendientes de nosotros. Para hablarnos de amor y para revelarnos lo que no sabemos.

—Flo, déjalo correr. Dicho así, me da miedo.

—Te equivocas. Todo cuanto he leído sobre las profecías y los testimonios acerca del más allá sólo habla de amor. Es como si nosotros no fuésemos lo bastante capaces de amar y los muertos vinieran a enseñarnos cómo hacerlo, y además...

—¿Y además, qué?

—También existen extrañas profecías, que hablan del fin del mundo. Creo haber oído algo de eso en relación a alguna tribu piel roja. Dicen que el fin del mundo está cerca porque el hombre ya no sabe relacionarse con la naturaleza, agrede el planeta, lo perjudica. En definitiva, que todas esas cosas que vemos en el telediario tienen alguna base que se remonta a la antigüedad.

—¿Y qué? Si tú lo dices...

—Vamos, no seas así. Créeme, estas cosas son ciertas.

—Ufff, hoy estás muy cargante. Hummm... escucha, ahora, mientras hablábamos, he recordado un extraño suceso. Ayer por la mañana, antes de oír a mi padre, estaba ordenando mi habitación, y por casualidad encontré una carta suya.

—¿Por casualidad?

—¡Para ya, que me pones de los nervios! No, por casualidad no, sabía que estaba allí, ¿vale? En cualquier caso, me escribió aquella carta un mes antes de morir. Y hablaba del amor que no se destruye, del amor que puede superar todas las barreras. Cuando me la dio no lo entendí muy bien. Ayer, al releerla me provocó escalofríos. Es como si él supiera que iba a morir y hubiera querido prevenirme.

—O transmitirte el verdadero mensaje: aprende a amar.

—¿Por qué, es que acaso no soy capaz de hacerlo? Vamos, Flo, no te comportes como una antipática puedo-resolverlo-todo. Y ahora, escucha, ¿a ti no te parece raro que haya vuelto a caer en mis manos precisamente ahora? Además, junto con la carta había un papel raro. Lo he conservado hasta hoy, aunque nunca he entendido qué representa. Parece un extraño mapa del firmamentocielo, y tiene escrita una fecha: 21 de diciembre de 2012...

Flo no replicó. Y Maya no se dio cuenta de que su amiga empezaba a respirar emitiendo un ligero jadeo, realmente casi imperceptible. Aquello indicaba que Flo sentía una emoción e intentaba controlarla; había decidido que no se le notase.

—Tal vez tu padre te quiera decir algo realmente importante. Pensándolo bien, es posible que pueda echarte una mano. Si quieres, puedo presentarte a una persona que creo que podría ayudarte a comprender algunas cosas. Es la madre de un amigo de John.

—¿John? ¿Tu John? ¿Será posible que el genio de las ciencias tenga amigos? ¿Así que todo no se limita al colegio y a ti?

—Bueno, en realidad la palabra amigo es excesiva. Digamos que es un conocido, coinciden de vez en cuando en la escuela de circo, ¿sabes?, la que está en Coronet Street, en la antigua central eléctrica, en Hoxton.

—Ah, sí, ¿esa a la que tú también vas alguna vez?

—Ésa.

—No, espera, frena... no me dirás que John también hace de *clown*...

—Para empezar, yo no hago de *clown*, sino de *tramp*, el *clown* soñador y romántico. Y en segundo lugar, John es un trapecista buenísimo.

—Sí, sí, y yo soy tragafuegos.

—No seas burra. En cualquier caso, este tío, quiero decir, el amigo de John, se llama Trent. Si lo ves, seguro que lo recordarás, no es de los que pasan desapercibidos. Vale, pues eso, que la madre de Trent es una especie de médium. Estoy segura de que ella no sabe nada de mí. Podríamos ir a verla. A lo mejor puede ayudarte.

—¿Podríamos ir hoy? A ser posible, no demasiado tarde...

—De acuerdo. Nos vemos dentro de una hora en la estación de Liverpool Street, ¿qué me dices, te parece bien?

Maya hizo una señal afirmativa, se saludaron con el gesto habitual y continuaron solas camino de sus respectivas casas, absortas cada una en sus pensamientos.

CAPÍTULO NUEVE

MARTES, 28 de octubre
16.00 horas

Tras haber avanzado algo, Maya cambió de idea. Hoy no pensaba en los deberes, estaba demasiado agitada para vérselas con cuatro reglas inútiles y odiosas. En cuanto tomó otra calle y se vio libre del campo visual de Flo, que se alejaba hacia el alegre y multiétnico caos de Brick Lane, giró sobre sus talones y volvió en dirección a Commercial Street, llegó al cruce con Hanbury Street y torció a la derecha.

Se mantenía alerta. Y circunspecta. En efecto, la calle atravesaba Brick Lane, cruzando justo por donde a Flo le encantaba detenerse antes de volver a casa, en una pastelería bangladesí, para comprar su merienda favorita: *rasgulla*, bolitas de queso bañadas en jarabe de rosas.

Bien, no había ni rastro de Flo. Maya aceleró el paso y en un momento llegó al número 82. Se introdujo a toda prisa a través del portal dorado y rojo. London Shaolin Weng Chun Kung Fu Academy.

Una hora allí dentro obraba el poder de regenerarla. Desde que pasó «aquello», ese centro le aportaba fuerza y autoestima. Acudía allí cada vez que se sentía demasiado cansada o demasiado deprimida para sincerarse con una amiga. Y ya no digamos con su madre.

En aquel lugar practicaba artes marciales, siguiendo las antiguas técnicas de los maestros shaolin, los monjes budistas del templo del mismo nombre, expertos en el arte de la defensa y de la autoobservación. Le habían enseñado a dosificar su fuerza de forma inteligente, concentrándola con potencia en un solo movimiento. Le habían mostrado cómo se puede repeler un ataque empleando la menor resistencia posible. E incluso le habían hecho sentir en sus propias manos su flexibilidad y su energía.

Un lento, inexorable descenso hacia los abismos de sí misma.

Eso la había vuelto un poco distinta.

Más controlada.

Más consciente.

Más segura y más fuerte.

Maya fue directamente hasta su taquilla. Allí tenía su chándal, a punto para cada vez que sentía la necesidad de desfogarse un poco y recuperar un mínimo de tranquilidad. Hoy era una de esas veces.

Se vistió cuidadosamente mientras iniciaba los ejercicios respiratorios necesarios para concentrarse.

Inspirar. Visualizar el aire que va llenando el cuerpo, muy lentamente.

Espirar, visualizar el aire que sale de nuestro cuerpo, cálido, a través de nuestra nariz.

Se puso la camiseta negra, los pantalones negros, las zapatillas blancas. Entró en aquel bonito gimnasio de madera pulida y efectuó el saludo.

Al cabo de una hora reapareció, lista para la cita con Flo.

Se encontraron en la parada de metro de Liverpool Street. La línea central en dirección al suburbio de Ealing, donde vivía Trent, el chico más raro del colegio, a juzgar por la minuciosa descripción que le había hecho Flo. De todos modos, se notaba que le caía simpático, ya que en el fondo no dejaba de ser un amigo de John. Al final, Maya lo identificó. Se había cruzado con él una sola vez en el instituto. Nunca los habían presentado, simplemente habían pasado rozándose por el pasillo. Sin embargo, ahora Maya recordaba la desagradable sensación que experimentó de repente cuando estuvo frente a él. Un tipo sombrío, siempre vestido de negro. Maya se fijó en que llevaba un librito verde, con la cubierta gastada por el uso, que sobresalía del bolsillo de atrás de sus tejanos. Había logrado ver el autor: lord George Byron, el poeta maldito. Flo decía que sólo era un poco extravagante, en el fondo le gustaba bastante. No era como todos los demás.

Resultaba imposible hablarle. Iba arriba y abajo con sus gigantescos auriculares Skullcandy de color negro acoplados en las orejas, y era difícil saber cuál era su rollo musical.

—Escucha, ¿tenemos que ir necesariamente hasta allí? —preguntó Maya, que empezaba a inquietarse.

—Pero ¿es que no sientes ni un poco de curiosidad? ¿No quieres saber qué te ha pasado? Esta mujer puede tener la respuesta.

—Si se entera mi madre, me mata.

—Escucha, yo también tengo un poco de miedo, pero debemos seguir adelante.

No les dio tiempo a acabar de asustarse imaginándose a la médium, pues llegaron antes de lo previsto a la casa donde vivía Trent.

Era un chalet de color rosa pálido. Estaba rodeado por un pequeño —pero precioso— jardín: quien estuviera a cargo de aquellas flores tenía que ser una persona amable. Había crisantemos, alguna camelia, alguna hortensia tardía. Pero los colores eran maravillosos: rojo, naranja, rosa, salmón.

—¿Os gusta?

Debbie Grave sorprendió a las dos chicas en medio de un parterre de camelias aún en flor: las miró con una pacífica sonrisa. No era abierta, sino más bien recelosa. Pero no anunciaba nada amenazador.

«Tal vez pueda fiarme», pensó Maya.

Debbie vestía un chándal rojo, llevaba el pelo corto despeinado y recogido en una diadema.

—¿Y a usted le gusta el rojo? —preguntó Flo.

—Es el color del corazón. Y el de la pasión. Pero, por favor, entrad. Si no me equivoco, debéis de ser las compañeras de colegio de Trent...

—Sí, pero de hecho no nos conocemos —dijo Maya mientras entraba en la casa.

—Pero la necesitamos —intervino Flo, haciéndose con el mando de la situación.

Maya miraba a su alrededor, curiosa y atemorizada. No comprendía cómo en casa de una médium no había una sola señal que indicara el oficio de la dueña. Ni por qué en una casa donde vivía un chico no había ni un solo rastro de él.

—Lo he arreglado un poco; el desorden de Trent resulta devastador —dijo Debbie, intuyendo la pregunta de Maya.

Maya agudizó la mirada, pero sólo vio una gran mesa redonda, una librería repleta de novelas de Jane Austen y de libros sobre ocultismo, y un pequeño cuadro con unos extraños dibujos.

—Los he hecho yo. ¿Te gusta el jengibre? Yo lo adoro. Según los antiguos indios, sirve para potenciar nuestras facultades de médium. —Debbie rescató a Maya de sus pensamientos y ofreció galletas a las chicas.

—...

—Y tú quieres potenciar las tuyas, ¿verdad, Maya?

—Yo, en realidad...

—Ella, en realidad, no —intervino Flo, salvándola.

Aquella mujer de apariencia tan normal, tan sociable, la hacía sentirse incómoda. No sabría decir por qué. Quizá sólo fueran sus ojos. Demasiado juntos y demasiado distintos.

Flo tomó la palabra y explicó brevemente a la médium el motivo de su visita: la experiencia vivida por Maya el día anterior. Debbie seguía el relato con interés. Flo lo sazonaba todo con sus habituales citas cultas. Debbie dirigió su inquietante mirada hacia Maya.

Ahora caía, tenía ojos de gato, con las pupilas estrechas y de dos colores distintos: uno verde claro y el otro casi violeta. Cuando te echaba encima aquella extraña mirada parecía como si no te viese. Era como si te pasara por rayos X.

Flo volvió a intervenir.

—No sabemos si lo que le ha sucedido a Maya es real, o es fruto de una alucinación.

—Ya, comprendo. ¿Tú qué querrías hallar?

Lo dijo en un tono desabrido. Y Maya sintió que se moría.

—Discúlpenos, seguramente nos hemos equivocado —dijo mientras hacía el ademán de marcharse. Debbie la sujetó de una manga.

—Espera, aún no ha llegado el momento de que te vayas. Primero, debes escuchar. Maya, debes escuchar cada palabra. —Y volvió a mirarla con aquellos ojos de gato que daban escalofríos—. ¿Sabes qué pasa cuando llegan ellos? ¿Y sabes por qué llegan? Dime, Maya, ¿lo sabes?

Flo permaneció callada, parecía como si toda aquella serenidad suya la hubiese abandonado. Maya miró a la médium sin ser capaz de decir nada. Pero quería escuchar.

—Ellos quieren tener voz. Y tú eres su voz.

Maya se retiró, incómoda.

—¿Por qué has venido? —La médium acuciaba a la muchacha.

—Sólo para saber.

—¿Lo crees de verdad? ¿Y has venido hasta aquí sólo para saber si los muertos hablan?

Maya volvió a notar aquel tono desabrido e hizo el gesto de levantarse. Pero Debbie siguió reteniéndola, sujetándole un brazo.

—No, Maya, no puedes irte. ¿Es que no lo entiendes? ¿De verdad no lo entiendes? Tú, sí, tú, pequeña Maya. Porque, aunque no quieras oírlo, tú estás predestinada.

Debbie cerró los ojos. De repente, en la sala hacía un frío terrible. Maya se estaba helando. Nadie hablaba. Pasaron unos interminables minutos. Incluso Flo parecía incapaz de intervenir con alguna de sus citas científicas para poner las cosas en su sitio, haciendo que se rieran de las palabras de la médium. Maya era incapaz de apartar los ojos de la mesa.

—Ellos te necesitan, Maya. Tienen que transmitir un mensaje al mundo. Ninguno de ellos abandona su dimensión, a no ser que deba comunicar a toda costa algo fundamental para nosotros, los seres vivos. Siempre utilizan una frase: «Así está escrito». Como si se tratase de un gran libro de la vida, en el que ya está explicado el destino de todos nosotros.

—¿Y qué nos dicen? —preguntó Flo, pues en ella la curiosidad siempre podía con el temor.

—Eso has de descubrirlo tú. Nunca hablan del futuro. Llegan aquí para ayudarnos. Porque ellos lo ven todo. Cuando llegan, resulta difícil. Maya, esto es algo que, suceda lo que suceda, tienes que saber.

—¿Es peligroso? —preguntó Flo.

—Es difícil. A veces me siento como una esponja, debo absorber toda su energía y transmitirla. Y su sufrimiento se convierte en mi sufrimiento.

—¿Cómo empezó? —Ahora, Flo quería saber más.

—De un modo estúpido. Hice un curso de quiromancia, para leer la mano. Me suspendieron, pero mi profesora, que me había tomado afecto, me puso en contacto con una amiga médium. En su casa, ella tenía un cuadro del siglo XVIII. Representaba a una joven, una bellísima bruja que celebraba un ritual en torno a una hoguera. Pese a lo truculento de aquella escena, la bruja sonreía. Cuando vi aquel cuadro, me quedé sin habla. La joven del dibujo tenía los ojos de dos colores distintos: uno verde muy claro y el otro violeta.

Debbie acercó su rostro al de Maya, señalándole sus ojos.

—¿Ves? La médium me acogió. «Te esperaba», me dijo. Y me enseñó todo cuanto sé. Mirad, las personas son elegidas así, por una especie de secreto que llevan en su interior. Y tú, Maya, has sido elegida, lo quieras o no, mi niña. No lo olvides.

De pronto se oyó un portazo y Maya se estremeció al tiempo que experimentaba una fastidiosa sensación de pesadez.

—Trent ha vuelto. Será mejor que yo desaparezca.

Trent entró y lanzó una mirada llena de odio a su madre. Y saludó a Flo.

—Hola, ¿qué hacéis aquí? ¿Todo en orden con la chiflada?

—Todo OK, no te preocupes. Sólo queríamos preguntarle una cosa a tu madre. Ey, Maya, éste es el chico que te decía. Maya se acordaba de ti, aunque sólo os habíais cruzado una vez en el pasillo.

Maya fulminó con la mirada a la que a partir de aquel momento era ya su ex amiga. Pero ¿qué le había pasado por la cabeza? ¿Qué estaba diciendo? ¿Quería apañar algo entre Trent y ella? Aquel chico tenía un no sé qué extraño, Maya no sabía qué era.

—Sí, John también me ha hablado de ti. Hola, soy Trent.

A modo de presentación, cogió la mano de Maya para estrechársela. Pero en un gesto repentino e instintivo, le dio la vuelta. Y lanzó una mirada rápida y atenta a su palma. Duró un instante, que Maya apenas captó. Entonces Trent la soltó, farfulló algo y desapareció.

¿Qué habría visto?

Las dos chicas no quisieron hacerse ninguna pregunta. Por el momento.

Saludaron a Debbie y se fueron.

Ya de nuevo en la calle, Maya y Flo se calmaron. En un momento dado, Flo sacó un librito del bolsillo del abrigo.

—¿Qué es eso?

—Bueno, se lo he cogido prestado a la médium...

—Flo, estás loca, ¿y si se hubiese dado cuenta?

—Te he dicho que es un préstamo, ya hallaré el modo de devolvérselo. Mira, ésta es la línea que hemos de coger.

El libro, un pequeño compendio sobre el Londres antiguo, tenía una cubierta roja de imitación de cuero, y un título simple e inquietante: *Londres infestado*. En el interior había una serie de mapas del metro de Londres. Algunos estaban marcados en rojo. Las estaciones que Maya y Flo recorrían para ir al instituto, arriba, cerca de Primrose Hill, el barrio de las estrellas, donde uno podía toparse con Jude Law o Sienna Miller practicando *jogging*. Las estaciones señaladas formaban una especie de inquietante círculo: Bank, Covent Garden, Holborn, King's Cross St Pancras, Farringdon.

El libro empezaba así: «Tal vez no todos sepan que la ciudad de Londres puede presumir de albergar el mayor número de fenómenos paranormales de Europa. Casi todas las estaciones del metro de Londres tienen su fantasma. Por ejemplo...».

Maya y Flo bajaron de mala gana la escalera de la entrada de North Ealing. No dijeron ni una palabra. En su fuero interno deseaban que el trayecto que las separaba del East End fuese breve, pero tenían que atravesar la ciudad. Algunas de las estaciones malditas.

CAPÍTULO DIEZ

MARTES, 28 de octubre
23.50 horas

MAYA91: Flo, ¿dónde estás?

FLOG: Estoy aquí. Maya, ¿aún no duermes?

MAYA91: No puedo.

FLOG: Yo tampoco.

MAYA91: Flo, escucha. ¿Entonces resulta que los muertos nos hablan?

FLOG: Eso parece.

MAYA91: ¿Tenemos que creernos lo que nos ha dicho la madre de Trent? ¿Tú te lo crees?

FLOG: Siempre dicen las mismas cosas. No me refiero a los muertos. Hay quien ha levantado imperios a su costa, quien vive de este tipo de cosas. Se aprovechan de ellos.

MAYA91: Pero yo he oído de verdad la voz de mi padre.

FLOG: ☹☹☹☹☹☹☹☹☹☹☹

MAYA91: Lo echo muchísimo de menos.

FLOG: ☹☹☹☹☹☹☹☹☹☹☹

MAYA91: Flo, ¿estoy predestinada?

CAPÍTULO ONCE

Londres, 29 de octubre de 2008

¿Te ha gustado la historia, adorable Megan?

¿Has visto cuántas cosas sé?

Soy casi tan bueno como tú, inteligentísima Megan.

Aunque esté encerrado en este repugnante lugar.

Has sido tú quien me ha metido aquí dentro.

Joder, Megan.

¿Ya estás contenta?

¿Quieres saber una cosa? No tienes ni idea del fregado en que te has metido.

Querías ser la primera de la clase, ¿verdad? La que captura al peligroso psicópata.

Peor para ti.

No sabes nada.

No sabes nada del milagro de los números. De Fibonacci. Del secreto de la perfección.

Fíjate en mi madre, por ejemplo. Nació el 1 de febrero de 1947. ¿Has comprendido lo que eso significa?

Sí, si sumas las cifras del año y añades el resultado al resto de la fecha obtienes la secuencia.

No habías caído, ¿verdad, encantadora Megan?

Yo lo he sabido siempre.

Ella era perfecta.

Pero aquellos mierdas de novios suyos la estaban destrozando.

Por eso yo siempre me iba de casa, la dejaba sola y huía a la librería.

Una de aquellas veces, encontré al librero acompañado.

En la tienda había un tipo extraño. Alto, con una barba finita, gafas de montura ultraligera, cabello entrecano, peinado cuidadosamente. Elegante. Demasiado para estar en Camden.

Ojos claros, azules. De un azul grisáceo, magnético.

—Así pues, ¿le ha gustado la historia de Fibonacci? —me preguntó el librero en cuanto me vio entrar.

—Ya lo creo... me gustaría saber más.

Me miró, incrédulo.

Entonces me hizo una señal para que lo siguiera. En la trastienda del local había un cuartucho sin luz donde guardaba cuidadosamente los volúmenes más valiosos. La estancia estaba a oscuras porque, según decía, «el sol echa a perder las palabras. Para aprender a entrar en las historias de los demás es necesario que haya sombra», me explicó.

—Señor. —Aquel hombre elegante se dirigió a nosotros casi por sorpresa—. Si me lo permite, creo que el chico necesita ayuda.

Entonces fue cuando dirigió su mirada hacia mí.

Me sentí incómodo.

No, no te precipites en tus conclusiones. En realidad, la mirada del Maestro no era dura.

Aquel hombre creía en mí. Lo percibí.

Y, sin embargo, estaba escrutando mi interior.

Eso me producía cierta inquietud.

—Ven, chico —me dijo—, yo sé mucho de Fibonacci, y puedo ayudarte a descubrir su secreto. Porque tú eres especial. Se nota en tu forma de moverte.

¿Tú qué hubieses hecho?

Yo lo observé tratando de averiguar si estaba intentando embaucarme.

Decidí confiar en él.

No suelo fiarme de la gente.

Pero a veces hay que arriesgarse.

—Ven, tengo algo que contarte —me dijo, saludando con una sonrisa cordial al viejo librero mientras nos encaminábamos a la salida de la tienda.

A menudo me pregunto por qué confié en aquel individuo.

Había algo inquietante y misterioso en él.

Y, sin embargo, me fié.

Ahora sé por qué.

Estaba predestinado.

Un individuo único.

Uno de los elegidos.

Por eso el Maestro se había interesado en mí.

Ríete, pobre, ingenua Megan.

Ríete a pesar de todo.

No sabes nada.

—Así que te interesa Fibonacci —me preguntó aquel tipo en cuanto estuvimos fuera.

—Me interesan las historias de los demás. Yo no tengo.

—Cada uno de nosotros tiene una historia. Cada uno de nosotros deja una huella. La tuya será especial, te lo aseguro.

—¿Y usted cómo puede saberlo? —le pregunté; aquella misteriosa actitud suya empezaba a inquietarme.

—No lo sé. Sólo es cuestión de experiencia. ¿Sabes?, soy un estudioso, un médico, para ser exactos. Veo a muchísima gente. He aprendido a captar la excepcionalidad de determinados individuos.

—¿Y yo sería uno de ellos?

—No corras tanto, chico. Ciertamente, resulta inusual que a tu edad estés interesado en Fibonacci. ¿Sabes?, su secuencia encierra muchos misterios.

—¿Como cuáles?

—¿Quieres saberlo realmente? Recuerda, chico, que algunos conocimientos hacen daño.

—No tengo miedo —le respondí, molesto. Temía que me estuviese tomando el pelo.

—Ya veremos, si nos hacemos amigos te lo explicaré.

—La amistad no existe —le respondí de un tirón, definitivamente enojado por sus aires de superioridad.

No iba a perder más el tiempo.

—Una cosa más, chico —me dijo mientras se aproximaba y alargaba una mano, rozándome la mejilla derecha y el cuello—. Deberías venir a verme, a mi consulta. Podría ayudarte.

Me eché hacia atrás instintivamente. Me llevé una mano a la cara.

Nadie, nadie, te estoy diciendo, podía tocarme.

Nunca me había dejado acariciar.

Nadie podía poner las manos en la Costra, aquella horrible excrecencia que marcaba mi rostro y mi cuello. Y que se había convertido en mi triste tarjeta de visita, la inconfundible marca de mi alienación.

—Se llama soriasis —siguió diciendo aquel tipo—. Yo la curo.

Retrocedí de nuevo y me dispuse a marcharme, pero él me detuvo, hiriéndome con su mirada azul hielo.

—Sólo recuerda que quien tiene un don no puede desperdiciarlo. No hemos sido elegidos por azar.

Me alargó su tarjeta de visita, y se fue.

CAPÍTULO DOCE

MIÉRCOLES, 29 de octubre
9.15 horas

«Perfecto —pensó Flo—, hoy se juega el partido final.» Desde la tarima, la Saunders no se daba por vencida. Pegada a Shakespeare como una lapa, aquel día también estaba empeñada en preguntar. Precisamente aquel día. El más importante. El que nunca sería olvidado. El día del baile: el decimoctavo cumpleaños de Stacy, la chica más guapa del colegio.

Su fiesta prometía ser grandiosa.

Y Maya no había sido invitada.

Flo miró a hurtadillas a su amiga. No quería que se diese cuenta. Pero estaba preocupada. Aquellos días le estaban pasando demasiadas cosas a Maya, y ella no sabía cómo ayudarla. El encuentro de la noche anterior con la médium y el extraño comportamiento de Trent habían dejado en ambas un ligero sabor ácido, como de peligro.

¿Por qué haría el chico aquel gesto tan absurdo?

¿Qué había visto en la mano de Maya?

«Vaya rollo —pensó—. Estoy perdiendo la lucidez. Me dejo condicionar por las fantasías de Maya.»

Flo desvió la mirada justo a tiempo de evitar que se cruzase con la de su amiga. Pero los ojos de Maya, habituados por un reflejo instintivo a buscar los ojos cómplices de Flo, vagaban aquella mañana por la clase, inspeccionando los peinados inflados y llenos de rizos de sus compañeras, sus pestañas largas y retocadas, la manicura francesa que habían aplicado a sus uñas perfectas, escuadradas, con un lacado concienzudo. Escrutaba los rostros y los detalles, en busca de algún indicio que confirmase que, efectivamente, toda la clase había sido invitada a la fiesta de Stacy.

Confirmación cruel e inevitable.

Todas las chicas habían comenzado ya sus grandes preparativos.

Excepto ella. Ella había quedado fuera. Ella no tenía acceso a la mejor velada del año. Precisamente ella. La «elegida», como la había llamado Debbie.

Pero a Maya le traían sin cuidado las tonterías de una médium. Sólo quería ir a aquella maldita fiesta, ponerse el último corpiño que se había comprado, escoger el vestido de sus sueños entre todos aquellos miles de maravillas de Raven o Pop Soda o Hell Bunny, y...

Y en lugar de eso, nada.

Incómoda, la mirada de Maya se posó finalmente en el pupitre de Phoebe. Entre las páginas del *Ricardo III* que la chica mantenía abierto esmeradamente —un inútil tributo a la inutilidad de la Saunders, incapaz de percibir que la clase no sentía el mínimo interés por sus explicaciones—, Phoebe había reunido una serie de imágenes «descargadas de los sitios más *cool* y recortadas de las revistas más *glam*», como a buen seguro hubiese explicado ella misma con su voz atiplada y melosa. En ese momento las estaba inspeccionando con avidez, saboreando de antemano el conjunto que se pondría. Eran las-inevitables-sugerencias-para-una-velada-inolvidable-con-vistas-a-conquistarlo-(para-toda-la-vida)-con-un-simple-aleteo-de-pestañas.

Phoebe sonreía complacida. Maya estiró ligeramente el cuello, movida por la curiosidad. Phoebe había girado la página. Y ahora, tras los versos de Shakespeare, se exhibía en todo su esplendor algo que resultaba simplemente IMPRESCINDIBLE. «Tu horóscopo para la fiesta *top* del año. ¡Esta noche no puedes fallar! ¡Serás la reina de la *party*!»

Cosmopolitan, pensó Maya, frunciendo las cejas. La única lectura que Phoebe consideraba digna de su interés. Una Biblia indispensable para cualquier chica a la caza de tíos. Un clásico.

Maya alargó un poco más el cuello.

«*Beauty* SOS. Escenario n.º 1. Has usado el violeta para dejarte unas uñas súuuper glaaamur. Pero el esmalte estaba hecho un asco y ya se ha cuarteado. ¡Y EN CASA NO TIENES ACETONA! Solución: cepíllate con fuerza las uñas, soporta el dolor, y que Dios se apiade de ti. Escenario n.º 2. En cuanto has empezado a pasarte el secador, tu pelo ha echado a volar. Tienes más pinta de loca —con ese aire a lo hija de Eduardo Manostijeras—, que de *party-girl*. Solución: enjuágatelo, pulveriza gel sobre el cabello húmedo. ¡GOMINA NO, QUE NO TE ENTERAS! A continuación respira hondo, buena chica, así se hace. Y vuelve a pasarte otra vez el secador, mechón por mechón. Escenario n.º 3. Querías darle más brillo a tu mirada con un poco de *glitter*, pero te has pasado con la cantidad y ahora tu cara parece una farola engalanada para una fiesta. ¡DEBES ESTAR MÁS ATENTA! Si sigues así, nunca llegarás a ser la reina de la velada... Intentaremos remediarlo. Nos llevará unas dos horas. ¿No tienes tiempo? Pues entonces, resígnate. El título de farola del año ya es tuyo. En caso contrario, pasa con delicadeza un algodón por las zonas abrillantadas. Lentamente, lentamente. Así. Ahora, enjuaga. Despacio, sólo en la zona afectada, si no, estropearás el resto de maquillaje. Muy bien, ahora vuelve a aplicar el *glitter*. Hazlo con una esponja, que previamente habrás empapado en leche o en crema hidratante. Y recuerda: *less is more*. ¡No te pases!»

Phoebe leía extasiada. Volvía las páginas despacio, evitando llamar la atención de la Saunders. De repente alzó la mirada.

—*Yeah*, Jimmy Choo. *FA-VO-LO-SO* —dijo clavando su mirada en Maya.

Lo dijo en italiano, una lengua que estaba intentando aprender con gran esfuerzo y dedicación (la lengua de la moda, cómo no habría que conocerla).

Le resultaba excitante desconcertar a aquella colgada insociable de Maya. ¿Y quién no caería desvanecido ante la perfección de unas sandalias de Jimmy Choo?

Sin embargo, Maya estaba como ausente. Sí, parecía estar mirando hacia Phoebe, pero su mirada no se centraba en nadie en concreto.

Desde luego, Maya era muy rara, pensó Phoebe y, por si acaso, le envió una sonrisa que dejó al descubierto 242 dientes, en parte también por el sentimiento de culpa que la reconcomía por haber sido cómplice de Stacy en dejar a Maya fuera de la fiesta.

Una vez restablecida y reconfortada ante su propia bondad, Phoebe prosiguió con su lectura. Sin embargo, tuvo que interrumpirla por el zumbido del timbre. Acabada la diversión, le tocaba el turno al señor Jones, el profesor de gimnasia.

«¡Precisamente hoy!», pensó Phoebe con fastidio. Junto a ella, se entristecieron las otras quince chicas de la clase, preocupadas por la posibilidad de que se les estropeasen el peinado y las uñas, arregladas con tanto esmero para la fiesta.

Pero Jones-la-hiena no atendía a razones, aquel día tocaba partido de voleibol.

Equipo n.º 1: Maya de atacante, Flo a la defensa, Carla, Jessie y Alex de refuerzo.

Equipo n.º 2: «Unas idiotas que van a ir de cabeza al matadero», pensó Maya. Intentó visualizar al enemigo: Stacy de atacante, Liz a la defensa, Phoebe, May y Evelyn de refuerzo.

Tras el toque de silbato del profesor, comenzó el partido.

Las chicas entraron rápido en situación. Corrían, presionaban, incitaban a sus propias compañeras de equipo. Estaban tan metidas en el juego que olvidaron la fiesta, olvidaron sus elaborados peinados, las frágiles manicuras francesas, los vestidos y a los chicos que iban a conquistar. Y sólo recordaron el odio que las dividía, la gran manía que se profesaban, los deberes que no se habían intercambiado en el momento más necesario, los chicos embaucados con una mirada de mosquita muerta lanzada en el momento preciso, los embustes, los critiqueos, los chismes puestos en circulación con tanto arte, los secretos mal guardados o revelados aposta. La red que las separaba en la cancha era una nimiedad comparada con la competición que las dividía en la vida real.

—Vamos, Liz —rugió Phoebe.

—Tuya, Stacy —gritó Liz mientras golpeaba la pelota en dirección a la red.

Stacy saltó hacia adelante, se hizo con la pelota, miró decidida a la adversaria que tenía enfrente. Y disparó.

Una pelota que parecía un cañonazo golpeó a Maya en plena cara.

—¡Síííííí! —estallaron de alegría, chocándose las manos.

Maya estaba tendida en el suelo. Lívida. Con una mano se apretaba un ojo. Con la otra, intentaba incorporarse.

Flo llegó corriendo.

—Maya, Maya, ¿estás bien?

—Pero ¿qué pasa? ¿Es que no la has visto? —dijo Liz con una mueca, guiñándole el ojo a Stacy.

—¡Seguro que ahora se lo contará todo a su mamita y hará que te detengan, Liz! —remató Stacy.

—Vamos, Stacy, déjalo correr. A lo mejor se ha hecho daño...

La inesperada intervención de Phoebe las irritó. ¿Cómo se atrevía aquella mema a ponerse en su contra? ¿Y qué, si se había lastimado? Se lo merecía la muy asquerosa, siempre mostrándose superior. Miss-todo-me-la-suda. Además, un ojo negro le sentaría mejor a su *look*. Tan gótico. Tan *dark*. Tan irremediablemente OUT OF FASHION.

Y no tendría por qué pasar demasiada vergüenza. A fin de cuentas, no estaba invitada a la fiesta...

—¡Qué buena eres, Phoebe! Si tanta lástima te da, ayúdala... —le susurró Stacy.

Pero Phoebe no se movió. Por aquel día, ya había agotado su dosis de valor. Oponerse a Liz y a Stacy podría costarle muy caro. Y nunca, por nada del mundo, pondría en peligro el éxito de «su» fiesta.

Maya estaba encogida en una silla, en el límite del campo. Flo, agachada junto a ella, le estaba hablando en un tono ligeramente reprobatorio.

—¿Se puede saber qué pretendías? ¿Por qué has parado la pelota con la cara sin ni siquiera intentar protegerte? ¿Qué te pasa?

Flo miraba a su amiga sin comprender qué estaba sucediendo. Temía que aún siguiese afectada tras el encuentro con la médium.

La inquietud de Flo se vio interrumpida por la intervención, intempestiva como de costumbre, de Jones-la-hiena.

Hasta entonces, el profesor se había mantenido en los alrededores de la pista, absorto en hablar por los codos con el «subdi», para quien las jugadas de las chicas no tenían el menor interés. Ellos debían decidir la estrategia de juego del próximo partido. Fundamental. Apocalíptico.

Sus chicos tendrían que enfrentarse a los campeones del año anterior, aquellos «chulillos» de Dulwich. A ésos, que eran de una *high school* pública. ¿Y con quién podía contar realmente?

El señor Jones estaba repasando la formación una y otra vez junto a un distraído, aunque paciente, subdirector.

«John está en forma, aunque demasiado distraído.

»Harry está cachas —razonaba el señor Jones—. Pero no puedes fiarte de él.

»¿Y el tal Trent? Es rápido, inteligente, aunque demasiado enclenque.»

La alineación del equipo masculino de rugby del instituto para el próximo campeonato «junior» lo tenía tan en vilo que le quitaba el sueño y la concentración. Aquélla era su verdadera criatura. Su único interés. Los chicos entrenaban todos los días. Incluso el miércoles, inmediatamente después del partido de vóley femenino.

En el fondo, todas las chicas eran unas flojas, petulantes, ariscas, chismosas y maleducadas. Y lo peor es que convertían su gimnasio en un campo de batalla donde daban rienda suelta a sus inacabables rencores, propios de pequeñas recalcitrantes.

«Y ahora, ya volvemos a estar en las mismas», pensó con fastidio.

—A ver, ¿qué sucede aquí? —preguntó malhumorado a Flo.

—Profesor, Stacy ha rematado y le ha dado a Maya en toda la cara; lo ha hecho a propósito.

—Y ella no es capaz ni de aguantar una defensa —replicó una ofendida Stacy.

—Profesor, no se la crea. Quería darle justo en la cara.

—Por lo general —interrumpió el señor Jones con irritación—, no me interesan vuestras trifulcas. Anulo la hora, el partido y vuestras calificaciones. Las de toda la clase. Así, la próxima vez os lo pensaréis antes de organizar esta especie de ring para gallinas. Maya, si te duele, ve a la enfermería —le espetó al tiempo que le tendía una mano para que se incorporase de la silla.

Maya se levantó con esfuerzo. Le dolía el ojo, pero lo que no podía soportar, el verdadero motivo por el que no había sido capaz de interceptar la pelota y se había dejado golpear, era un dolor que sentía en su interior. Aquella pesada sensación de peligro que la embargaba desde hacía unos días, dejándola sin aliento.

—Siento un calor que me paraliza, Flo. Y además tengo sensaciones extrañas, como si soñase con los ojos abiertos. Fíjate: percibí que la pelota se me venía encima, pero en realidad no la veía, porque se interpusieron una serie de imágenes entre mí y ese balón, entre mí y esa capulla de Stacy. Era como si una mueca terrorífica se plantase ante mis narices. Una mueca que abría un pasadizo en una pared de lluvia, y que pertenecía a un hombre encapuchado, aunque el rostro del hombre permanecía oculto. Ha sido un instante... ¿Qué puedo hacer? ¿Me estoy volviendo loca?

—¿Estás colocada, Maya? —Liz había escuchado el cuchicheo de Maya y había captado las frases finales.

—¡Mogollón! —remató Stacy.

Flo les dedicó un gesto amenazante a las dos. Desde luego, ése no era el mejor momento para que aquellas perras empezaran con sus jueguecitos. Maya estaba realmente mal. Y necesitaba ayuda.

—Maya, no te preocupes, probablemente sólo se trate de que estás bajo presión, los exámenes están cerca, y todo eso... por no hablar de lo que pasó ayer.

—Tal vez tengas razón. O a lo mejor estoy realmente loca. Es que era tan real... Y además he vuelto a sentir eso, como si fuese mi padre. No, no la voz, una especie de cálida caricia en la cabeza...

—Bueno, quizá sólo se trate de que necesitas sentir a tu padre más cerca...

—No lo sé, Flo. Todo me parece tan absurdo... Y además, ¡ayer parecías tan convencida con las palabras de la médium! Era como si tú también creyeses...

«Ayer. Ayer era otro día», pensaba Flo, taciturna. Pero en ese momento, aquel asunto empezaba a resultar preocupante. Una cosa era un sueño, o una alucinación auditiva, y otra, las visiones. Flo estaba preocupada. ¿Debería avisar a Megan? ¿Y si Maya necesitaba la ayuda de un médico?

No tuvo tiempo de concluir sus pensamientos, pues desde el otro lado del campo oyó una voz chillona y vagamente engreída. Todo el equipo femenino se volvió al unísono.

—¿Qué hacéis, chicas? ¿Por qué habéis dejado de jugar? Maya, ¿qué te pasa?... Stacy, ¿no habrás sido tú?

Era Harry, el chico de Stacy. El motivo por el cual Maya había tenido que renunciar a la fiesta. El mero hecho de pensar que él fuese la causa de tanta competición lo divertía. Le gustaba creer que era así. Y habían dejado que se lo creyera.

—Vale, ya basta, chicas, de verdad. Pero ¿qué se os ha metido en la mollera? ¿Haceros la guerra? Vamos, Stacy, déjalo ya. Maya no tiene la menor intención de matarte. Y tú, Maya, deja ya de mirar a Stacy de ese modo...

Dicho lo cual, se pasó los dedos por los labios y le envió un beso a Stacy, que estaba radiante.

—Y ahora ha llegado el momento de la frivolidad. Stacy, deberías disculparte con Maya.

—¿Qué? ¿Tú eres tonto? Yo no he hecho nada malo, y aunque así fuese...

—Aunque así fuese, le pides disculpas. Es más, ¿por qué no la invitas a la fiesta de esta noche?

En el rostro de Stacy se dibujó una mueca de consternación. No, eso, precisamente eso, no podía hacérselo. ¿Qué estaba tramando «su» Harry? El plan para dejar fuera de combate a aquella presuntuosa de Maya había funcionado a la perfección. Y ahora, él, aquel gallito vanidoso, destruía su admirable, su maligna obra con un innoble golpe teatral.

Para hacerse el guapo y llamar la atención.

Vanidoso.

Arrogante.

Egoísta.

Pérfido.

Insensible.

Machista.

Pero, de repente, el rostro de Stacy se iluminó. ¿Y si...? ¿Y si de verdad invitara a Maya a la fiesta? Ahora ya no tendría tiempo de arreglarse el pelo, las uñas, probarse ropa... Tendría que resignarse, y hacer un papelón delante de todos: la chica improvisada de la puerta de al lado, incapaz-de-encontrar-el-vestido-y-los-complementos-adecuados-para-la-fiesta-del-año.

Y además, ¿qué maestro del maquillaje podría arreglar aquel ojo morado?

Maravilloso. Maya acabaría despedazada.

—Ok —dijo Stacy—. Maya, lo siento. No lo he hecho a propósito, estabas justo en la trayectoria de la pelota. En cualquier caso, te espero en mi fiesta, esta noche... Procura venir.

Flo se volvió al instante. ¿Había oído bien? ¿Stacy disculpándose? ¿Stacy dando marcha atrás en su decisión e invitando a Maya a la fiesta? ¿Qué había detrás de todo eso?

Lo comprendió, sin necesidad de palabras, cuando, estupefacta, dirigió la mirada al rostro de Maya. Su amiga estaba hecha polvo. No había el menor rastro de alegría en sus ojos cansados. Ni de triunfo. Sólo la estela de un gran desaliento, como si hubiese intuido la trampa oculta tras la invitación de Stacy.

Flo estaba a punto de abalanzarse sobre Stacy para arrastrarla fuera del gimnasio, cuando les llegó el sonido de una alegre voz.

—Eh, chicas, estamos aquí.

Era John, que se dirigía hacia ellas. Se encontraba junto a la puerta que daba a los vestuarios, obstinado en querer ver los partidos de voleibol femenino, pues estaba convencido de que era un hincha estupendo. Flo había intentado disuadirlo por todos los medios. Pero aquel novio suyo tan testarudo no atendía a razones. Y además, para variar, se mostraba entrometido como siempre, y siempre de buen humor.

Maya alzó los ojos, aún entelados a causa de la sorpresa y de la tristeza. Y entonces lo vio. Sintió una mezcla de contrariedad, miedo y algo parecido a una extraña excitación.

Junto a John se alzaba una figura sombría que llevaba el pelo más bien largo, con el flequillo sobre el rostro y los ojos de distinto color: verde intenso el derecho, violeta oscuro el izquierdo. Unos labios carnosos dotaban de un toque infantil y alegre a una cara que, de lo contrario, sería el retrato mismo de la tristeza. Vestía unos vaqueros Dockers negros, con rotos, y una sudadera Nightmare before Xmas.

Era él, Trent.

Le hizo una señal con la cabeza, traspasándola con una mirada que la obligó a volverse en dirección a él. No cesaba. No cesaba de clavarle aquellos ojos. «Pero ¿qué hace? ¿Por qué no baja sus jodidos ojos? Dios mío, ¿y yo, ahora, adónde miro? Es más fuerte que yo. Soy incapaz de dejar de responder a su mirada. Dios mío, debo de parecer una sonrojada-y-deficiente-*teenager*-boba-ante-su-primera-experiencia. Dios mío, ¿y ahora por qué baja la vista? Ya te diré yo dónde puedes meterte tu puñetera sonrisita.

»¡NO ME MIRES LAS TETAS!

»Y además, ¿qué haces aquí?»

Maya temía responderse a sí misma. Pero necesitaba una respuesta.

CAPÍTULO TRECE

MIÉRCOLES, 29 de octubre
15.30 horas

«Lo siento, mi amor, lo siento.»

—Vale ya con esa estúpida canción. Detesto a Yuridia, y tú lo sabes —le chistó Maya a Flo, que no dejaba de canturrear. Se estaba burlando de ella, lo sabía. La vuelta del colegio había acabado convirtiéndose en una pesadilla.

—Seis horas. Faltan seis cortísimas horas para la fiesta del año. Y yo sólo tengo un fantástico corpiño y un vestido ceñido imposible de poner que mi madre ha exhumado vete a saber de dónde. ¡Y para colmo tengo un ojo morado! ¡Arrrggg! ¡Aquella gilipollas de Stacy lo ha hecho aposta!

—Vamos, no es una tragedia, ni mucho menos... ¡Además, no sabía que te importase tanto esta fiesta! Ahora resulta que te entran las mismas paranoias con el tema de la ropa que a aquellas descerebradas... ¡Maya, tú también!

—Pero un decimoctavo cumpleaños es un decimoctavo cumpleaños, Dios mío, Flo, ¿cómo es posible que no lo entiendas?

—Ven a mi casa, le pediremos ayuda a mi hermana Jasmine y algo te encontrará.

Aquella propuesta sumió a Maya en la más completa desesperación. Jasmine era «autodidacta» en cuestiones de moda. Se cosía ella misma sus vestidos, convencida de que era una tontería pagar cantidades astronómicas a esos que ella llamaba los «vampiros de la moda», y que las chicas del instituto consideraban unos magos de la elegancia. Jasmine era un perfecto exponente de la estrambótica familia Crumble, cuyos miembros, a excepción de Kate, la primogénita, una fanática del *look* y de la cirugía estética, eran totalmente ajenos a las modas, tendencias y dictados *stile*. Eran, en efecto, prácticamente autosuficientes. Incluso cultivaban sus propias verduras en su huerto, en la casita que poseían en el campo a pocos kilómetros de Londres, en la que tenían tres gallinas, una cabra y una vaca para leche-huevos-queso. Eran vegetarianos, *of course*.

Los padres de Flo, profesores de instituto, habían intentado también convencer a sus hijas de la inutilidad de la televisión. Pero aquella batalla quedó relegada con el advenimiento del ordenador, un medio del que toda la familia se valía profusamente.

Las dos muchachas se encaminaron pensativas hacia la casa. Sólo faltaban algunas manzanas para llegar a la estación de Aldgate Street, pero Maya y Flo no tenían ganas de separarse. Juntas, hallarían una solución, de eso sí estaban seguras.

—Vale, ahora probaremos en el *Market* —propuso Flo.

Maya rememoró con un renovado sentimiento de desesperación el mercado de Spitalfields, el reino de Flo. Un laberinto variopinto y colorido de pequeños puestos que ofrecían el mejor género *vintage* del mundo. Vestidos, zapatos, bisutería, bolsos. Todo de rigurosa segunda mano, a un precio razonable. Flo adoraba aquel caos. Y no se sustraía a los ritos de los jóvenes «globales», que habían proclamado el éxito de tiendas como Beyond Retro, Rokit o Hebba.

Sí, Brick Lane era un lugar único. Todo al alcance de la fantasía. Todo antiguas posesiones de otros, ropas y objetos cargados de historia. Y de emociones.

—Ey, tía, primero vayamos a comer algo, tengo un hambre...

—¿Brick Lane Brasserie?

—¡Brick Lane Brasserie!

Para ellas la Brasserie constituía un rito. Estaba en el centro de Brick Lane, y fue el primer restaurante donde coincidieron, con trece años, durante las preinscripciones de la *high school*. Flo adoraba aquel lugar abarrotado y ruidoso, todo pintado de amarillo y azul, con su revestimiento de madera flotante, sus altas lámparas de colores, el perfume de la India más extrema, y el mostrador de acero tras el cual asomaban encaramados a sus taburetes los dos pequeños bangladesíes que regentaban el restaurante.

La primera vez fueron a parar allí por casualidad. Desde entonces regresaban a menudo para degustar siempre los mismos platos. Compartían los mismos gustos: *chicken tikka masala, begun masala naan*. Pollo al curry y berenjenas con especias, y pan indio.

El anciano bangladesí casi las había adoptado, y cada vez que se dejaban caer por allí, las acompañaba a la mesa, les acercaba la silla, e inclinándose con una reverencia demasiado acentuada para dos chicas de dieciséis años, les preguntaba: «¿Todo bien, *ladies*?».

Además, no las dejaba pedir, sino que se presentaba con sus platos preferidos, para acabar siempre con algún pastelillo, en especial con los *rasgulla* que Flo tanto adoraba. Para Maya, semillas de hinojo. Digestivas. Y almendras garrapiñadas, para sacudirse la tristeza.

—¿Cuántos años debe de tener? —preguntó Maya, embelesada con la gracia de aquel hombre, con su impecable camisa marrón y su inmaculada servilleta blanca ligeramente apoyada en el brazo.

—Bah. Es un viejo.

—¿Y aún trabaja?

—Vete a saber cuánto trabajará todavía. Su nieta tiene nuestra edad; a veces la veo comprando cuadernos en el quiosco de la esquina con Buxton.

—¿Y adónde iremos a comprar el vestido? Oh, Flo, estoy realmente desesperada. Será mejor que me invente una excusa, que me he encontrado mal. No voy a presentarme en esa fiesta para ser el hazmerreír de todos.

—Maya, ya te vale. ¡No hables así! Acuérdate de que eres una combatiente. No debes rendirte. No-has-de-darles-el-gusto-a-esas-señoritingas.

—Es una forma de hablar. El campo de batalla lo han elegido ellas, no yo. Eso me tiene martirizada. Y no sé qué ponerme.

Cuando salían, las dos chicas se toparon con un personajillo que andaba cimbreándose sobre sus tacones de aguja Jimmy Choo, altura-vertiginosa-si-no-chicas-decidme-¿qué-son-estos-tacones? La reconocieron precisamente por los zapatos. Y por la zancada. «Trotona», habría dicho Megan. Enérgica, larga, más bien desgarbada. «No muy a juego con su vertiginoso escote», pensó Maya, sonriendo.

El escote iba acompañado de una falda que apenas cubría el elástico del tanga (rojo, con corazones y las palabras TE QUIERO bien visibles, tal como se intuía fácilmente cada vez que la faldita revoloteaba), de un top con-encaje-de-algodón-rosa-que-enamora, una elegantona blusa con sutiles cuadritos color Burdeos, abierta sobre su pequeño pecho, y de un suéter de pico de suave cachemira. Violeta. Más bien lila. «El color de los sueños que se cumplen, de la perfecta fusión con las personas amadas.» Encima, una cazadora de piel apoyada blandamente sobre los hombros. Además, las Falconer de el-mítico-Tom-Ford-las-únicas-gafas-de-sol-cubrelotodo-que-pueden-llevarse. Encima, la pequeñísima y superbrillante Miu Miu, de color rosa *shoking* con llave y cadena de oro. Debajo, 45 kilos por 1,75 de huesos casi sin chicha a causa de la fatigada y constante sensación de estar demasiado-demasiado-horriblemente-gorda.

Phoebe, en definitiva.

No las había visto, pues iba hojeando concentrada las páginas impresas de un sitio web.

—¿Qué estás haciendo aquí? —le preguntó Flo intempestiva mientras lanzaba una mirada furtiva a los folios. Desde luego, Brick Lane no era la calle más adecuada para una súper-a-la-moda como Phoebe.

—He pasado por All Saints, una adquisición de última hora para esta noche —respondió miss Elegancia al tiempo que mostraba una enorme bolsa de color púrpura—. Kira Plastinina, ¿la conocéis? Yo LA ADORO. Es una nueva estilista rusa, la preferida de Paris Hilton. ¡Imagínate, sólo tiene dieciséis años! Y ya ha abierto veintiocho tiendas sólo en su país. Ah, me gustaría ser como ella.

Flo puso cara de disgusto: ¿Kira Plastilina o algo así? Y además All Saints, Hansbury Street esquina con Commercial, la única tienda de falso *vintage* en toda la zona. ¡Dios mío, qué burra llegaba a ser la pobre Phoebe.

—Pero mirad esto. Estoy *DESPERATA* —recitó Phoebe en su inconexo italiano—. Mis sitios web preferidos, los que utilizo habitualmente (el último Prada sólo por cuatrocientas libras esterlinas, tenéis que entrar siiinnn faaaltaaa en *www.shopzilla.co.uk*), no hacen sus entregas antes de siete días. Siete DÍAS. Y yo los necesitaba TANTÍSIMO para la *party* de esta noche...

Maya se hundió un poco más aún en el abismo de su desesperación sin fin. Y no reparó en que Flo estaba examinando a Phoebe con su típica expresión no-me-cuentes-tu-vida-y-deja-que-corra-el-aire.

—Phoebe —le espetó Flo—, ¿no te has dado cuenta de que se te ha corrido un poco el maquillaje? ¿Y de que la base de color ha perdido su brillo?

—¿Qué me dices? —Phoebe se tocó la cara, horrorizada; para ella el ritual del maquillaje, que tenía que ser absolutamente perfecto, era algo imprescindible. Nunca, por ninguna razón, se podía salir de casa sin ir maquillada-peinada-vestida-lacada-y-con-la-manicura-hecha-a-la-perfección. Se lo había enseñado su mamá.

Al instante, extrajo un espejito del bolso y se examinó con ansiedad. Entonces su mirada se volvió opaca y húmeda. Flo se dio cuenta de que Phoebe no era consciente de la devastación de su maquillaje. En realidad, movía el espejito para mirar detrás de ella.

Lanzó una mirada escrutadora y con el rabillo del ojo vio una masa de músculos que doblaba la esquina a toda prisa. Lo había reconocido. Por el corte de pelo, cortísimo, rubio *flash*. Y por la estatura, uno noventa.

—¿Qué hace Harry aquí? ¿Qué estáis haciendo los dos aquí...? Oh, Dios mío, Phoebe... —gritó Flo, con una pizca de satisfecha perfidia.

Maya se volvió de repente. ¿A qué se refería Flo? ¿Y por qué parecía como si a Phoebe le hubiesen pasado una apisonadora por la cara?

La respuesta llegó en forma de cascada. De lágrimas.

Provenían de una Phoebe exhausta, ahora ya indiferente a la irremediable ruina de su *look*.

—No puedo, no puedo deciros nada... —Comenzó a sollozar—. Toda esta historia es una mierda. Yo estoy mal, estoy fatal. He intentado decirle que no, lo he intentado. Pero él insistía. Me dijo que era importante. Y yo he caído. Como una estúpida. Como siempre. Dios mío, ¿por qué seré tan débil? ¿Por qué no soy capaz de decir que no? ¿Por qué cuando un chico me dice una cosa bonita, yo me lo creo? ¿Y cómo se lo diré a Stacy? No, no puedo. Ella lo es todo para mí. Todo, ¿entendéis? Ya veo que no lo comprendéis. No tenéis ni idea de lo que es una amistad verdadera. Dios mío, la que he armado. Ahora, vosotras iréis corriendo a contárselo. ¿Cómo he podido fiarme de vosotras dos, con lo que odiáis a Stacy? Dios mío, la que he armado...

Resultaba difícil enterarse de algo, con Phoebe llorando a mares. Ahora había vuelto a ponerse en marcha por el pavimento de colores de Brick Lane, con sus zancadas de marca, dejando a Maya y a Flo perplejas e incrédulas.

—¿Soy yo o acaba de confesar que se ha enrollado con Harry? —preguntó Maya.

—Sí. ¿No vas visto en qué estado se encontraba? No quiero ni imaginarme la reacción de Stacy si se llega a enterar. En cuanto lo viese, vete a saber...

Flo le guiñó un ojo a su amiga. Pero Maya estaba demasiado preocupada por la fiesta y no podía pensar en otra cosa.

—Así pues, ¿qué me pongo? —gimoteó.

—Déjame pensar... —respondió Flo, consciente de que estaban en una situación sin salida.

Ya eran las cuatro de la tarde. Faltaban cuatro horas para que empezase la fiesta. Imposible, totalmente imposible encontrar el vestido adecuado. A menos que...

—Maya, ¿y si le pidieses ayuda a tu madre?

Maya la miró desconsolada. Y es que no estaba nada segura de la disponibilidad de Megan. Ciertamente, si ella hubiera querido, su organizadísima madre habría podido resolver la situación como la bruja de la serie televisiva, con un pestañeo. La eficiencia de su madre era motivo de constante irritación para ella: ¿por qué esa mujer tenía que comportarse siempre como un ser perfecto?

Pero esta vez decidió hacer caso a Flo y arriesgarse, pedir lo imposible: que su madre estuviese a su disposición un miércoles por la tarde, sin avisarla previamente.

Y muy poco antes hubiese tenido que aguantar sus lamentaciones: disculpa-tesoro-tendrías-que-avisarme-antes-sabes-que-así-en-el-último-momento-no-puedo-dejar-el-despacho-yo-tengo-responsabilidades-y-vas-y-me-llamas-de-esta-manera-y-me-haces-sentir-culpable-yo-no-te-entiendo-en-absoluto-parece-que-lo-hagas-a-propósito-eso-de-pedirme-lo-imposible-para-ponérmelo-más-difícil...

Sin embargo, Megan decidió sorprender a su hija. Por una vez.

—¿Qué te ha pasado? ¿Han vuelto a invitarte a una fiesta de la que te habían excluido? ¿Y a santo de qué te habían excluido? Pero ¿qué clase de gente frecuentas? ¿Qué amigas tienes?

—Mamá, ya te lo explicaré en otro momento. Pero ahora se trata de una emergencia real. Tengo la fiesta más importante del año, quizá de los últimos tres años, que empieza dentro de cuatro horas, cuatro. ¡Y NO SÉ QUÉ PONERME!

—¿Te has probado mi viejo vestido ceñido?

—No he tenido tiempo de probármelo. ¿Y si no me viene?

—Si hace un mes que está en el armario... Lo más seguro es que no te quede bien. Con lo que has adelgazado. Pero tú ¿comes o no? ¿Sabes que eso es jugar con tu salud? No te entiendo nada...

—Mamá, ¿me quieres ayudar, sí o no?

—De acuerdo. Dame media hora.

Fue la media hora más larga de su vida. ¿Podría Megan ayudarla realmente? ¿Y cómo?

Al cabo de media hora, su madre llamó.

—Tienes hora a las seis en Taylor Taylor para el pelo, ¿sabes?, aquel establecimiento tan bueno, en Cheshire Street. Les he dicho que corten un poco y te hagan un moldeado a prueba de balas. Mientras te arreglan el pelo también se encargarán de las manos y la pedicura, así ganaremos algo de tiempo. Nada de manicura francesa, se tarda demasiado. Y es vulgar. Manicura normal. Esmalte, fijador. Escoge tú el color. Por favor, un color de jovencita, algo que no sea demasiado vistoso. A las seis y media habrás acabado. Te paso a buscar y vamos a Harrods. Primera planta, Princesa tam tam para la ropa interior. Segunda, Alice & Olive, para la ropa. He telefoneado y les he encargado un vestido años cincuenta de tu talla. Lo tienen en negro y en rojo: así podrás escoger.

—Frena, supermamá. No es mi estilo.

—¿QUÉ?

—Alice & Olive no es mi estilo. Demasiado formalillo. Nunca me pondría una ropa como ésa.

—Ah, señorita, mis más sinceras disculpas por haber salido a toda pastilla, dejando mi trabajo, tras ser avisada en el último momento. Discúlpeme por haberle encargado un vestido que ha salido en todos los *Vogue* del mundo, diseñado por una firma que las muchachas de su edad consideran una de las mejores. Podrá disculparme, ¿verdad?

—Mamá, no empieces.

—No empieces tú. ¿Por qué no pruebas a ser un poco agradecida?

—¿Y tú por qué no pruebas a estar un poco menos pendiente de ti misma? Yo-soy-distinta-de-ti. Métetelo en la cabeza. Estoy aquí, mamá, ¿me oyes? Soy yo. No soy un clon de la perfectísima Megan. ¡No puedo vestir de Alice & Olive!

Megan frenó en seco su frustración.

—Ok, pasaré a buscarte por Taylor Taylor.

La que se presentó en la puerta de uno de los peluqueros más *cool* de Londres era una Megan sumisa y alicaída, pero simpática.

Dispuesta por primera vez, según le pareció a Maya, a escucharla.

—Te voy a llevar a un sitio que te gustará.

—Vale.

—Bien.

—Y gracias...

A los pocos minutos llegaban a Lamb Street. Y a Maya se le hundió el mundo.

—Pero mamá, esto es Fairy Goth Mother.

—Sí, ¿conoces este sitio?

—Pero mira los escaparates. ¡Es un desastre!

—Ven —le pidió su madre, sonriente.

Entraron, y fueron recibidas por una dependienta que se deshizo en una infinita serie de cumplidos. Elogió las delgadísimas piernas de Maya, sus brazos demasiado finos. Y su maldito pecho, siempre tan evidente en un cuerpo tan delgado.

Entonces las acompañó a una dependencia semioculta de la tienda, donde por fin Maya pudo recrear la vista. Y satisfacerla.

Eligió un vestido rojo, largo, con volantes e infinidad de fruncidos, que le aportaban un delicioso perfume de ligereza y romanticismo.

Megan también había pensado en el maquillaje. Y había convocado en su casa «a las 19.45 en punto» a su esteticista personal con la orden de que convirtiese a su hija en una princesa. Más o menos. Lo más difícil, ya lo sabían, sería camuflar el ojo morado.

Megan, en estado de gracia, también había decidido abstenerse a ese respecto, y no dejar que su proverbial ansiedad diese al traste con la armonía que había surgido entre madre e hija.

A las 20.15 una extasiada Megan contemplaba admirada a su hija.

—Aún falta un único detalle.

«Ya me extrañaba que lo encontrase todo bien», pensó Maya.

—Los zapatos... —añadió Megan, pensativa. Y dejó a Maya para zambullirse en el infinito y desordenado armario donde acumulaba sus zapatos, así como la feminidad que ocultaba cuando estaba en otros lugares.

Volvió corriendo junto a Maya con un increíble par de Jimmy Choo nuevos de trinca.

—¡Mamá!, ¿y esto?

—Esto lo había comprado para una ocasión especial... que aún no se ha producido.

Maya, dudando, se probó las estilizadísimas sandalias de raso rojo, drapeadas en oro, montadas sobre un tacón de quince centímetros y medio.

¡Increíbles! ¡Absurdas!

Tan poco en su línea.

Pero, asimismo, tan increíblemente hermosas, por una vez en la vida.

A las 20.30, Maya se miró al espejo, radiante con su vestido rojo. Un corpiño ligero, de invisible gasa, le ceñía el pecho. El vestido se estrechaba en la cintura, evidenciando las regulares curvas de su cuerpo, cuyas caderas, que encontraba un poco anchas, siempre le habían fastidiado.

Sí, aquel vestido le sentaba realmente bien. La falda, amplia y vaporosa, tenía mil pequeñas arrugas que daban fe de su ligereza. Caía sobre las delgadas piernas de Maya, apenas por encima de la rodilla, dejando a la vista sus pantorrillas, sólidas y esbeltas.

Sí, aquel vestido parecía estar hecho a propósito para hacerle ganar el título de miss Party del año.

Su largo pelo negro parecía un soplo de vapor: Maya había querido darle un toque personal, un mechón azul índigo, otro violeta y otro lila apenas insinuados, surgiendo de detrás de la nuca.

A las nueve, con un retraso más que justificado, un taxi dejaba a Maya ante una casa iluminada como si fuese pleno día.

CAPÍTULO CATORCE

Londres, 29 de octubre de 2008

Estoy predestinado.

¿Lo comprendes, estúpida Megan?

Lo que tienes ante ti no es a otro de tus muchos psicópatas imbéciles que tanto te divierte clasificar.

Porque tú te diviertes, ¿no es así, Megan? Te gusta hacerte la doña perfecta, la mejor de todas.

Y sin embargo no has comprendido una mierda acerca de mí.

Estoy predestinado.

El Maestro lo sabe, siempre lo ha sabido.

Después de aquel encuentro en la librería, volví a verlo.

No sé por qué, pero decidí fiarme de él.

Él había comprendido.

Me había comprendido.

Al cabo de una semana tuve la primera cita en su consulta de Belgravia.

Una consulta fantástica. Parecía estar sumergida en el futuro. De las paredes colgaban todos los títulos del Maestro. En efecto, era verdaderamente célebre. Investigaba sobre el ADN y había descubierto una técnica para rejuvenecer la piel envejecida y agotada de aquellos que ya habían dejado atrás la juventud pero no se resignaban a perderla.

Aquella tarde, en su consulta, tuve que armarme de valor y esperar mi turno.

Pasé la media hora más angustiosa de mi vida. Ante mí, cuatro chicas con minifalda y camisetas arrugadas me observaban y reían sarcásticamente. Sabía que estaban mirándome la costra.

Pero no podía esconderme.

—En un momento estoy contigo —anunció el Maestro, acudiendo en mi ayuda. Se sacó el muerto de encima en un momento; mi visita, en cambio, fue larga y dolorosa. Con todo, aquel día en la consulta se convirtió en el comienzo de mi nueva vida.

Con paciencia y sabiduría, el Maestro curó la herida que marcaba mi cara.

Con paciencia y sabiduría, el Maestro curó las heridas que marcaban mi alma.

Y me reveló la Misión.

Te lo noto, Megan, tu olfato comienza a agitarse. ¿Qué hay detrás de todo esto? Debes de estar preguntándotelo.

Lo que hay detrás es la revelación fundamental, estúpida Megan.

Aquello por lo cual existimos. Pero tú eres demasiado obtusa para comprenderlo.

Estoy buscando la perfección.

¿Sabes que a veces el Maestro me asustaba?

No, ahora ya no. Ahora, hay veces en que me irrita y me molesta.

Cuando empieza con esas fijaciones suyas. Y con sus exigencias obsesivas.

Pero él sigue siendo el que sabe. Él cree en mí.

Un día, me hizo permanecer allí tras la visita.

—Michael, ya va siendo hora de que te enseñe algo. Ahora ya sabes lo bastante de mí y de mis investigaciones. Al menos, aquello que por ahora se le puede contar a la gente... Por cierto, ¿sabes qué significa tu nombre? Proviene del hebreo Mikael *y significa «el que es como Dios». El arcángel Miguel es quien defiende la fe de Dios contra los batallones de Satán: está escrito en el Libro del Apocalipsis. A veces, el destino también puede leerse en el nombre de las personas.*

Resultaba curioso, debo admitirlo.

Aquel hombre me inquietaba y me fascinaba a un tiempo. Y además creía en mí.

Eso era lo que seguía asombrándome.

Aquel día, lo recuerdo bien, era 21 de diciembre de 2003.

Lo recuerdo porque faltaba poco para Navidad.

Odio la Navidad, por supuesto. ¡Menuda hipocresía! Tanta bondad para un día. Y al día siguiente, ¡zas!, el plazo ya ha expirado: ¡queridos, podéis volver a odiaros!

En cualquier caso, el Maestro me franqueó la entrada a su laboratorio secreto.

Lo que vi me dejó sin habla.

El 21 de diciembre de 2003, el Maestro me hizo atravesar aquella puerta.

Detrás había una sala muy pequeña, atestada de libros y mapas antiguos. Un sillón de cuero gastado por los años y el uso. Una vieja lámpara de bronce. Cuatro alfombras amontonadas una sobre otra con extraños dibujos. Con infinidad de colores.

—Son alfombras mexicanas —explicó el Maestro al notar mi curiosidad—. Algún día te explicaré qué significan.

Tres de las paredes de la minúscula habitación las ocupaban unas estanterías de madera oscura que llegaban hasta el techo, abarrotadas de libros.

—¿Qué sabes de los mayas? —me preguntó de repente.

—Que era una civilización de América Central, destruida por los conquistadores españoles.

—Cierto, pero eran mucho más que eso. Eran unos matemáticos buenísimos. Y unos excelentes astrónomos. No conocían la rueda, pero fueron los primeros en la historia de la humanidad que descubrieron el valor del cero. Todo un misterio, estos mayas. Aparecieron de repente, investidos con los conocimientos y los instrumentos propios de una civilización ya evolucionada. Quizá en el lugar de donde provenían...

—Maestro, ¿le gusta la historia? —me aventuré a preguntarle.

—Me gusta esta historia. Lee esto.

Me acercó un pedazo de papel. Un poco estropeado y bastante amarillento. Se notaba que era viejo y que había pasado por innumerables manos.

—Presta atención —me ordenó—. Es una copia, pero posee un valor incalculable. Viene de muy lejos, aunque no sabemos exactamente de dónde.

Título: Noticia sobre los inminentes cambios de la Tierra.

Hablaba de huracanes y de terremotos y de recalentamiento del planeta. En suma, de un montón de esas cosas que los telediarios mencionan todos los días.

Sólo que la fecha indicada en el escrito era 1991, al menos diez años antes de que aquellos fenómenos anduviesen en boca de todos.

Miré al profesor en busca de una explicación.

—No sabemos quién lo escribió ni por qué —me confesó—. Fue hallado en el metro de París hace quince años. Nadie sabe quién lo dejó allí.

«En la actualidad, se está produciendo un inmenso cambio en y sobre la Tierra... —leía el Maestro al tiempo que me observaba—. Se registrará un marcado aumento de la negatividad mientras dichos esquemas no se elaboren y se den a conocer. Tenéis que saber que durante esta limpieza aparecerá una fuerza interior. Recibiréis vibraciones divinas como nunca antes sentisteis y deberéis esforzaros en estabilizar continuamente vuestra energía con vistas a estar preparados para la próxima transformación y la siguiente...»

Proseguían algunas frases tachadas. Podía leerse una fecha con dificultad: 20...

Le pregunté al Maestro por qué no podían leerse los números.

—Hay cosas que aún no pueden ser reveladas —respondió, enigmático—. Aún queda mucho trabajo por hacer. Nosotros tenemos una misión.

—¿Quiénes somos «nosotros»?

No sabía si creerme lo que anunciaba aquel escrito, dejarme llevar por el pánico, o dirigirme a la puerta secreta y dejar allí plantado al Maestro antes de que fuese demasiado tarde.

Decidí quedarme.

—Nosotros, las personas que, como yo mismo, creen que existe un modo de ir más allá de las apariencias. Más allá de esta vida. Hacia la eternidad. Y hacia lo divino.

«Está loco», pensé.

Tú también lo piensas, ¿verdad, Megan?

Puso en mi mano una tarjeta con una dirección: Westbury Road, 34. Ealing Village, Londres, W5.

Y un nombre.

Deborah Grave.

CAPÍTULO QUINCE

MIÉRCOLES, 29 de octubre
21.00 horas

South Kensington, la zona bien de Londres. Para Maya, la fiesta del año estaba a punto de empezar.

—¡Uau! ¡Estás guapísima!

Aquella noche, Maya habría de oír infinidad de veces aquel comentario elogioso que acababa de hacerle Flo. Incluso de Phoebe, sinceramente impresionada por el aspecto de Maya.

La llegada a la fiesta estuvo a la altura de las expectativas.

Una larga escalinata daba entrada a un salón iluminado como el *Titanic*.

Había que pasar bajo las miradas complacidas de un pequeño grupo de padres, y finalmente se accedía a la pista de baile. Aquél era el dominio de las chicas, la verdadera atracción de la velada, embutidas en sus vestidos de marca, maquilladas como divinidades, peinadas como estrellas de Hollywood.

Stacy no le dedicó a Maya ni una mirada, apenas la saludó.

«Mejor así», pensó Maya.

Había una objeción. Los chicos, por el contrario, seguían siendo los mismos, por más que llevasen esmóquines de alquiler.

—Vamos, a estas fiestas no se viene por los chicos.

Flo intentaba subir la moral de su decepcionada amiga.

Las mismas caras, las mismas estupideces, los mismos guaperas. Entonces, ¿de qué había servido todo aquel esfuerzo?

—Pero no sólo lo hacemos por los tíos, ¿no te parece? Mira, en ningún momento nos vestimos para ellos, como Cenicienta en su baile. Lo hacemos para admirarnos las unas a las otras —sentenció Flo-la-sabia.

—En eso te equivocas —le rebatió Maya—. Estoy decepcionada. Decepcionadísima. No veo ni el menor rastro de algún CCPV, ningún «cuando crezcas-un-poco-volveré».

—Maya, ¿es que acaso saldrías con alguien más pequeño?

—Todos los chicos parecen críos que apenas han crecido. Sólo nos queda esperar a que pase el tiempo...

—Bah. ¿Cómo será Mark si le damos tiempo?

Maya proyectó la mirada hacia su compañero de clase: melena pelirroja, un esbozo de barba y granos por todas partes.

Desanimada, se dirigió a la inmensa mesa de los dulces. Estaba a punto de coger un pedazo de pastel de chocolate y pera muy tentador, cuando de pronto se sintió incómoda. Tenía la sensación de que estaba a punto de ocurrir algo. Sus sentidos en estado de alerta le indicaban peligro.

Se volvió en busca de Flo, la única capaz de aplacar su inquietud.

Y en ese momento lo vio.

Estaba allí, detrás de ella, y la miraba.

Maya se dio cuenta de que aquella sutil sensación de incomodidad se debía a esa mirada. Y es que Trent tenía un modo muy extraño de observarla. Parecía que inspeccionase cada centímetro de su cuerpo, encajado esa noche en aquel vestido rojo fuego. Pero en su mirada había algo más. Algo más intenso.

Había una especie de avidez, de deseo violento que a Maya le parecía casi tangible.

Trent no le sacaba la vista de encima. No le hablaba. No le sonreía. Sólo la miraba. Se mantenía inmóvil, como un guerrero zen un segundo antes de atacar. Como un león que se prepara para saltar sobre su presa.

Sólo sus ojos se movían. Imperceptibles, profundos.

Escrutaban a Maya.

Buscaban su cuerpo, sus pensamientos, su corazón, su alma.

Maya se ruborizó. Se sentía violenta. Y aterrorizada de pensar que alguien pudiese captar aquella corriente en ebullición que estaba atravesando la fiesta, surgiendo de donde ella estaba y dirigiéndose hacia aquel increíble chico.

Naturalmente, Trent no llevaba esmoquin (era el único en toda la fiesta). No había renunciado, naturalmente, a la sudadera Nightmare before Xmas; el único toque festivo lo aportaban una chaqueta negra y unos tejanos color gris oscuro. Pero no daba la impresión de alguien que está fuera de lugar, sino que más bien parecía un cuerpo extraño, aunque más real que todos los demás. La miraba fijamente, sin desviar la vista. Como los gatos, que nunca bajan los párpados.

Maya tuvo la sensación de que había transcurrido un tiempo interminable desde que reparó en que él estaba en la fiesta.

Y Trent seguía allí.

—Estás bien. Vestida así, quiero decir.

Seco. Esencial.

Entonces, se estremeció y le tendió una mano. Alargó un dedo, la rozó apenas.

Un escalofrío. Y un hormigueo. «Esperemos que no se haya dado cuenta», pensó Maya, aterrorizada.

La mirada de Trent se posó en su mano, donde buscó ansiosamente las líneas de su palma. Pero sólo duró un instante. El chico volvió a su posición inicial y con un ligero gesto dejó caer una nota en la mano de Maya.

Acercó los labios a su rostro.

Maya creyó que iba a desmayarse. Un torbellino de pensamientos contradictorios se agolpó en su mente.

«Bésame-por-favor-bésame-pero-por-qué-me-provocas-esta-sensación-y-no-yo-debería-resistirme-y-ni-siquiera-sé-quién-eres-tal-vez-seas-peligroso-y-además-nunca-me-fío-de-los-desconocidos-pero-tú-me-gustas-precisamente-porque-eres-tan-diferente-de-los-demás-y-fíjate-qué-ojos-tienes-y-qué-boca-oh-por-favor-bésame.»

Trent la acarició. Acercó sus labios a los de Maya, le dio un beso rápido. Y le susurró:

—Tenemos muchas cosas que decirnos, y que descubrir juntos. Sólo te pido que no tengas miedo. Confía en mí.

Y entonces se dio la vuelta y se marchó.

Maya se quedó allí, incapaz de moverse. Al apretar el puño, notó el papel que él le había entregado.

Lo abrió.

Y se quedó petrificada. No sabía si sentir terror o felicidad.

De pronto echó a correr. Dejó aquella inútil fiesta, a aquellas personas insignificantes; prescindió incluso de Flo, que la perseguía pidiéndole explicaciones.

«Vete, vete, vete.»

Sólo quería irse a su casa.

CAPÍTULO DIECISÉIS

MIÉRCOLES, 29 de octubre
23.45 horas

—¿Cómo es que ya has vuelto? ¿Ha pasado algo?

La voz preocupada de Megan la recibió desde la escalera. La había oído llegar y se había asomado a su estudio, en el primer piso de la casa unifamiliar donde vivían.

«Por favor, la típica ansiedad de madre con remordimientos, no, precisamente esta noche, no», pensó. Decidió jugar sin arriesgarse.

—Todo bien. Nos han echado antes porque los vecinos se han quejado del follón.

—Ah, vale. Te preparo una manzanilla.

«Es su mejor recurso cuando no sabe qué decir», pensó Maya, al tiempo que echaba un vistazo malhumorado al montón de papeles en que su madre andaba inmersa. Megan la criminóloga. Megan la gran psicóloga al servicio de la Justicia.

—¿En qué estás trabajando?

—Nada en especial, pero es una cosa que conviene que tú también sepas. La otra noche, en tres discotecas distintas, unos chicos se sintieron indispuestos y fueron hospitalizados de urgencia. Habían tomado un cóctel que contenía una mezcla letal de drogas. Se salvaron por los pelos.

—Sí, lo sé. No-bebas-nada-que-te-ofrezca-un-desconocido. Mamá, conozco la lección.

—Sí, pero en realidad iba a comentarte otra cosa.

—...

—Al parecer, los autores de la jugarreta pertenecen a una especie de secta. No sabemos casi nada, pero son peligrosos. Mucho.

—¿Una secta? Venga, hombre, seguro que son invenciones... cosas de la tele.

—No creas. Hay gente peligrosa, perturbada... se trata de desequilibrados que juegan con su propia muerte y con la de los demás, con la vana ilusión de poder controlar la vida.

—¿Y cómo lograréis identificarlos?

—Es difícil. En parte porque son muy astutos. Muchos de ellos se mezclan con grupos *punk* o *dark*. Pueden hacerse pasar por «emos», por ejemplo. Otros son de lo más normal. Hasta el punto de que pueden parecer más prosaicos que tú o que yo. Pero lo que los hace más reconocibles es su capacidad para acercarse a la presa. Al principio pueden parecer fascinantes, dan la impresión de que te conocen a fondo. Es una técnica de manipulación mental, encaminada a ganarse la confianza de los más desprevenidos, y así anular su voluntad. En realidad acabas siendo un instrumento en sus manos, y no puedes defenderte.

Maya se sentía incómoda. No le gustaba aquella historia. Pero tenía curiosidad.

—¿Y quiénes son sus víctimas?

—Chicas, en su mayoría. Frágiles. A veces están solas, a veces las han dejado solas. Con un pasado difícil o algún trauma que no han sido capaces de superar. Caen en sus redes, convencidas de que son fuertes y no corren peligro. Sin embargo, créeme, si entran en la secta, están acabadas. Los adeptos utilizan infinidad de técnicas de manipulación para hacer que estas chicas se sientan el centro de atención. Importantes, fuertes, necesarias. Y ellas caen en la trampa. Una de las técnicas más empleadas con las adolescentes es el *flirty fishing*, la seducción. El adepto finge estar enamorado de la víctima y le hace la corte. Hasta que ésta cede. Naturalmente, todo es un engaño. El adepto está obligado a redactar una lista mensual indicando a cuántas víctimas ha hecho caer en sus redes. ¿Y sabes otra cosa?

—¿?

—A veces parecen verdaderamente amigos. También se debe a que son capaces, no se sabe cómo, de sonsacar informaciones de vital importancia para su presa. Así conquistan su confianza. Son un verdadero azote... Hummm, Maya, ¿qué llevas en la mano?

Maya enmudeció. No había vuelto a pensar en la hojita que Trent le había dado. La abrió instintivamente. Y la leyó por segunda vez aquella noche.

Era la letra de una canción. Era la letra de «With or without you».

CAPÍTULO DIECISIETE

JUEVES, 30 de octubre
24.00 horas

FLOG: ¿Tú qué prefieres, Miami o NY?

MAYA91: Las Vegas, la original.

MAYA91: Aunke NY también me va. Pero los episodios de esta noche ya los he visto todos. Qué coñazo.

FLOG: No entiendo por qué te obstinas en mirar CSI a la una de la madrugada, después del baile más plasta del año.

MAYA91: Para distraerme. También lo he intentado con Buffy.

FLOG: No hay quién se lo trague.

MAYA91: Factor X.

FLOG: Peor aún.

MAYA91: He desenterrado Lost.

FLOG: Has llegado a los postres.

MAYA91: He probado con Mujeres desesperadas.

FLOG: Sirve para hacer compañía a las abuelas.

MAYA91: Ni siquiera Sexo en Nueva York ha funcionado.

FLOG: ¿¿¿Contigo??? *Love u so much...*

MAYA91: Nunca se sabe.

FLOG: ¿Y tampoco The O.C.?

MAYA91: ¿Ke ha pasado? Nunca había kaído tan bajo.☹

FLOG: Me gusta.

MAYA91: Dirty Sexy Money? Demasiado pijilla.

MAYA91: Flo. Tengo miedo. Y stoy harta.

FLOG: ¿Él?

MAYA91: Él. Me da miedo. Es raro. Pero no puedo dejar de pensar en él.

FLOG: ¿Xk siempre lo complicas todo tanto? ¿No podrías buscarte uno normal?

MAYA91: Quiero...

JOHN: Un mundo a la altura de mis sueños.

FLOG: ¡John! Bienvenido.

JOHN: *I miss you...*

FLOG: ¿Me echas de menos?

JOHN: Flo, soy feliz.

FLOG: Perdona que te lo diga, pero te he de llamar deficiente.

JOHN: ¿Preparada para la supernoche alternativa?

FLOG: Huuuuuuummmmm.

MAYA91: ¿Ké es la supernoche alternativa?

JOHN: *Girls*, soy un pirata. Quiero hacer zzzz.

MAYA91: Flo, no puedo dejar de darle vueltas.

FLO: ¡Maya, ya vale!

MAYA91: Ok, cambio de tema. ¡¡¡Vaya rollo de fiesta!!!

JOHN: ¡Ya veréis la mía! De puntillas hasta el paraíso... ¡La moral no existe! ¡Sólo existe la hierba!

FLOG: ¡John, mira que llegas a ser idiota! Incluso a las 2 de la madrugada...

JOHN: «*Change happens, deal with it...*».

FLO: ¿Qué estás diciendo?

XMAS: Sí, ¿qué ha dicho?

MAYA91: ¿Kién eres?

XMAS: Adivínalo.

JOHN: Yo lo sé.

MAYA91: ?

JOHN: Yo lo sé. T.R.E.N.T. Tinieblas-ruido-emociones-noche-temblor.

XMAS: John, gracias por la presentación.

JOHN: ¡Vaya coñazo de fiesta!

FLOG: Todo el mundo de acuerdo.

JOHN: ¿El sábado iremos a la caza de la disco más *dark*?

FLO: ¡Darko!

XMAS: «*In sleep he sang to me, in dreams he* CAME, *that voice which calls to me, and speaks my name*».

JOHN: *El fantasma de la ópera*. Odio ese rollo.

XMAS: Te equivocas, John. Dice muchas cosas. De las voces que tenemos en nuestro interior.

Maya empezó a removerse en la cama, desde donde chateaba, repantigada con las piernas cruzadas entre sus innumerables cojines. En la oscuridad de su habitación, con la única fuente de luz de la pantalla de su portátil, estaba segura de encontrarse a salvo. Protegida de miradas indiscretas.

No, esa noche no tenía ningunas ganas de que le examinasen el alma.

JOHN: ¿Qué quieres decir?

XMAS: Que a veces tienes la sensación de que alguien ha entrado en tu interior.

MAYA91: Flo, yo sólo quiero EQUILIBRIO.

XMAS: Siempre hay algo que hace pedazos el equilibrio.

JOHN: Marihuana-éxtasis-cocaína...

FLOG: John, no te lo tomes a cachondeo.

JOHN: La droga mata.

FLO: Sí, las esperanzas de tu madre.

JOHN: Uno de estos días os enseñaré que hay formas más sofisticadas de experimentar emociones.☺

XMAS: *Master of life!*

JOHN: ¿Qué es mejor, vivir por nada o morir por algo? ¡Mejor vivir por amigos como vosotros!☺

XMAS: Pequeña flor de loto, ya hablaremos tú y yo a solas.

Maya esperó unos segundos, intentando resistirse a la invitación de Trent. En vano. Lo sabía desde el principio.

MAYA91: Aquí me tienes.

XMAS: Aquí estás.

MAYA91: Esta noche me has asustado. En la fiesta.

XMAS: ☹

MAYA91: Por la canción.

XMAS: «*Trough the store, we reach the shore. You gave it all but I want more*».

MAYA91: Ésa.

XMAS: *I want more*, dulce Maya.

MAYA91: Pero yo no te conozco.

XMAS: Pero me conocerás.

MAYA91: Y tú, ¿me conocerás?

XMAS: «*She walks in beauty, like the night. Of cloudless climes and starry skies...*».

MAYA91: ????

XMAS: Lord Byron, milady. Belleza de la noche, yo ya te conozco. Sé cómo inclinas la cabeza cuando te concentras, cómo sonríes frunciendo ligeramente el labio, cómo se te dibuja esa pequeña y ligera arruga en la frente cuando te enfadas.

MAYA91: ¿Y qué más?

XMAS: Y además conozco tu canción favorita, «I don't wanna miss a thing», Aerosmith, la canción que Steve Tyler le dedicó a su hija Liv. ¡VIVA-EL-AMOR-PATERNO! Y...

MAYA91: ¿Y...?

XMAS: ¿Y qué podría decir de esa pequeña, maravillosa espiral que tienes debajo de la oreja? El símbolo de la vida...

MAYA91: ¿Cómo lo sabes? Apenas lo he dicho y la llevo tapada...

XMAS: Cuando sacudes ligeramente la cabeza... estoy pendiente de ti.

MAYA91: ¿Y qué más?

XMAS: Te mordisquearía esa estrellita invertida que te quisiste poner en la espalda. Y también te daría la vuelta lentamente, y miraría tus preciosos ojos oscuros y luminosos, como la noche más clara. También te abrazaría. Fuerte, estrechándote contra mi pecho.

MAYA91: ¿Y qué más?

XMAS: Entonces me arrodillaría a tus pies y empezaría a quitarte despacio esos maravillosos zapatitos de bruja que tanto te gustan. A continuación te sacaría las medias. Y entonces te miraría desde abajo, para ver el perfil de tus pechos. Perfectos. ¿Por qué los ocultas?

MAYA91: Cambiemos de tema.

XMAS: Después acercaría mi cara a la tuya, para respirar tu aliento. Y probar tu boca.

MAYA91: Me das miedo.

XMAS: ¿Por qué? Confía en mí, Maya.

Pero Maya no podía confiar. Ya le gustaría. Dejarse ir hacia Trent. Abandonarse a aquella emoción que la aturdía, a ese sentimiento que sentía nacer en su interior. Pero no podía. Ni siquiera debía planteárselo. Había algo en él que la inquietaba. Algo misterioso que no lograba comprender.

El siguiente mensaje la sacó de sus pensamientos.

XMAS: Eres como una flor de loto, eres mi florecilla de loto, pequeña Maya. Nace en el fango, pero se vuelve hermosísima. No tengas miedo del fango.

Eran las mismas palabras de Dave, de su adorado padre. ¿Por qué las conocía Trent?

MAYA91: ¿Cómo lo sabes?

Pero el chat ya se había desconectado. Del otro lado de la pantalla no llegó respuesta alguna.

CAPÍTULO DIECIOCHO

JUEVES, 30 de octubre
7.40 horas

—Mamá, ¿tú crees en el más allá?

Maya fue directa al grano.

La conversación que había mantenido con su madre la noche anterior y el extraño comportamiento de Trent la habían turbado más de lo que estaba dispuesta a admitir. Pero aquella inquietud venía de lejos. Los últimos tres días habían sido demasiado. Demasiados sucesos inexplicables, demasiadas situaciones imprevistas. Y además, Megan se había mostrado tan extrañamente disponible, tan capaz de escucharla, que Maya decidió prolongar hasta donde fuera posible aquel momento mágico.

—Maya, no sabría decirte, existen varias teorías. Pero un hecho sí es cierto, muchas universidades, todas ellas muy serias, están dedicándose a la parasicología. Tal vez sepas que existe un proyecto de una importante universidad americana que estudia las experiencias en el momento de la muerte y el post mórtem, basándose en las creencias indias sobre la reencarnación.

—Sí, mamá, pero no me refería a eso... ¿Tú crees en ello?

—Si creo... No lo sé, una vez leí un artículo muy interesante que casi me convenció... Espera, debo de haberlo guardado...

—Mamá, por favor. ¡NO EMPIECES! Me pones de los nervios con

tus explicaciones y tus clasecitas. ¡Sólo te he preguntado si crees o no!

—Quiero contarte una historia. ¿Sabes quién era Houdini?

—¿El mago?

—Sí, ése. Fue uno de los más grandes ilusionistas de la historia. ¿Sabes?, era famosísimo por sus fugas. Se hacía encadenar en situaciones imposibles, sumergido en un tanque de agua o cabeza abajo, y siempre lograba liberarse.

—Mamá, por favor, ¿a qué viene todo esto?

—Espera, deja que termine... Houdini murió la noche de Halloween de 1926, oficialmente a causa de una peritonitis, pero hay quien sostiene que fue envenenado. Su muerte se vio envuelta en el misterio: Houdini era un enemigo declarado de los espiritistas, y en sus espectáculos los ridiculizaba y los dejaba en evidencia.

—Mamá, ¿y qué más? ¿Piensas ir al grano?

—Así que, poco antes de morir, decidió suscribir un pacto con Bess, su esposa. Eligió una palabra secreta y el código para descifrarla, y le prometió que, si se daban las condiciones adecuadas, volvería del más allá para revelársela. Entonces, tendrían una prueba definitiva de que existía un mundo de ultratumba.

—¿Y funcionó?

—Al principio, no. Durante meses Bess fue atormentada por una infinidad de médiums que afirmaban haber recibido mensajes de Houdini.

—Así que nada, ¿no existe nada?

—Maya, haz el favor, ¿cómo quieres que acabe si me interrumpes cada dos segundos.

—Vale, continúa.

—Un día se presentó un tal señor Ford con una nota para Bess. Estaba escrito «Pierden». Era la clave que habían establecido los esposos. Bess aceptó participar en una sesión de espiritismo con aquel hombre. Y allí oyó que la llamaban con el sobrenombre que sólo conocían ella y su marido: «Rosabelle».

—En definitiva, ¡que tú sí crees!

—Digamos que la ciencia tiene dudas al respecto. Y que, ciertamente, algunos experimentos e investigaciones han comenzado a demostrar que la materia no se dispersa. Y que el espacio tal como lo conocemos podría ser una ilusión, y estar formado en realidad por varias dimensiones paralelas. En efecto, podría existir un más allá que intenta manifestarse. Pero ¿por qué me lo preguntas?

—Verás. En el colegio hay un chico que es hijo de una señora extraña, creo que hace de médium...

«¡Oh, no! ¿qué he dicho?» Maya hubiese querido cortarse la lengua.

Estúpida, incauta incorregible. Había acabado despertando la morbosa curiosidad de su madre.

—¿Y quién es ese recién llegado?

—Si no lo conoces... No es nada, hablaba por hablar.

—¿No vivirá en Ealing por casualidad?

—...

«¿Cómo lo hace, cómo lo hace para saberlo siempre todo?», se preguntaba Maya, descolocada por la deriva que estaba tomando la conversación.

—Te lo pregunto porque conozco a una tal señora Grave, que vive con su hijo en Ealing. Afirma ser médium. Ciertamente, posee poderes sensitivos. Algunas veces la utilizamos en las investigaciones. Pero no me gusta mucho. En mi opinión oculta algo, y siempre es muy ambigua.

—En efecto, la madre de Trent se llama Debbie Grave... —Maya lo dijo casi distraídamente, sin imaginarse lo que iba a desencadenar.

—¿Trent? ¿Así se llama el chico? ¿Trent Grave?

—Sí. ¿Por qué te alteras?

—¡Porque no tienes que frecuentar a ese chico!

Ya está, lo había hecho. Perro Guardián Megan volvía a la carga.

Debes hacer esto, no debes hacer aquello. «Pero ¿qué se ha creído?», pensaba Maya con irritación. «¿Que mi vida está en sus manos? Pues no —se dijo a sí misma en un arrebato de orgullo—, nunca haré el papel del animalillo que sólo puede moverse en el recinto que mamá ha delimitado.» ¡Megan estaba paranoica! Llama-avisa-ten-el-teléfono-a-mano-no-vuelvas-tarde-id-todos-juntos. ¡Vaya pelotas! «¿Sabías que el mundo no está poblado únicamente por tíos malos que sólo piensan en hacerle daño a tu niña, señora criminóloga doña perfecta?»

«Y además —pensó Maya entristeciéndose de repente—, también esta vez se ha propuesto arruinar ese atisbo de buen rollo que se había creado.»

Decidió jugar al escondite con su madre y provocarla un poco.

—¿Y por qué no debería frecuentarlo?

—Porque te lo digo yo. Y sé de lo que hablo. Está metido en algo turbio, no me gusta. Fin de la discusión.

Maya, exasperada, estuvo a punto de contestarle, pero respiró hondo y lo dejó correr. Y es que aquella histérica de su madre había logrado sembrar una duda. ¿Y si Trent estuviese realmente implicado en algo sucio? En el fondo, ella apenas lo conocía. Flo la empujaba hacia él y le gastaba miles de bromitas, pero sólo porque Trent era amigo de John; de hecho, ella tampoco sabía mucho de él ni de su pasado.

Antes de que Maya decidiese cómo continuar la escaramuza con su madre, sonó el móvil de Megan.

Mirada vítrea, voz firme, los dedos aferrados al aparato, la mandíbula en tensión. Maya observó a su madre. «Está a punto de marcharse —pensó—. Ha entrado en la fase de producción de adrenalina de la gran profesional-no-dejo-escapar-un-solo-caso.» Sonrió. En el fondo, su madre le inspiraba cierta ternura, siempre tan pendiente de no dar un paso en falso.

Al otro extremo de la línea, el teniente Lawrence Garret daba rienda suelta a su agitación.

—Megan —gritaba— ¡Es una emergencia! ¡Espabílate! Has de venir inmediatamente. Ha estallado un motín en la cárcel de Wandsworth. Al parecer, durante el tumulto algunos presos han logrado huir. Y...

Cárcel de Wandsworth, Megan escaneó sus pensamientos.

—¿Y...? —preguntó con aprensión.

—Y Gacy ha escapado —descargó Garret en una exhalación.

Maya vio cómo su madre palidecía, sintió que sus manos sujetaban con más fuerza el móvil y se percató de que Perro Guardián Megan respiraba con dificultad. Duró una fracción de segundo, pero bastó para que la chica pudiera apreciar una fisonomía inédita de la superperfecta Megan.

—Mamá, ¿estás bien?

—Sí, tesoro, perdona, sólo se trata de una mala noticia. Ha habido una revuelta en la cárcel: me acaban de avisar. Debo ocuparme del asunto.

Megan recuperó el control de la situación, pero en su mente cansada se estaba formando un nubarrón de pensamientos negativos. Gacy, otra vez él. La caza empezaba de nuevo. Megan retrocedió en el recuerdo, a los tres años más largos de su vida, consagrados a intentar echarle el guante al asesino de su marido. Y ahora, punto y aparte, había que empezar de nuevo.

CAPÍTULO DIECINUEVE

JUEVES, 30 de octubre
8.10 horas

Megan, pegada al teléfono desde que había salido de casa, apenas oía la voz del teniente Garret, que estaba empleándose a fondo con aquellas citas zen que tanto le gustaban. Aunque resultasen tan inoportunas, pensó Megan. Aún quedaba un buen trecho, y odiaba conducir por las calles de Londres, pero para llegar a Wandsworth, en la periferia sudoeste de la ciudad, no había más remedio que coger el coche. Resopló, mientras conducía con una mano, y con la otra hojeaba las páginas del informe sobre una de las cárceles más famosas del reino.

«El 15 por ciento de los reclusos ha sufrido castigos corporales. En la mayoría de celdas hay cucarachas y ratones muertos. Un gran número de presidiarios ha denunciado el clima reinante de intimidación y temor, así como las humillaciones perpetradas por los carceleros.»

«Un ambiente inhumano», suspiró Megan. Años atrás, se realizó una inspección parlamentaria, cuyas conclusiones resultaron embarazosas, aunque las cosas cambiaron. Y ahora, tal como se desprendía de la lectura de los últimos informes, el ambiente y las condiciones habían mejorado decididamente.

«Entonces, ¿por qué?», se preguntó Megan, aunque ya sabía la respuesta.

Intuía que tras aquella revuelta no podía haber otro que Gacy.

—¿Recuerdas qué le diagnostiqué a Gacy? —preguntó a Garret en busca de confirmación.

—Psicópata, con un grave trastorno de esquizofrenia paranoide.

—Sí, un individuo disociado, carente de afectividad, incapaz de captar la realidad, por lo que sé. Convencido de que actúa por un bien superior. Meticuloso, casi obsesivo. Y muy hábil. Al igual que otros criminales de su estilo, Gacy tiene un cociente intelectual muy alto: 153, mientras que la media es de 100... Sólo un punto menos que Sharon Stone, la cerebrito.

—Por consiguiente...

—Por consiguiente es refinado, Garret. Y astuto. Y las reglas le traen sin cuidado. Proviene de una familia violenta, por si lo habías olvidado. En varias ocasiones el padre intentó matar a la madre y al hijo, hasta que escaparon. Y después la madre se dedicó a la prostitución para subsistir ella y el chico. Los clientes, a quienes también proveía de droga, le pegaban. En suma, nuestro Gacy no puede experimentar la piedad. Ok, espera, ya estamos, estoy aparcando.

Cuando Megan llegó a Wandsworth, había decenas de coches de la policía aparcados en la plaza, frente a la prisión. Todos los focos antidisturbios estaban encendidos, surcando la oscura lluvia matinal de una típica y gris jornada londinense. La tensión estaba por las nubes y se oía cómo gritaban órdenes en todas direcciones. El director de la prisión, en estado de conmoción, estaba sentado en una de las ambulancias, concentradas en encauzar las inevitables consecuencias de una noche de guerra. Con una mano se presionaba la cabeza, que aún sangraba. Lo habían alcanzado con una barra de hierro, una varilla extraída de un carrito de la lavandería.

Los detenidos tenían pocas armas, todas ellas rudimentarias, la mayoría robadas en la lavandería o en la enfermería. Pero las verdaderas armas que habían marcado a fuego y hierro la prisión eran la locura incontrolable y las manos desnudas de los presos, que parecían fieras sedientas de la sangre de los guardianes.

—Tenían una fuerza sobrehumana —le explicaba el director de la cárcel a Garret—. Nunca había visto nada igual. Parecía como si realmente todos estuviesen drogados.

Megan se inclinó hacia el director y le pidió que le describiera la secuencia de los hechos.

—Ayer parecía todo tranquilo. Un par de reclusos habían logrado que los ingresasen en la enfermería, aquejados de dolores abdominales. Parloteaban no sé qué de que los habían envenenado, que se las habían tenido con los guardianes, lo de costumbre. Se retorcían y gritaban que la comida que les habían servido era puro veneno. Algo normal aquí, todas las semanas oímos montones de quejas así. Por tanto, nadie le dio mayor importancia. Ahora bien, a medianoche se ha desatado el infierno. Era como si hubiesen estado esperando una señal.

—«Cuando sopla el viento, el bambú se dobla. Cuando cesa el viento, el bambú no hace ruido.»

—¡Garret, para ya con esas máximas de las narices! ¿Crees que es momento? —le reprendió Megan, impaciente—. Director, tenemos que inspeccionar la celda de Gacy —dijo con voz decidida y malhumorada.

Entrar en la madriguera de aquel monstruo psicópata la asqueaba y la enojaba al mismo tiempo. Empezó a sentir latidos en su cabeza. Su pensamiento se dirigió hacia Maya, como siempre que le subía la adrenalina. «Ahora ya debe de estar en el instituto», pensó Megan para tranquilizarse.

—¿No notó nada extraño antes del motín?

—Yo diría que no, déjeme pensar. Uno de los compañeros de celda del preso que se encontraba mal no paraba de reírse sarcásticamente... No, no era una risa sarcástica, me hubiese parecido inapropiado y lo habría reprendido. Era como un tic nervioso, una risita casi histérica, más bien parecía el ulular de una hiena. De forma intermitente. Se disculpó, diciendo que a causa de la tensión tenía un extraño nudo en la garganta que no le permitía que se le pasara. Extraño, en efecto.

—Pulsión incontrolable. Puede ser otro síntoma de que se ha ingerido alguna droga. No quiero lanzar hipótesis al vuelo, pero creo que Gacy está detrás de todo esto. Que ha escogido a propósito a los presos más peligrosos y ha drogado, no sé cómo, a algunos peones que para él resultaban fundamentales. Esto no me gusta, no me gusta nada —concluyó Megan.

—¿Cuántos presos han logrado huir? —preguntó el teniente Garret.

—Al final, sólo tres. Gacy y otros dos asesinos múltiples, uno de los cuales es un presunto terrorista. Gente que no tenía nada que perder. El resto de los amotinados se ha dejado reducir con relativa facilidad, incluso demasiada.

—Y eso aún me gusta menos. —Megan reflexionaba en voz alta; a esas alturas ya estaba segura de que la revuelta había sido hábilmente organizada por Michael Gacy para encubrir su fuga.

«Ante todo, observar los hechos y utilizar la lógica y la deducción —pensaba Megan—. No tengo que dejarme llevar por los prejuicios. No sé si ha sido Gacy. De modo que me ceñiré a los hechos. Si Gacy lo había organizado todo, ¿cómo había logrado convencer a los presos de que se convirtiesen en sus peones? Una banda de criminales reducidos a meros comparsas de un juego, en el que, sin embargo, ninguno de ellos tendría la menor oportunidad de participar.» ¿Cuán grande podía llegar a ser el poder de manipulación de Michael Gacy?

Megan sabía que aquellas preguntas constituirían la base de su trabajo durante los próximos días. Su objetivo era hallar la respuesta.

Se volvió, buscando a Garret. Quería inspeccionar con él la celda de Gacy. El teniente seguía hablando con unos carceleros, repartiendo sus proverbios zen para calmar los ánimos.

—Garret, déjalo ya, vamos —le gritó una Megan cada vez más exasperada.

Atravesaron el corredor del ala donde Michael Gacy había pasado las últimas horas. Señales de lucha, vituallas esparcidas por doquier, papeles y sábanas quemados, rastros de sangre en las paredes... todo indicaba que allí había habido una guerra en toda regla.

Y finalmente llegaron a la celda del asesino. Limpia y ordenada. Sobre el escritorio, dos libros perfectamente alineados: el Libro del Apocalipsis, y un extraño librito con unas desteñidas tapas de color naranja. Parecía... era viejo. Pero sin duda estaba bien cuidado.

Megan intentó leer el título.

—*La telepatia* —Garret acudió en su ayuda—. Es italiano. Por lo poco que logro entender parece un ensayo sobre las experiencias pre y post mórtem. Sobre la comunicación entre dimensiones paralelas.

«Qué extraño —pensó Megan—. Y aún resulta más extraño que Gacy sepa italiano.»

Junto a los libros, en perfecta simetría, había una foto. Y junto a la foto, una hoja amarillenta con las esquinas raídas: parecía una vieja octavilla escrita a máquina, como se hacía antes.

Garret cogió la foto y la examinó sin prisas.

—Hummm. Megan, mira aquí. ¿Tú qué ves?

—Unos tanques de agua. Qué foto tan extraña... ¿De qué se trata?

—Bueno, parecen eso, piscinas. Mira, en su interior se aprecian unas sombras, como si hubiese algo.

—Nos toma el pelo.

—Puede ser; parece un fotomontaje. Resulta extraño, no hay más indicios. Fíjate, no se ven las paredes, no se sabe si la foto ha sido sacada en un espacio abierto o cerrado. Parece un montaje, la verdad.

—Gacy no hace nada porque sí. Algún significado han de tener esas imágenes... Parece haber algo dentro de los tanques, como si fueran muñecas... pero está todo tan desenfocado.

Megan cogió la octavilla mecanografiada.

—Y esto, ¿qué sentido tiene?

—Déjame verlo.

Garret cogió la hoja y leyó: «NOTICIA SOBRE LOS INMINENTES CAMBIOS DE LA TIERRA». A continuación le pasó la octavilla a Megan haciendo una mueca.

—No sabía que tu asesino fuese aficionado a las profecías catastrofistas.

—...

—Esta octavilla es famosa —le explicó Garret—. Fue encontrada en una estación del metro de París en el verano de 1991. Y se dice que contenía varias profecías, algunas de las cuales ya se habrían cumplido... De hecho, es una de las más célebres leyendas urbanas del mundo moderno. Un cuento chino colosal, a fin de cuentas —concluyó.

Megan no dijo nada, pues su atención estaba concentrada en una pequeña concha, un ejemplar auténtico de gasterópodo, como lo llaman los naturalistas: una preciosa concha marina. Guardada bajo la almohada de una cama hecha a la perfección, probablemente la única de esas características en todo el presidio.

—Garret, échale un vistazo a esto. ¿Qué querrá decir? ¿Por qué se ha dejado una concha? —se preguntó Megan.

—Espera, déjame verla...

Megan lo observó en silencio mientras la concha cambiaba de manos. El teniente Garret la examinó desde todos los ángulos, parecía totalmente absorto en aquel pequeño objeto, como encantado.

—¿Qué? ¿Te dice algo? —lo apremió Megan.

—No, nada en particular... Pero estaba pensando que la espiral es uno de los símbolos de la perfección del mundo. Está relacionada con la llamada proporción áurea, que regula la precisión geométrica de todo lo creado.

—Perdona, ¿y eso qué tiene que ver con Gacy el psicópata?

De repente, Garret parecía haber tenido una iluminación.

—Megan, piénsalo un momento. ¿Cómo logramos capturar a Gacy la primera vez?

—Le tendimos la trampa delante de aquella librería...

—Exacto, y era una librería especializada en textos científicos, ¿te acuerdas?

Megan lo miró con expresión interrogativa; sin embargo, tenía la sensación de no estarlo siguiendo en absoluto.

—Vamos, piénsalo. ¿Cuál fue el primer cargo que le imputaron, y que nos permitió identificarlo en los archivos de la policía?

—Había sido acusado de practicar actividades de *hacker*, si no me equivoco. Violó los sitios web de algunas universidades buscando trabajos sobre... Espera, ahora me ha venido a la mente. Aquel maníaco fue detenido por haberse apropiado ilegalmente de una serie de estudios sobre Fibonacci, el matemático italiano...

Y, por un instante, el pensamiento de Megan volvió a Dave, a sus investigaciones, de las que le hablaba con tanto entusiasmo.

—Exacto. La secuencia de números que estableció Fibonacci está relacionada con la proporción áurea. Ahora no es el mejor momento para darte una clase de matemáticas, pero, en pocas palabras, los números de la secuencia se relacionan entre sí mediante un número extraño, que se conoce como número divino: 1,61803... Se representa mediante la letra griega *phi*. Y eso, a lo que en la Edad Media llamaron proporción divina, es a lo que nosotros llamamos proporción áurea.

—No lo entiendo.

—Es sencillo. Si divides un número de la secuencia de Fibonacci por el número precedente obtienes el número áureo, eso que muchos definen como la encarnación numérica de la perfección. De hecho, *phi* indica la proporción de las formas perfectas. Por eso, a lo largo de los siglos se creyó que esta serie de números y la relación que los vincula tenían propiedades divinas, y para los alquimistas, incluso mágicas.

—Sigo sin entenderlo. ¿Qué tiene que ver todo eso con la concha?

—Un segundo, Meg. Procuremos no liarnos, porque esta historia empieza a volverse realmente extraña. Te pondré un ejemplo. Si estiras el brazo y mides la distancia entre el codo y la mano, con los dedos extendidos, y a continuación la multiplicas por 1,61803... obtendrás la longitud total de tu brazo. Asimismo, la distancia comprendida entre la rodilla y la cadera, multiplicada por el número áureo, da como resultado la longitud de la pierna. Y el rostro humano también puede descomponerse en una rejilla, los lados de cuyos rectángulos cumplen la proporción áurea.

—Gracias, profe. Y después de esta estupenda clase, ¿podemos seguir con nuestra investigación?

—Sólo quería demostrarte que tras este número *phi* y la secuencia de Fibonacci se oculta un misterio de los grandes. Sigue siendo inexplicable. Y arcano. Así pues, volviendo a lo que nos interesa, la espiral de Fibonacci es una de las estructuras de sustentación preferidas por la naturaleza. Conchas, ramas de árboles, flores, el relámpago... Y las galaxias: la espiral de Fibonacci está por todas partes. Por eso en la Edad Media se creía que era la firma de Dios.

—Entonces, ¿la concha es una espiral perfecta, de proporciones exactas?

—Correcto.

—Por tanto, Gacy ha querido dejar su... firma.

—Creo que sí. A menos que toda esta puesta en escena no sea más que un magnífico teatrillo organizado sólo para ti, querida Meg.

—¡No me llames Meg!

—Por lo que hemos visto hasta ahora, él se divierte jugando al gato y al ratón contigo. Te odia, Megan. Y, por consiguiente, es peligroso.

—Pero la única cosa cierta es que mató a Dave.

—Y que ha organizado un motín para poder huir de la cárcel.

—Eso aún tenemos que demostrarlo.

—Sin embargo, ya no será necesario —afirmó con aire triunfal Lawrence Garret mientras agitaba ante los ojos de Megan una bolsita transparente que mantenía en precario equilibrio con una pinzas para no contaminar las pruebas.

—¿Crees que puede tratarse de alguna droga? —preguntó Megan.

—Esperaremos el dictamen del laboratorio. Pero por la consistencia de este pequeño residuo, juraría que se trata de *speedball*: una mezcla letal de cocaína, heroína y anfetaminas. En dosis masivas mata, como les sucedió a John Belushi y a River Phoenix. En dosis controladas, eleva exponencialmente el nivel de agresividad.

—Si es así, nosotros teníamos razón, ha sido él...

—Eso parece.

—¿Dónde la has encontrado?

—Encajada bajo la tubería de desagüe del lavabo, aquí, en la celda. Está claro que Gacy la escondió allí a toda prisa, para evitar miradas indiscretas: quizá un guardián a punto de llegar. Y después debe de haberla olvidado.

—Ok, mandémosla de inmediato al laboratorio.

—Falta averiguar cómo la consiguió.

—Posiblemente gracias a un cómplice del exterior. Como esta cárcel ha estado en el punto de mira de los medios de comunicación por sus métodos brutales, últimamente las cadenas de control se han relajado un poco.

—Deberemos comprobar el registro de visitas.

Pero el teniente Garret y la doctora Fox no podrían comprobar nada. Pues el curso de los acontecimientos los pilló por sorpresa.

—En cualquier caso, la puesta en escena me parece excesiva —reflexionaba la criminóloga.

—Deberíamos descubrir cuáles serán sus siguientes pasos —le replicó Garret—. Y aquí no hemos hallado el menor indicio sobre dónde, o qué, buscar. Megan —le dijo con suavidad—, sabes que no tenemos otra opción, ¿no es así?

Abandonaron la prisión en el momento en que una ambulancia se llevaba al director. Y los agentes se preparaban para despejar definitivamente el campo de batalla. Los detenidos habían sido introducidos de nuevo en la cárcel, en un ala que había permanecido tranquila. Los más dóciles ya habían sido transferidos. Los más inquietos estaban sometidos a estrecha vigilancia. Después de pasar lista sólo faltaban tres.

Megan y Garret se marcharon. Megan, al volante, mascaba un chicle antitabaco. Siempre lo hacía para sacarse de encima los nervios que le sobrevenían cada vez que se hallaba en situaciones que juzgaba insostenibles.

Sin decirse una palabra, ambos sabían adónde tenían que dirigirse: a Ealing, Westbury Road 34.

—No te agobies —le dijo Garret, que le había leído el pensamiento—. Ya sé que Debbie Grave no te gusta, que no te fías de sus métodos, ni de todo cuanto la rodea. Pero sólo la utilizaremos por sus dotes sensoriales. Tal vez pueda ofrecernos alguna pista. Y ya sabes que no tenemos otra posibilidad. Sin indicios, sin rastros, nunca atraparemos a Gacy.

Megan no le replicó.

El chalet de Deborah Grave estaba lejos. Tardaron un rato en llegar. Cuando ya habían aparcado y se dirigían hacia la casa, repararon en que la puerta estaba entreabierta.

Garret apenas tuvo tiempo de apartarse antes de ser embestido por un hombre de metro noventa vestido con un elegante traje dos piezas Hugo Boss y unos impecables Church en los pies.

—Perdone —se disculpó el impecable desconocido.

Tenía una voz profunda y átona al mismo tiempo. Una voz irreal.

Garret experimentó una sensación desagradable, pero no quiso transmitírsela a Megan, que ya parecía estar bastante agitada.

—Tengo prisa. Le ruego que me disculpe.

«Encantador», pensó el teniente, atribuyendo su prisa a que aquel hombre, seguramente célebre, probablemente rico, temía ser reconocido en casa de una médium.

Sin embargo, el hombre se detuvo y tendió una mano cordial e intrigante a Megan.

—¿Nos conocemos? —preguntó incómodo a la criminóloga.

—No, no lo creo. Me llamo Megan Moore. Fox, quería decir. Moore es mi apellido de soltera.

—Ah, comprendo. A veces, aunque estemos solos, resulta agradable recordar a la pareja que tuvimos.

«¿Y que sabrá éste de mi vida? ¿Cómo puede saber que Dave ya no está?»

Se sacudió de encima aquel pensamiento con un gesto de fastidio. No eran más que proyecciones, fantasías de su mente cansada y asustada. Alzó la mirada para observar al desconocido que tenía enfrente. Pero lo que vio le impidió utilizar la estrategia Megan: su mirada-distante-ahuyenta-incapaces-e-ineptos.

Aquel hombre la estaba mirando con curiosidad, con morbosa curiosidad. Tenía los ojos grises. No, azules. No, incoloros. Siniestros, de eso estaba segura. Uno ojos detrás de los cuales no veía nada.

—Me llamo Kyle. Kyle Zafth. Me encantaría quedarme un rato para conocerla mejor, pero tengo que salir corriendo.

Dicho lo cual, se alejó a toda prisa.

—Entren, y no se preocupen por él.

La voz de Debbie los sorprendió.

Más tarde, cuando regresaban de aquella estéril visita (Debbie había recabado informaciones, pero se había negado a ofrecerles ninguna certeza), Megan le pidió a Garret que la acompañase a casa.

—El panorama —le explicó— aún es confuso. Y yo necesito saber si Gacy es realmente peligroso y hasta qué punto.

Maya estaba en el colegio. Garret, que conocía superficialmente a la chica porque Megan jamás le había proporcionado la clave de acceso a su vida privada, luchaba contra la curiosidad que sentía de inspeccionar su habitación.

—Se daría cuenta, será mejor que no —lo detuvo Megan, que había intuido las intenciones de su colega—. Ven, el café ya está.

Por el camino, Garret había comprado una caja de galletas al té verde, una bandeja de pasteles de almendra y dos cruasanes rellenos de nata.

—*Et voilà, milady.* —Se volvió hacia Megan—. A tope de azúcar.

—Garret, ¿qué clase de dieta sigues? ¿Azúcares a mansalva? ¿Estás falto de afecto? —Megan le guiñó un ojo.

«No debería», pensó Garret. No debería buscarle las cosquillas de ese modo. ¿Acaso no se había dado cuenta de cuánto le gustaba ella?

¿Y por qué se hacía de rogar tanto doña Perfeccionista, Su Señoría LA CRIMINALISTA DEL REINO?

Se encogió de hombros, respiró profundamente dos veces; recordó que se había hecho zen.

Megan estaba realmente hambrienta, y por una vez le concedió una tregua a sus extremadamente rígidos hábitos alimentarios: nunca mezclar proteínas distintas, nunca comer hidratos de carbono dos veces al día, nada de pan, nada de dulces, nada de vino.

Cogió un bolígrafo y una hoja de papel.

Y empezó a escribir.

CARACTERÍSTICAS CLÍNICAS	RIESGO BAJO	RIESGO MEDIO	RIESGO ALTO
FORMACIÓN	bachillerato	escuela secundaria	ninguna titulación
RESIDENCIA	casa decente	decorosa	sucia
AISLAMIENTO	extrovertido	cierto aislamiento	vida solitaria
USO DE ALCOHOL Y DROGAS	ocasional	bebedor social	abuso
AYUDA PSICOLÓGICA	no necesita	necesita apoyo	ingresos
HISTORIAL PERSONAL DE VIOLENCIA	no violencia	violencia ocasional	frecuente
ANSIEDAD	baja y controlada	moderada	elevada
DEPRESIÓN	baja	ocasional	grave
AUTOESTIMA	buena	suficiente	escasa
HOSTILIDAD	baja	presente	elevada
CONTROL DE IMPULSOS	elevado	moderado	escaso

Esa tabla era una de las más utilizadas por criminólogos de todo el mundo. Servía para calcular el margen de peligrosidad y de violencia de un sujeto de riesgo.

Megan calculó el nivel de peligrosidad de Michael Gacy. Dio un punto a los comportamientos de bajo riesgo y tres a los de alta peligrosidad. Resultado: 30 sobre 33. Gacy había obtenido casi la puntuación máxima.

Megan suspiró mientras acompañaba al teniente Garret hasta la puerta.

—Gracias, Lawrence. Gracias por la compañía —le dijo agradecida a su colega—. Nos llamamos más tarde. Posiblemente tenga novedades, y del caso de las chicas desaparecidas también.

—¿Aún con eso, Megan? Deja correr esa historia. Ni siquiera es un caso. Probablemente no haya ninguna relación entre las seis. Después de que discutiésemos volví a coger los papeles. ¿Sabes cuál es la única conexión que he hallado? Que todas habían nacido más o menos durante el mismo período, entre enero y febrero de 1991. Sabe a poco, ¿no?

Megan no respondió. Estaba a punto de romper a llorar.

No por el miedo. Ni porque en aquella historia volviese a ver a su Maya, nacida el 6 de febrero de 1991. Sino por el sentimiento de impotencia que le provocaba desde hacía tres años todo lo relacionado con Gacy.

CAPÍTULO VEINTE

JUEVES, 30 de octubre
10.40 horas

En el instituto, al fondo del aula, sentada en el pupitre junto a Flo, Maya se sintió incómoda de repente. La mañana iba fatal, aunque, afortunadamente, faltaba poco para el recreo. La profesora Saunders se había puesto pesada.

—Chicos, basta. ¡Dejad de charlar!

Se había empeñado en deshacer la geometría de la clase cambiando a la gente de sitio.

¡Vaya estrés!

Una de las experiencias más devastadoras, además de preguntar sobre Shakespeare, como pensaban absolutamente todos. Aquel rito, uno de los preferidos por la Saunders, se desarrollaba según su santa voluntad. Pasaba el dedo por la lista, se detenía un instante, seguía, lo desplazaba arriba y abajo. Y entonces alzaba su mirada miope y severa, velada tras unas gruesas gafas ribeteadas de gris, miraba al azar y sentenciaba: «Tú, tú y tú, primera fila, pupitres de la derecha. Tú y tú, al fondo a la derecha».

Ni la menor comprensión, ni la menor sensibilidad, ni el menor sentimiento.

Pero cómo era posible que aquella mujer, se preguntaban los chicos, no tuviese en cuenta para nada los años de amistad y los resentimientos, la necesidad de proximidad y las aversiones. Por qué, pensaba Maya mirando a su alrededor, tenía que acabar forzosamente al lado de una Liz, o de una Stacy.

Pero la Saunders no atendía a razones. Estaba convencida de la necesidad de su horrible ritual, y desde la altura de sus graníticas convicciones —que podían resumirse en una sola frase: «Sois una panda de gandules»— se disponía a dejar caer el hacha de su indiferencia sobre la clase.

Al final, la distribución de los bancos acabaría totalmente desbaratada, al igual que las amistades.

Maya estaba de muy mal humor, y sólo le faltaba añadir la guinda del cambio de sitio a su ya de por sí difícil jornada. Por eso, cuando empezó a sentir calor, pensó que se debía a un exceso de ansiedad. Pero entonces el calor empezó a propagarse.

Desde su estómago hacia arriba.

Una sensación que ya había experimentado anteriormente y que ahora reconocía.

Maya sintió que algo, o alguien, estaba entrando en contacto con ella.

O cuando menos lo estaba intentando.

Sintió una luz blanca que pugnaba por envolverla completamente.

Pero ella oponía resistencia. «No, ahora no», pensó.

«Ya basta de extravagancias. No quiero escuchar a nadie, no quiero ninguna voz», se dijo a sí misma.

«Ahora no, no en clase, no delante de todos.

»¡Papá, por favor, si eres tú, no lo hagas, ahora no!»

Maya trató de concentrarse para rechazar aquella sensación de cálida energía que la estaba invadiendo.

Pero la presión era fuerte. Resultaba difícil resistirse.

Cerró los ojos.

Y a continuación ya no recordó nada.

CAPÍTULO VEINTIUNO

Londres, 30 de octubre de 2008

Y tú, Megan, doña perfecta, ¿sabes quién es Debbie Grave?

No, no puedes saberlo, en realidad.

¿Crees haberlo comprendido todo?

Mi valiente criminóloga.

Y, sin embargo, no es así.

¿Ves cuántas cosas desconoces?

Ni siquiera conoces todos los detalles de mi historia.

Prueba a conocerme ahora, señora Criminóloga presuntuosa.

Ahora que vuelvo a ser libre.

Ahora que por fin estoy fuera de aquel agujero repugnante.

Donde tú me metiste.

Sí, porque yo no lo he olvidado.

Dulce Megan, tú me encerraste en aquella alcantarilla.

Y ahora escúchame, en lugar de pegarme tus etiquetas de mediocre estudiantucha.

Fue el Maestro, te explicaba, quien me dio la dirección de Grave.

El día acordado, a las nueve de la noche, entré en una casa tranquila y discreta. Ubicada en una zona extremadamente calmada. La periferia oeste de Londres. Empleados. Clase media. Algunas bandas. Pequeños robos. Y muy buenas intenciones por parte de las madres del barrio.

El lugar idóneo para mimetizarse, pensé.

A decir verdad, Megan, yo no quería ir allí.

Toda aquella historia me parecía absurda. Y te confieso que hasta me sentía un poco ridículo.

Pero no podía negarle nada al Maestro. No podía decepcionarlo. Él creía en mí.

La casa era un chalet de dos plantas, con pavimento de linóleo de color naranja, butacas medio desfondadas cubiertas con una funda de encaje, y una mesa de formica que apestaba a comida. Allí vivían una mujer y su hijo, solos, como se deducía del desorden reinante.

Yo entiendo de esas cosas. Las presiento.

Cuando no existe figura paterna, quiero decir.

Lo percibes en seguida en el descontrol que te rodea. Uno se siente más libre. Y también, más descontrolado.

Aquella noche no vi al hijo. A la madre, sí. Era ella quien conducía la sesión de espiritismo.

Porque habíamos ido allí para eso.

Ése era el motivo de que el Maestro me hubiera llevado allí.

No te rías, Megan, paranoica.

No te rías y escúchame atentamente.

Debbie era una mujer normal, en nada semejante a las fantasías que me había creado.

No parecía una bruja, ni una loca. Llevaba el pelo corto, rubio ceniza con alguna mecha más clara, iba sin maquillar y vestía un chándal.

—Para estar más cómoda —se justificó.

Sólo más tarde comprendí que, para quien lo sufre, el encuentro con los muertos no tiene nada de relajante. La médium que establece el contacto es atravesada literalmente por la energía de las personas difuntas. Se convierte en su presa.

Cuando se trata de una energía negativa, el sufrimiento es enorme.

Pero aunque el espíritu sea alegre o lo inspiren las mejores intenciones, resulta agotador.

Debbie se sentó a la mesa, que era redonda para que la energía circulase mejor, dado que las esquinas bloquean los flujos energéticos. El Maestro se encontraba allí, por supuesto. Relajado. Con un punto de excitación. Había otra mujer, joven y muy hermosa. En algunos momentos parecía aterrorizada, y en otros se la veía muy absorta. No dejaba de observar al Maestro, aunque cuando él le devolvía la mirada, bajaba la vista.

—Ahora, vamos a empezar —anunció Grave—. Así pues, esta noche intentaremos contactar con un matemático de la Edad Media, Leonardo Fibonacci. Es una buena velada para los encuentros. Hoy es el momento en que los espíritus se anuncian, ¿ven las ventanas? Los cristales permanecen opacos, parecen llenos de humedad. Son ellos. No sé cómo lo hacen, pero sé por qué lo hacen. No quieren ser observados desde el exterior. Ponte cómodo, chico, y no tengas miedo. Sólo limítate a sentir curiosidad. Mira, no existen un más acá y un más allá incomunicados, inconexos. Eso es así para la gente común. No para nosotros.

Debbie cerró los ojos.

Todos permanecimos en silencio algún tiempo, sin mirarnos.

Entonces, de repente, empezó a murmurar palabras con una voz extraña.

Estridente, desagradable.

Pronunciaba sonidos incomprensibles.

Om, cherati, mancadá.

O algo parecido.

Temblaba, pero no sucedía nada.

Ya casi me había habituado a aquella cantinela.

Y entonces sucedió. De pronto.

Una luz fortísima.

Una ventana se iluminó de rojo.

Duró un instante.

Sentí un frío glacial que me atenazaba.

Era incapaz de moverme, respiraba con dificultad.

Pensé que iba a morir. Pensé en mi madre.

¿Por qué, por qué había de acabar todo en aquella casa?

—¡Basta! ¡Detente! ¡Ahora mismo!

Nunca había oído gritar al Maestro de ese modo.

Intentaba poner fin a algo que se les estaba escapando de las manos a ambos.

Porque allí sucedía algo extraño.

Allí no había control.

Al diablo con Fibonacci.

En aquel instante experimenté el terror más grande que había sentido en toda mi vida.

Una sombra negra comenzó a moverse bajo la silla del Maestro. No era su sombra, no. Era una ola negra, espesa. No era «humana». Era algo que venía de lejos. Parecía alzarse y hacerse cada vez más grande, más potente. Demasiado.

No oía nada en absoluto, como si un grito ensordecedor me presionase la cabeza. No veía nada en absoluto, salvo aquella sombra que se agrandaba bajo la silla, enorme. No podía respirar.

Grave se estremeció. Interrumpió su letanía y me tomó de la mano.

Apretó con fuerza.

Entonces alcé la vista.

Y lo vi.

El Maestro permanecía inmóvil. Una inmovilidad irreal. Estaba a punto de ser envuelto completamente por aquella sombra, que avanzaba como un río de maldad. Pero sus ojos y sus manos aún seguían libres.

Murmuraba, en voz muy baja. Parecía el estruendo de un trueno, no la voz de un hombre.

Hice un esfuerzo por entender lo que decía.

Debbie sujetaba mi mano con fuerza.

De repente, comprendí.

«Demon fight, fight, roundmo.»

Era continuo, formaba un crescendo *repetitivo, cada vez más fuerte.*

Entonces la sombra negra se deslizó. Y ascendió. Se elevó hasta los hombros del Maestro. Hasta envolverlo por completo. Trepó por su cuello. Su boca estaba muy cerca. A un soplo.

En ese instante, un alarido sobrehumano me atravesó el cerebro.

¡Omdor!

Al cabo de un instante, la sombra se desvaneció, retirándose rápidamente.

Volvió a hacerse la luz.

Grave estaba alterada, la muchacha que se sentaba a su lado lloraba.

Pero el Maestro se había recuperado.

Me sonreía, aunque su sonrisa resultaba más bien forzada.

—Gajes del oficio —me dijo, guiñándome un ojo—. Cuando se traspasan ciertas barreras, a veces puedes toparte con malintencionados...

Estaba trastornado, Megan.

No puedes llegar a imaginarte cuánto.

Hubiera querido salir corriendo.

Sin embargo, me quedé.

Y mi vida tomó otro rumbo.

Escruté al Maestro, en busca de una respuesta.

Sus ojos permanecían extrañamente grises.

Cuando se volvió hacia Debbie, comprobé que estaban inyectados en odio.

—¡La-próxima-vez-presta-más-atención! —le dijo, resaltando las palabras con una frialdad glacial—. Tú, tú. Debes recordar que ya sólo faltan unos pocos años. Te queda poco, niña. No te conviene traicionarte. Ahora, no.

Grave bajó la vista. Y no dijo nada.

A continuación el Maestro fijó su mirada en mí. Volvía a ser de color azul hielo.

—No tengas miedo. Te has quedado. Eso quiere decir que no me equivoqué. Tienes madera. Y yo tengo planes para ti.

¿Ahora lo entiendes, Megan?

Tengo una misión.

No puedo detenerme. Debo apresurarme. Antes de que sea demasiado tarde.

Maldita sea, Megan.

Falta poquísimo.

Debo marcharme. No me puedo quedar.

Resígnate.

No puedes leer mis cartas.

Aún no ha llegado el momento.

CAPÍTULO VEINTIDÓS

JUEVES, 30 de octubre
10.45 horas

—Maya, Maya, ¿me oyes?

Cuando Maya abrió los ojos, lo primero que vio fueron las variopintas rastas de Flo revoloteando por su cara.

—Chicas, apartaos. Dejadle aire. ¡Y tú, Crumble, ve a buscar un poco de agua!

El tono de la Saunders no admitía réplicas.

Sin embargo, los compañeros no se acercaban. Estaban apiñados alrededor de Maya, forzando la vista y estirando el cuello. Les preocupaba perderse el espectáculo. El que estaba dando Maya, que de pronto se había desplomado en el suelo, térrea y sin vida.

Maya permaneció sin conocimiento durante muy pocos minutos, pero aquello causó un poderoso efecto. Y beneficioso, además. Porque la Saunders se olvidó de su facineroso plan y olvidó su idea de rediseñar la geometría de la clase.

—Estoy bien, de verdad, gracias. No necesito nada. Sólo un poco de aire.

Maya se hizo la loca. Detestaba ser el centro de atención. Detestaba estar tendida en el suelo debajo de su pupitre, delante de todos. Con el rabillo del ojo vio a Stacy y a Liz en una esquina, riéndose socarronamente.

«Capullas —pensó—. ¿No ven que estoy hecha polvo?»

Otro vistazo le permitió descubrir a una Phoebe aislada y triste. «Qué raro —pensó—. ¿Se habrán peleado las *mean girls*?»

La providencial llegada de Flo con un vaso de agua interrumpió la catarata de palabras de la Saunders. Maya se incorporó, apoyando las manos en una silla. Sorbió despacio el vaso de agua y fulminó con la mirada a la Saunders, que no cesaba de decir las sandeces de siempre.

—Crumble, acompaña a tu amiga a la enfermería —estaba diciendo—. Yo sé por qué te has desmayado, Fox. No comes bastante. Toda la culpa la tiene la televisión, esa manía de las dietas... Si fueseis hijas mías...

—No, seño, es que esta mañana iba con tantas prisas que no he podido desayunar. Seguramente será una bajada de azúcar, ahora comeré cualquier cosa. Pero ya estoy bien. No vale la pena ir a la enfermería. De verdad.

—Fox, ¿estás segura? Mira que llamo a tu madre.

Maya logró mostrar su mejor sonrisa ante la acritud de la Saunders, convenciéndola así de que desistiera.

Entonces sintió una ligera presión en el costado. Contrariada, intentó reaccionar, pero se dio cuenta de que Flo le estaba dando un codazo, indicándole el rincón en que se había ocultado Phoebe, con la esperanza de pasar desapercibida al resto de la clase. Su maquillaje perfecto, ese rosa tenue que convertía su piel en una superficie lisa y compacta ni-siquiera-una-arruguita-de-expresión-por-no-hablar-de-esos-granos-odiosos-¡fuera!-¡estoy-tan-contenta-de-haber-dado-con-el-maquillaje-perfecto! Aquel maquillaje se estaba agrietando bajo el peso de un amenazante, de un húmedo arroyuelo: una lágrima.

—Chissst, ¿te has fijado? —le susurró Flo.

—Sí, deben de haber discutido.

—Sí, y mira allí...

—Oh, oh, los tortolitos... ¡Qué asco!

Ahora Maya ya se encontraba casi totalmente recuperada. En cualquier caso, no deseaba indagar acerca de lo que acababa de pasarle, y se concentró en lo que estaba sucediendo en clase. La Saunders exigía a gritos que todos volvieran a sus puestos. ¡INCIDENTE CONCLUIDO!

En la esquina de enfrente, Stacy daba rienda suelta a toda su vanidad. Achuchaba a Harry con la mirada, le enviaba besitos sin parar, le hacía ojitos, agitaba sus muñecas repletas de pulseras. En resumen, «un auténtico circo», pensaron Flo y Maya al unísono. Una porquería de circo, una falsa traca de seducción.

Nada de lo que hacía Stacy carecía de un porqué. De modo que estaba tratando de impresionar a alguien. ¿Quería llamar la atención, acaparada en exceso por Maya? ¿Demostrar a la clase que a ella los males de Maya la traían sin cuidado?

En la otra esquina, Phoebe permanecía sumida en un evidente estado de destrucción psicofísica.

Y al final sonó el timbre.

Maya se precipitó afuera; realmente necesitaba tomar azúcar. Aunque no tan sólo a causa del desvanecimiento. Contrariada, ignoró las miradas curiosas de todo el colegio. La noticia de su desmayo se había propagado a la velocidad de la luz y ella se exponía a convertirse en la *celebrity* del día.

«Dejadme en paz —ordenaba con mirada encendida—. No-quiero-que-os-fijéis-en-mí. Estoy-bien-gracias-estoy-estupendamente. Y si no estoy bien, sólo es asunto mío», pensó irritada mientras se ajustaba los auriculares del iPod y seleccionaba «London's Burning», de The Clash.

—«*All across the town, all across the night. Everybody's driving with full headlights...*» —Se sorprendió a sí misma canturreando antes de detenerse, malhumorada.

Flo estaba frente a ella, contemplándola con un pegajoso aire cómplice-protector-comprensivo.

—Flo, pasa de mí —le espetó Maya.

—Vamos, Maya, a mí puedes contármelo... Ha sido el «resplandor», ¿verdad? ¿Era él?

—Te he dicho que pases de mí. Estoy bien. No me des el coñazo. He tenido uno de esos momentos, piénsalo, me ha venido la regla y tengo un dolor de cabeza terrible. Y la sangre saliéndome a chorros. Y estoy de un humor de perros. Y si de verdad quieres hacerme un favor, préstame dos libras. Coca-Cola y sándwich. Y estate calladita...

Maya sabía muy bien que le estaba mintiendo, que Flo había adivinado la causa de su desvanecimiento. Aún sentía una vaga sensación de calor que prefería ignorar.

«A tomar por saco —se dijo a sí misma—. YO NO SOY UNA ELEGIDA.»

—Hola, chicas. Maya, es un placer verte en pie. Todos pensábamos que había llegado tu hora fatal.

—John, tan inoportuno como de costumbre.

Flo saltó, dispuesta a defender a su amiga.

—Frena, mi pequeña y adorada hiena. Estoy aquí para levantaros la moral. ¡Soy vuestro comandante!

—¿Nuestro qué?

—Déjalo correr, Maya; es un idiota rematado.

—Mi desconfiada reina, creo que por el contrario deberíais escucharme, prometo noticias que os dejarán sin palabras...

—Está bien, querido comandante nuestro, adelántanos algo: ¿cuál es esa fantástica propuesta?

—Mañana por la noche, todos al 333Mother.

—¡John! ¿Estás colgado? No va a ir nadie...

—Pero mañana es Halloween, chicas: la fiesta más loca del año, en la que todo está permitido. ¿No es verdad, mi deseable Flo? ¿Te entregarás a tu comandante?

—¡Pero mira que llegas a ser imbécil!

—Flo, no sé cómo puedes soportarlo.

—Yo tampoco lo sé. Y ten por seguro que no haré el amor contigo la noche de Halloween.

—¿Por qué no? Todas las noches son buenas, *baby*.

—Porque no. Fin del asunto. Además, la noche de Halloween quiero divertirme. Ya me amuermé bastante en la fiesta de ayer, ¡vaya coñazo!

—*Oh, yes*. Una auténtica porquería. Detesto las fiestas de decimoctavo cumpleaños.

—Estoy de acuerdo.

—Entonces ¿mañana?

—Mañana será otro día.

—¡JOHN! ¿Se te va la olla? ¿Qué leches te pasa?

—Estoy cansado, *baby*, y me aburro mortalmente. Ayer por la noche me deprimí hasta la muerte. Quiero una fiesta de Halloween que me haga flipar.

—Entonces, podríamos ir al Garage de Highbury. Es una garantía.

—Vieeeeejooooo.

—Probemos en el Dublin Castle, allí hacen los mejores concursos. Siempre va el representante de Amy Winehouse, ¡quizá reconozca mi talento!

—Pero si ni siquiera tocarán...

—¿Y eso quién lo dice?...

—John, ya vale de delirar por hoy. A nosotras ya nos va bien mañana en el Garage, ¿ok, Maya?

—¿La invitación es abierta, John? —Se les había unido Harry—. Tal vez me apunte.

—Cómo no —esbozó John de mala gana.

No podía negarse a invitar a Harry sin desencadenar un nuevo enfrentamiento. Y él no podía permitirse malas caras, disputas ni venganzas.

—Yo no estaré entre vosotros —sentenció Stacy con desprecio mientras su figura se recortaba al fondo del pasillo.

—Sí, es verdad, el Garage es un antro. No, no iré con vosotros —se retractó Harry, siempre atento a no herir la sensibilidad de Stacy.

Estaba claro que la más guapa del colegio, como le gustaba definirse a sí misma, nunca compartiría una velada con una banda de «palurdos». Una velada organizada nada menos que por ella, cuya panda, como era bien sabido, solía ir mal vestida. Mal complementada. Mal agujereada y tatuada.

Flo y Maya la observaron avanzar, contoneándose con seguridad sobre sus manoletinas Tory Burch, que exhibía a cada paso dando expertas zancadas.

Realmente, no había muchas que pudieran permitirse las manoletinas más solicitadas de la *jet-set* americana, célebres por su borla redonda con las iniciales de la señora Burch, una ricachona de Hollywood a quien, tras un ritual divorcio millonario de un ritual superproductor, se le ocurrió vencer el inevitable aburrimiento propio de Los Ángeles diseñando manoletinas para ella y para sus amigas, doloridas por la dictadura de los tacones de aguja, tan-horriblemente-incómodos-y-peligrosos. Y, como toda fábula ritual de ultramar que se precie, de la noche a la mañana la señora en cuestión fundó un imperio de ¡treinta-sí-he-dicho-treinta-millones-de-dólares!

Cada vez que hablaba de ello, Stacy se iluminaba. Para ella, la historia de Tory Burch resultaba significativa, muy significativa. Porque contenía al menos tres elementos irrenunciables como provisión para la vida de una chica que se precie.

Casarse con un personaje rico y poderoso.

Divorciarse obteniendo un legado millonario del ex marido, obligado a someterse a un contrato prematrimonial asfixiante.

Emprender una nueva vida sazonada de éxito. Fama y glamur.

Por todo ello, Stacy había decidido convertir a la señora Burch en el icono de su estilo de vida.

Mientras avanzaba, llevaba una de sus revistas preferidas en la mano. Un semanario de moda, glamur y papel cuché. Stacy lo sostenía doblado de tal forma que el título y el sumario pudiesen leerse.

Así, cuando se detuvo a treinta centímetros de la nariz de Flo y de Maya, las dos chicas pudieron iluminarse cómodamente con las ideas de aquella editorialista taaan *coool*: «Ahora, quien exhiba una piel *virgen* estará creando tendencia —decía el artículo—. Los tatuajes y los *piercing* están tan a la baja y han sido tan banalizados que, salvo excepciones y casos extremos, quien no los lleva destaca. Los demás están irremediablemente OUT OF FASHION.»

Maya miró a Flo.

Flo la miró a ella.

Decidieron que podían soportar la carga y la deshonra de estar inevitablemente, incívicamente, desconsideradamente *out of fashion*. Iban a responderle a Stacy cuando distinguieron a Phoebe saliendo por la puerta de los lavabos de las chicas. Stacy clavó su mirada en la recién llegada y le comentó a Liz en voz alta, de modo que todos pudiesen oírlo:

—Yo estaba en el baño, la he visto. Y no es la primera vez, ni mucho menos. No hace falta vomitar para adelgazarse, ¿verdad? ¿Qué te parece, Liz, tendremos que librarnos de ella?

Liz, sin entender de qué iba todo aquello, siguió a Phoebe, que se escabulló hacia el aula mirando al suelo.

Harry no se dio cuenta de lo que estaba pasando, saludó a John dándole una palmada en el hombro y quedó con él para la noche siguiente.

Maya y Flo se miraron preocupadas.

Más tarde, a la salida del instituto, intentaron alcanzar a Phoebe.

—Phoebe, espera... Perdona. Sólo queríamos saber si todo va bien... Sí, por Stacy... No debes darle importancia, dice un montón de maldades... pero sólo lo hace porque es envidiosa. Mira... tú siempre vas más elegante que ella, tienes las facciones más distinguidas... No es más que una envidiosa, no le hagas caso. —Flo y Maya intercambiaron una mirada—. Phoebe, ¿estás bien? Escucha, si quieres puedes hablar con nosotras.

—No, gracias, todo va bien... —respondió Phoebe, evitando los ojos de Maya a la vez que intentaba alcanzar cuanto antes su pupitre, un refugio seguro.

—Mira, Phoebe, aunque nunca hayamos sido muy amigas, la verdad, en fin... aunque nunca nos hayamos confiado demasiadas cosas... vaya, que estamos aquí. Si te apetece hablar de ello...

—Pero yo no tengo nada que deciros —volvió a escabullirse Phoebe.

—Ok, entonces hablaré yo —dijo Maya, haciendo un esfuerzo por vencer todo el cansancio que arrastraba—. Phoebe, tienes que escucharnos. Tú no te das cuenta, pero estás haciendo algo sumamente peligroso... ¡No sabes a lo que te expones! Dios mío, me sacas de quicio... Yo las conozco, a las que son como tú. Las veo, las oigo en la Web. Sí, sé que estáis mal. Pero no estoy enfadada. ¿Sabes la cantidad de sitios web pro-ana que existen?

—¿Pro qué? —preguntó Flo.

—Pro-ana. Son sitios web a los que acuden las anoréxicas, en los que se explica cómo vomitar, cómo adelgazarse, cómo contar calorías. Hasta la obsesión. Es una auténtica locura. Phoebe, ¿realmente crees que estar en la piel y los huesos hace parecer más guapa y atractiva? Es una enfermedad, Phoebe, una puede morirse de anorexia. ¿¿¿Eres masoquista o qué te pasa???

—Mira, Phoebe, no creo que seas para nada una de esas estúpidas obsesivas —terció Flo—. Sí, tal vez estés un poco obsesionada con la moda, pero esto es otra cosa... Tú no eres una de esas dementes que piensan que sólo serán perfectas cuando lleguen a convertirse en esqueletos.

—Pero no es verdad... —se opuso Phoebe débilmente.

—¿Cómo que no es verdad? —contraatacó Maya—. Yo te digo que lo sé. Pensáis que resistir el hambre constituye una prueba de carácter. ¡Dios mío, qué estupidez! Que te quede claro que con nosotras no has de hacerte pasar por la chica perfecta, nosotras no tenemos nada que ver con Stacy.

Phoebe no las miraba. Y no hablaba. Parecía ausente. Lejos de allí.

Cuando Maya dio por finalizado su intento, Phoebe estaba llorando. Exteriorizaba toda su tristeza, en silencio. Flo las miró a las dos con preocupación; tal vez Maya había exagerado.

—Pero yo...

Phoebe intentó hablar, con la voz empastada por las lágrimas.

—Pero yo no soy anoréxica. ¡Estoy embarazada!

—Oh, mierda.

—¿Y de quién? —preguntaron Flo y Maya al unísono.

Phoebe no respondió, se volvió para marcharse y llegar, finalmente, a su pupitre. Para esconderse. Entonces se detuvo un instante, se dio la vuelta lentamente. Y miró hacia la puerta de la clase.

Flo se volvió.

Maya también.

Harry estaba saliendo del aula.

Sus ojos se concentraron de nuevo en Phoebe.

—¿No estarás insinuando que...? —entonaron Maya y Flo al mismo tiempo.

Por un momento, Phoebe pareció atragantarse, como si no hallara la respuesta a aquella pregunta tan sencilla. Entonces se le pusieron los ojos brillantes y agachó la cabeza.

—No lo sé. De verdad que no lo sé.

CAPÍTULO VEINTITRÉS

JUEVES, 30 de octubre
15.50 horas

Cuando Maya entró en casa no vio a Megan, que estaba encerrada en su habitación.

«Qué extraño —pensó—, nunca lo hace.»

«Estará enferma», se dijo encogiéndose de hombros mientras se dirigía a su cuarto.

Antes, pasó por la cocina y abrió la nevera en busca de algún plato capaz de excitar su inexistente apetito. Quería obligarse a comer algo. La mañana había sido muy, muy pesada. Y necesitaba calorías.

«La compra habitual», pensó con impaciencia, mientras repasaba mentalmente la lista que la saludable Megan confeccionaba diligentemente cada sábado, el día consagrado a abastecer la despensa. Hamburguesas de soja («tesoro, la carne es perjudicial»). Lechuga ya lavada. Verduras previamente limpias y cortadas. Queso descremado. Yogur en cantidades ingentes. Zumo de frutas ACE (naranja, zanahoria y vitaminas en abundancia). En resumen, nada que le provocara verdaderas ganas de ponerse a comer.

Maya cerró malhumorada la nevera, se hizo con un envase de Choc Choc Chip de Häagen-Dazs y se encerró en su habitación.

Eligió una banda sonora, «Afterlife»: los Avenged Sevenfold a todo volumen.

A continuación encendió el ordenador.

MAYA91: La tocapelotas está en su habitación.

FLOG: Déjala en paz. Y déjate en paz.

MAYA91: La leche, ¿comprendes por qué vomitaba Phoebe?

FLOG: Vaya panorama de mierda... ¡pobre!

MAYA91: Ya, vete a saber si se lo habrá dicho a akel askeroso de Harry. ¡Vaya desecho humano!

FLOG: Increíble. Y cuando se entere Stacy...

MAYA91: Ya. Debemos ayudar a Phoebe. Lo digo en serio.

FLOG: Sí, tienes razón.

MAYA91: ¿Tú qué harías?

FLOG: No lo sé. Me entra el pánico sólo de pensarlo... Yo aún no he hecho el amor con John...

MAYA91: ¿De verdad? ☺

FLOG: Te lo juro.

MAYA91: Estaba segura de que...

FLOG: Pues ya ves que no, mi kerida superexperta. Me entra ansiedad sólo de pensarlo. ¿Y tú, qué?

MAYA91: ¿Yo? Primero encuéntrame a uno decente y entonces ya hablaremos... ☹

FLOG: A propósito, he conseguido una pócima.

MAYA91: ¿Qué pócima? Pero ¿de qué hablas?

FLOG: Una para capturar a Trent, el tenebroso.

MAYA91: Ya te vale. ¿¿¿Sabes que eres muy burra???

FLOG: Ahí va. Haz un buen uso de ella.

MAYA91: Es inútil. Perro Guardián Megan no me deja verlo. ☹

FLOG: Pasa de todo. No tienes que decirle ni una palabra.

MAYA91: Ok, y ahora pásame la pócima.

FLOG: Vale, vale, espera. No resulta fácil dar con el filtro de amor adecuado... ¿Kieres la tisana para amantes sinceros?

MAYA91: ¡No digas paridas! ¿Cómo le voy a ofrecer té? Y además, ¿quién tiene que bebérselo?

FLOG: Ah, ya está, ¡tengo la solución! Construye un pequeño altar en la habitación...

MAYA91: ¡Flo! Aparte de que es una parida, ¿cómo le justifico lo del altar a Perro Guardián Megan?

FLOG: Un pokito de imaginación... Bastará con tu mesilla de noche... Vamos, dicen que esta fórmula sirve para atraer a un nuevo amor. Así pues, has de coger una rosa de color rosa y ponerla junto a una vela rosa.

MAYA91: ¡Bah!

FLOG: No seas así, ¡intenta soñar por una vez!

MAYA91: Ok.

FLOG: Ok. A continuación, unta la mecha de la vela con aceite de rosas.

MAYA91: ¡Buaaah!

FLOG: Durante dos noches, dirige tus pensamientos amorosos hacia la llama de la vela. Después, una noche de luna llena, traza el nombre de tu amor en la cera de la vela con una espina de rosa.

MAYA91: Dios mío, Romeo y Julieta... O peor aún...

FLOG: Y recita: «Encontraré el verdadero amor. Cuando esta vela comience a arder, el verdadero amor conquistaré».

MAYA91: ¿Y según tu opinión, debería pasar algo?

FLOG: Según mi opinión, quien no se moja no coge peces. Estos consejos proceden de un famosísimo libro de brujería...

MAYA91: Está bien, hoy compraré la rosa y la vela. Hasta luego...

FLOG: Trent no se te resistirá, ya lo verás. Hasta luego.

«Quizá sería mejor que fuese yo quien se le resistiese», pensó Maya mientras apagaba el ordenador.

CAPÍTULO VEINTICUATRO

Londres, 30 de octubre de 2008

Megan, pequeña, dulce, indefensa Megan.

Nadie te comprende.

Creen que eres fuerte.

Creen que eres sabia.

Creen que sabes cómo salir de los apuros.

¿No es así, no es cierto, Megan?

Lo he visto.

Lo percibí en tu mirada perpleja, el otro día, durante el enésimo interrogatorio.

En el pasado me pusiste de muy mala leche, Megan, testaruda.

Pero ahora no.

Eres una víctima, tú también.

Si al menos fueses capaz de darte cuenta.

Cómo te deberías de quedar cuando te enteraste de que había vuelto a escapar de ti.

Megan, querida, ¿por qué nadie te hace caso?

¿Sabes cuán peligroso podría llegar a ser?

¿Sabes por qué maté a tu Dave, eh?

No, no puedes saberlo.

Sospechas.

Sólo sospechas.

Estúpidos. Con las sospechas no se llega a ninguna parte. ¿Cómo es posible que la policía no lo entienda?

He visto a ese teniente tuyo. Garret, se llama así, ¿verdad?

Ese que te pone ojos lánguidos e hipócritas.

Megan, no te quiere. Ten cuidado, pequeña.

Tú te mereces más.

Y mejor.

Ese Garret es un pobre diablo, con todas esas citas zen.

Se las da de listo, pero no entiende absolutamente nada.

No entiende por qué estoy aquí.

¿Echas de menos a tu Dave, tierna Megan?

Tuve que hacerlo.

Y debiste de sentirlo.

Con ese aire suyo tan insolente... Dios mío, ¿por qué las mujeres siempre tenéis que elegir a unos hombres tan arrogantes y tan cargados de testosterona? ¿No comprendéis que valéis mucho más que ellos?

Sois portadoras de la perfección, lleváis la belleza en vuestro interior.

Bueno, no todas.

Las que me gustan a mí.

Megan, no quisiera tener que decírtelo, pero cuando lo sorprendí, tu gran Dave gritaba como un lechoncillo.

Megan, tú no sabes cómo ocurrieron las cosas realmente.

Fue culpa suya, ¿sabes?

Yo estaba haciendo mi trabajo tan tranquilo; era él quien no debía estar allí.

Había estudiado bien sus hábitos. A esa hora solía estar en la universidad.

O fuera, con su familia.

Tu hija, Maya... creo.

Imagínate, el muy idiota.

No hay que cambiar de hábitos.

Es cosa de inconscientes.

Y de arrogantes.

Es una falta de respeto hacia los demás: querer sorprenderlos a toda costa con comportamientos inusuales.

Estúpido.

Se la buscó.

Además, tampoco era tan culto como parecía, tu Dave.

Si leyeses sus apuntes...

Banal.

Se trataba de estudios que el Maestro conoce de memoria.

Por lo demás, no había quien entendiese nada en aquellos papeles. El Maestro afirma que tu Dave los había encriptado.

En mi opinión, era simplemente porque no sabía nada. Parecía un ratoncillo ciego en busca del queso.

Es cierto, cuando le asesté una, dos, tres, cinco puñaladas, también parecía un ratoncillo ciego.

Pero en ningún caso lo agredí al azar.

No soy un loco, un psicópata, como dices tú.

Si lo fuese, ¿crees que hubiera logrado huir de ti otra vez?

En la vida se requiere armonía.

En todos tus actos.

Incluso cuando tienes que hacer cosas que no te gustan.

Y yo hubiera evitado gustosamente tener que sacarme de encima a tu Dave.

No, no por él.

Un arrogante como el que más.

Ni siquiera por ti, que te mereces lo mejor.

No, por el Maestro.

Desde entonces me la tiene jurada.

Y además, Megan, tú también la has tomado conmigo.

Pero ¿por qué narices no me dejas tranquilo para que pueda cumplir en paz mi misión...?

¿Por qué tienes que ensañarte así?

¿No sabías que la perseverancia es la virtud de los necios?

Y ahora has sido castigada. ¿Cómo te habrás puesto al enterarte de que he logrado huir de ti?

Pero ha sido culpa tuya, estúpida Megan; no hubieses tenido que detenerme.

No sabes lo que has desencadenado.

Y el Maestro ahora está exagerando.

Mientras permanecí encerrado en aquel agujero, también me hizo llegar mensajes.

Una vez, incluso vino a verme.

Decía que no estaba contento.

Que el proyecto no se puede detener.

Así que, una vez más, me toca a mí.

Por eso he tenido que irme, pequeña Megan, no te lo tomes a mal.

Hablando de Dave.

Una cosa más.

Fíjate lo poco valiente que fue tu maridito.

Se protegía la cara y la cabeza mientras yo, tranquilamente y con las cosas muy claras, hacía descender la hoja.

No, tontita, ya sé que fue precisamente el número de cuchilladas lo que te hizo dudar de que el móvil fuese el robo.

«Un ladrón —pensarías con esa cabecita tuya tan adorable—, no se ensaña de ese modo con su víctima.»

Pero no te has dado cuenta.

Ni siquiera tú.

Ni siquiera el otro día cuando, por enésima vez, me miraste fijamente con tus ojos glaciales y me preguntaste: «¿Por qué?».

¿Por qué qué, deficiente? Eso es lo que eres.

Si fueses menos ignorante, te habrías percatado de cuán perfecto fue.

Mis cuchilladas en el cuerpo de tu marido obedecían a un esquema.

Dios mío, mira que llegas a ser estúpida.

Está bien, te lo explico. Así cuando lo leas, lo entenderás. Dios mío, mira que llegáis a agotarme vosotros, los seres inferiores.

¿POR QUÉ 55 PUÑALADAS?

1-1-2-3-5-8-13-21-34-55...

¿La reconoces?

Eso es, se trata de la secuencia de Fibonacci.
La perfección.
La belleza.
Entre esos números se oculta la perfección de lo creado, el número divino.
Para realizar las cosas se necesita amor.
El Maestro me ha enseñado que el universo es perfecto.
Los seres humanos no tenemos derecho a mancillarlo.
Hay que respetar su equilibrio absoluto, que lo sustenta todo.
Por eso las cosas se han de hacer bien.
Pero él no lo entendió.
Tu pobre e ignorante maridito.
Tan convencido de saberlo todo cuando en realidad no sabía una mierda.
Por eso lloraba, y te llamaba.
Como un niño llorón.
No comprendió la perfección absoluta de aquel instante. Merecía morir. ¿Qué cojones hace en el mundo un hombre así?
Pero, a fin de cuentas, ¿qué sabrás tú, la puta criminóloga de las pelotas que me ha metido en este lío, de la perfección?
Y el Maestro, ése es otro.
Jodido pesado, plasta de los huevos.
Y ahora no para con esa historia de que no eran las adecuadas.
Que las que me llevé no eran del todo perfectas. Que me había equivocado.
¿Y a mí qué me cuenta?
La lista la hizo él.
¿Por qué viene ahora jodiendo?
Que le den por saco.
¿Qué quiere de mí?
Soy un artista.
Y aquéllas eran idóneas.
Os lo demostraré.
Oh, sí, Megan, dulce Megan.

«Seis las tengo por la mano.
Y la perfección les he dado.
Falta una para acabar lo creado.
¿Faltará poco para hallarla, ahora
que no estoy encerrado?»
Será un día muy largo, pequeña.

CAPÍTULO VEINTICINCO

JUEVES, 30 de octubre
16.20 horas

—Increíble. Aún no me lo creo: Phoebe y Harry... Pero ¿será él?

Maya y Flo no habían podido resistirse, habían tenido que salir de casa para volverse a ver y comentar la noticia.

Phoebe estaba embarazada, sí, ok, había un montón de chicas de su edad que tenían relaciones sexuales. Y Phoebe siempre presumía de haber hecho ya el amor con diez chicos distintos. Antes o después, era inevitable...

Había otra chica del instituto a la que también le había sucedido: había pringado y había decidido tener el bebé, a pesar de que el padre la abandonó. Pero en realidad Phoebe era la primera a la que conocían tan de cerca; llevaba tres años en clase con ellas.

Maya y Flo habían quedado en Regent's Park, su parque favorito, adonde acudían cada vez que tenían que hablar de algo importante. Siempre practicaban el mismo ritual. Piruleta de menta y albaricoque para Flo, de vainilla y fresa para Maya. Le daban vueltas en la boca durante horas mientras daban largos paseos por Regent's.

Maya siempre llevaba la cámara fotográfica. Era una pequeñísima Sony digital, de color rosa, que Megan le regaló intuyendo su pasión, oculta hasta aquel momento. Era verdad: definitivamente, aquel rosa la molestaba. Y no descartaba que Megan la hubiese escogido a propósito, para burlarse de sus gustos, demasiado *dark* en su opinión. Pero la máquina era estupenda.

A Maya le encantaba espiar los gestos de la gente y capturarlos en el transcurso de un instante. Los rostros no llamaban su atención; se veían tantos... Pero los gestos... ésos casi siempre resultaban reveladores. Y muchos, hasta cómicos. Después, en casa, se entretenía montando las distintas imágenes con su Mac: manos, detalles de bocas y de ojos alineados. Casi siempre el resultado era un pequeño fresco realizado con los tics de los demás. A Maya le divertían aquellos montajes. A veces los convertía en película y los colgaba en You Tube.

En esa ocasión también había llevado consigo la cámara, pero estaba demasiado distraída con la conversación para obtener alguna fotografía buena. El programa del paseo siempre era el mismo. Queen Mary's Garden, en el centro de los parterres de rosas y de los invernaderos aún en flor: primeros disparos de Maya, que no renunciaba a los tonos melocotón y amarillos de las variedades más bonitas de sus flores preferidas.

Paseo por el parque, bordeando el lago para seguir avanzando por las avenidas arboladas hasta el zoológico. Unos cuantos disparos más. Y una parada. Al menos de media hora. Pero sólo en caso de dificultades, y aquél no era uno de sus mejores días.

—Así que, Flo, resígnate. Tenemos que seguir andando.

Maya empujó a su reacia amiga hacia las taquillas y sacó dos entradas para el Blackburn Pavillion. Era un pabellón de caza de estilo victoriano, totalmente restaurado y transformado en un reducto de selva tropical en pleno centro de Londres. Con un montón de cascadas y helechos, bananeros, pasifloras y orquídeas. Un festival de colores. La sede perfecta para acoger a los más espectaculares pájaros llegados del otro extremo del globo: tucanes, papagayos de todas las clases, ibis, e incluso el rarísimo kookaburra de Nueva Guinea.

Maya adoraba aquel pájaro de plumas azules: le gustaba el sonido que emitía, muy parecido a una carcajada humana de las más estridentes.

Cada vez que entraban en el pabellón, las dos amigas jugaban a identificar los distintos animales por sus voces. Pero cuando era el turno del kookaburra, no podían resistirse a imitar su voz, y acababan estallando en una irresistible carcajada.

Después le tocaba pagar prenda a Maya y acompañar a Flo a ver el dragón de Komodo, que la chica había adoptado gracias a una disposición especial del zoo de Londres, que permitía adoptar a distancia y en toda regla al animal preferido. El dragón era el lagarto más grande del mundo: dos metros de reptil, viejo y escamoso, con lengua bífida, larga cola, dientes poderosos. E instinto criminal. En fin, lo más parecido a un dragón que pueda imaginarse.

En la habitación de Flo destacaba una foto gigante del gran reptil, capturado junto a una radiante Flo que lo señalaba al tiempo que hacía la señal de la victoria.

Pero aquel día Maya y Flo pasaron de largo.

Estaban demasiado ocupadas.

—Tenemos que hacer algo, Flo. ¿Has visto cómo estaba? Y ya verás esa capulla de Stacy, en cuanto sospeche algo...

—Es imprescindible que Phoebe hable con Harry. Si está segura de que es el padre, claro...

—¿Tú qué dices? No me pareció que estuviese segura del todo.

—Bah, Phoebe siempre ha propagado a los cuatro vientos que había estado con un montón de chicos, quizá él sea uno más de la lista...

—¡Sólo alguien como Harry podría ser tan estúpido!

—Vamos, Maya, lo dices porque la tienes tomada con él.

—No es verdad, ¿a qué viene eso? ¿O es que no estás de acuerdo conmigo en que es un idiota? ¿Acaso no has visto cómo se hacía el guaperas en el gimnasio?

—Ok, Harry es un idiota, pero ahora debemos pensar en Phoebe, tenemos que hacer algo para ayudarla.

—¿Piensas que debería decírselo a tus padres?

—Imagínate, con esa madre tan histérica que tiene.

—Hoy, en el instituto, lo he sentido bastante por ella, ¿no?

—Sí, ¿has visto qué relación tan asquerosa tiene con esas dos que tanto se las daban de ser sus amigas?

—Piensa en lo que pasaría si el padre fuese realmente Harry y la historia trascendiese; vete a saber de qué sería capaz Stacy.

—Sería el fin para Phoebe. Le haría la vida imposible, haría cualquier cosa con tal de que la expulsasen del instituto.

—Quizá deberíamos, como mínimo, hacerle entender que podemos ser amigas, que puede fiarse de nosotras. En el fondo la situación es terrible de verdad.

—Lo que pasa es que eres deeeemasiadooooo buena, Flooooo corazón de oro.

—Vete a la mierda, Maya. Sé que tú piensas lo mismo.

—¿Que pienso qué?

—¿Y si te hubiese sucedido a ti?

—A mí no puede pasarme.

—Perdona, ¿y puede saberse por qué piensas hacerte la santita hasta el matrimonio?

—¿Eso es lo que crees? Mira a los chicos que conocemos, o son unos pringados o no me hacen caso ni por equivocación.

—Eres tú quien no les haces caso. Eres demasiado dura. Si no están a la altura de tus expectativas, ni siquiera los miras. ¡Y tus expectativas son tus expectativas!

—Disculpa, ¿y por qué no habría de tenerlas?

—En cualquier caso, ahora te gusta alguien...

—...

—¡Venga, Maya, dilo! ¡No es ningún secreto!

—¡Mira que llegas a ser pesada! Vale, sí, Trent me gusta un poco... ¿Estás contenta?

—¡Ya era hora de que lo admitieses!

—Hummm.

—Además, en mi opinión tú le gustas.

—¡Ufff!

—¿No me dirás que no te habías dado cuenta?

—Ok, quizá sí, un poco...

—Pero ¿por qué eres así? ¿Y si por una vez te fiases?

—No lo sé, Flo. Trent me gusta, pero tiene algo extraño, algo que no me convence.

—¿No se te habrán contagiado las paranoias de tu madre?

—No, esta vez ella no tiene nada que ver. Soy yo quien lo piensa. Cuando lo veo me gustaría estar con él y hablarle y que estuviese enamorado de mí, pero es como si siempre llevase una sombra encima: ¿por qué te parece tan extraño lo que te digo?

—Vamos, Maya, ves mil problemas sólo porque te estás enamorando de él y estás asustada.

—¡No es verdad!

—Sí que es verdad, ¿qué tiene de malo? Además, ¡reconoce que está muy bueno!

—Vale, sí, tiene un físico de miedo... Flo, ¿has visto qué hombros más anchos?

—Estás colgada, Maya, ¿cómo puedes decir que tiene los hombros anchos? ¿No has visto qué delgado está?

—Tu John, en cambio, tiene el físico de un jugador de rugby, ¿no? Trent es mono. Y punto. ¿Te has fijado en sus ojos?

—Bicolores, oh-Dios-mío-qué-emoción.

—¿Y el pelo?

—Estás pillada...

—Aparte de ese mechón de cretino, Dios mío, qué negro lo tiene.

—¿Te acostarías con él?

—¡¡¡Flo!!! ¿Estás sorda o qué? ¡¡¡Ni siquiera salimos!!!

—Vale, vale, ¡no grites y no te pongas tan agresiva!

—Es que tú sigues con la misma historia, como si ya estuviese todo decidido.

—¿Acaso no te gustaría estar con él?

—No lo sé... Sí, creo que sí.

—¡Lo ves!

—Flo, lo que pasa es que Trent me da un poco de miedo.

CAPÍTULO VEINTISÉIS

JUEVES, 30 de octubre
16.50 horas

Maya y Flo salieron del parque casi sin darse cuenta, enfrascadas en su cháchara. Se dirigían a Primrose Hill, el barrio más *trendy* del momento y, por ende, donde vivían un montón de celebridades. Se acercaban al que había sido el estudio de Dave. Maya cambió de dirección sin que su amiga se diese cuenta.

—Flo, ¿pasamos por la Primrose Bakery?

—¡Ok! Le diré a John que estaremos fuera un rato más, ¿no te molesta? Quería unirse a nosotras.

—«Se-lo-digo-a-John-¿no-te-molesta?» ¿Y si te dijese que sí, que me molesta? ¡Vaya coñazo de amigas con novios-lapa!

Pero en el fondo no le importaba demasiado. Maya adoraba aquella pastelería y nada podría arruinarle el placer de las famosas pastas de té de nata y crema, chocolate y fruta. Una delicia sin fin.

Maya y Flo entraron y dieron comienzo a su juego favorito. Consistía en ordenar un carro de pastas, sin limitar previamente la cantidad.

A continuación empezaban un juego similar a los chinos. Quien ganaba podía escoger los pastelillos.

Piedra = chocolate

Papel = Nata

Tijera = Fruta

Las camareras las conocían, y cada vez que las veían entrar se preparaban para una larga espera. Pero ambas estaban tan absortas en el juego que no se percataban de hasta qué punto resultaban molestas. Efectivamente, había mucho en juego... Flo adoraba la fruta y la nata. Maya, el chocolate. Fuera como fuese, al final siempre acababan ante una bandeja bien surtida. Y así sucedió también aquel día.

Satisfechas, salieron de la pastelería y volvieron a Regent's Park. Allí, en medio de una extensión de hierba recién cortada, se prepararon para sacarse de encima definitivamente las tristezas y preocupaciones, ahogándolas en un mar de dulzura glaseada. Debían apresurarse, antes de que llegase John. Gorrero. Y tragón. Como todos los tíos.

—Hummm, qué bueno es éste, pruébalo, relleno de caramelo líquido... Escucha, ¿por qué tienes miedo de Trent? —Flo no quería dejar el tema.

—No, escucha esto, dentro tiene chocolate fundido... En cuanto a Trent, no sé, me inquieta.

—¿Tienes miedo de que ande metido en alguna historia extraña?

—Eso dice mi madre. Sabes que me ha prohibido verlo, ¿no?

—Ajá, mira, ya me imaginaba que tu madre estaría detrás de todo esto. Pero si tú eres la primera en reconocer que es un poco paranoica para estas cosas.

—Sí, pero...

—Pero ¿qué? ¡Trent no tiene la menor pinta de traficante, ni de colgado, ni de estar metido en ningún rollo de bandas!

—Flo, no lo sé... pero es raro. ¿Y si perteneciese a una secta?

—¿Tipo satánico? Qué va, ¡son una panda de payasos! Montan tanto follón porque cuelgan esas cosas en la red, ¿las has visto? Como las canciones pasadas al revés, en las que se oyen mensajes satánicos. Hay quien dice que hasta está metida Britney Spears. Si escuchas la canción «I am slave for you» en sentido contrario, se oye «Te quiero, te quiero, Satanás, mi dulce fruto». Bah.

—No, no me refiero a eso, pero hay algo extraño en él, no puedo sacarme de encima esa sensación.

—Eh, mira, llega John. No entiendo por qué tiene que mover los brazos de ese modo para saludar. ¿Qué le pasa, se cree que no lo veo?

—No le hables de Trent, por favor. No tengo ganas de que sepa nada de lo nuestro, ¿ok?

—Ok.

—Ey, John.

—Ey, chicas. ¿Qué fuerte, no, lo del instituto?

Mochila al hombro, iPod en las orejas, vaqueros azul oscuro, All Star azules, con dibujos de ovejitas. John, tan tierno, tan de confianza. Tan buen chico. Experto en hierba y deportista entusiasta. El amigo de medio colegio.

—¿Qué escuchas? —Maya dejó caer la pregunta, aunque intuía la respuesta.

—Los insuperables.

—Nirvana, «Smells like teen spirit» —recitó Flo de memoria.

—«*Here we are now, entertain us. I feel stupid and contagious...*»

—Podrías cambiar la banda sonora de vez en cuando...

John no replicó, y cuando estuvo ante su Flo se le iluminó la sonrisa. Sí, estaba muy enamorado. Ella se hacía la dura. Pero en el fondo, pensó Maya, a Flo, John también le gustaba de verdad. Tenían mucho en común. Adoraban las ciencias, las matemáticas, y les chiflaban los últimos descubrimientos tecnológicos. Y John nunca se aburría cuando Flo empezaba con sus lecciones-de-vida-a-cargo-de-miss-Crumble-escucha-escucha. A él le encantaba realmente escucharla. Maya lo había pillado un par de veces empleando las mismas palabras que Flo mientras hablaba con otros amigos de cualquier tema. El bueno de John. Bueno, porque guapo, no podía decirse que lo fuera.

—¿Tú también te has enterado? —le preguntó Maya.

—Lo sabe medio instituto, creo. En cualquier caso, a mí me lo ha dicho Flo.

Maya fulminó a Flo. Aquella incauta amiga suya, que no podía tener la boca cerrada. Aquella moralista que, con tal de no perder la oportunidad de largar una conferencia sobre el tema, era incapaz de guardar un secreto. Dios, había veces en que Flo la hacía cabrear de verdad.

Flo percibió el enfado de su amiga y bajó la vista, con un ligero sentimiento de culpa al que se enfrentó rápidamente, en un intento de hallar solución al problema.

—John, tenemos que ayudar a Phoebe, ¿no crees? Por eso te lo he explicado. Imagínatelo, de ahora en adelante estará en el punto de mira de todos, pobrecilla. De su madre. De la Saunders y de los otros profes. Y de Stacy, por supuesto.

—Entonces, según vosotras, ¿ha sido cosa de Harry?

—Porque, según tú, él no tiene ninguna culpa, ¿verdad? —preguntó Flo, en su típico tono si-quieres-guerra-has-venido-al-lugar-apropiado.

—No, no sé, es que Phoebe... sí, a fin de cuentas, ella es de las que se iban con todos, vosotras también lo sabéis, incluso se dedicaba a hacerlo público, presumía de ello. Por tanto, ¿quién os puede asegurar que sea hijo de Harry, precisamente? A lo mejor él no tiene nada que ver.

—¡John, vete a la mierda! ¡A veces me pregunto cómo puedo estar con un retrasado mental como tú!

—Vale, entonces, según tú, ¿por qué aún no le ha dicho nada? Puede que no esté segura.

—Pero ¿por qué te cuesta tanto entenderlo? ¿No se te ha ocurrido que a lo mejor ella está asustada y tiene miedo, y que ya está metida en tal follón que lo último que desearía es decírselo a ese bastardo que lo negará todo y saldrá por piernas?

—¿Y a ti quién te ha dicho que hará eso? Flo, no puedes estar tan segura. Siempre haces lo mismo: juzgar a los demás convencida de que lo sabes todo.

Maya sonrió ante la salida de John el enamorado, que esta vez había dado en el clavo.

—Bueno, seguro que no se preocupará de ayudarla a encontrar una solución —prosiguió Flo, como si no hubiese oído nada.

—Tú, en su lugar, ¿te preocuparías?

John estaba a punto de responder a la provocadora pregunta de Maya cuando sonó su móvil. Al otro extremo, se oyó la voz de Trent.

—John, John, escúchame. —En la voz de Trent había ansiedad y alarma—. Has de venir corriendo. ¡Ha pasado algo muy gordo! ¡Han matado a Jamie Hoggs!

—¿Qué? —le oyeron gritar las chicas, que se volvieron de golpe. John se había puesto amoratado, pero hizo un esfuerzo por controlarse.

—¿Dónde estás? —preguntó en tono neutro.

—En Hackney. Tienes que venir. Date prisa. Debes ver... Jamie no... Esto es una carnicería, John. Por favor, date prisa.

—Pero ¿qué ha pasado?

—Un ajuste de cuentas. ¿No lo sabías? Sí, Jamie había entrado en la banda de los Pdc. No sé qué cojones tenía en la mollera. Y ahora... Dios mío, le han agujereado la cabeza. John, por favor, date prisa.

—En seguida llego.

—Cuando estés en la esquina con Hoxton, llámame y te espero en la calle. Lo de aquí está hecho una mierda; será mejor que vaya a buscarte.

CAPÍTULO VEINTISIETE

JUEVES, 30 de octubre
17.45 horas

John notó que estaba cubierto de sudor y que no sabía qué hacer. Enumeró mentalmente los temas que le estaban jodiendo el día. Y que amenazaban con joderle la vida.

Hackney. ¿Por qué demonios Trent había ido a meterse en líos a aquel antro? Veintidós bandas censadas, se dice pronto, sólo en aquel barrio. El peor lugar que le venía a la cabeza.

A Jamie Hoggs apenas lo conocía. Pero siempre le había parecido un poco ido. Hijo de un peón inglés y de una camarera asiática, blanco, ojos almendrados, indudablemente guapo. Y rodeado de chicas. Y fanfarrón. Se había pegado a Trent en algún *pub*, una vez fueron vecinos. Después lo pilló la policía: hurto, trapicheo con drogas y vete a saber qué más. Condenado. No fue a la cárcel, pero le impusieron el toque de queda desde las siete de la tarde hasta las siete de la mañana. Y le habían puesto un brazalete electrónico que indicaba todos sus movimientos directamente a Scotland Yard. Desde luego, si llevaba el brazalete no debía de ser lo que se dice un santo.

¿Y las chicas? ¿Cómo leches se lo haría para esquivar las insistentes preguntas de Flo y la mirada escrutadora de Maya? ¿Qué iba a explicarles?

—Esto... ¿quién era? —empezó a inquirir Flo.

—Tú siempre tan curiosa, ¿eh, mi adorada sabihonda? —se demoró John, al tiempo que le estampaba un beso en la frente—. Era un viejo amigo, acaba de llegar de Leeds. Me había olvidado por completo, pero no puedo sacármelo de encima. Ha venido a Londres sólo para verme.

—Bien, dile que se reúna con nosotros.

—Mejor no. Es un poco patoso. Y además no os gustaría. Bueno, os dejo con vuestra cháchara... Lo siento, pero tengo que irme ya.

Aquel engaño no se sostendría ni un instante; fue consciente de ello en cuanto lo pronunció. Apenas había iniciado el gesto de marcharse, cuando Flo ya estaba tras él llamándolo.

—John —lo enmarcó elevando ligeramente la ceja derecha.

«Dios mío —pensó John—, ahora es cuando me mata.»

—¿Sí? —respondió, intentando ofrecer una imagen de compostura.

—Vete a otra con ese cuento —intervino Maya.

«¡Ahora también ataca ella!», pensó John, cada vez más sudado y preocupado por Trent, que lo estaba esperando en aquel lugar horrible.

—Exactamente —dijo Flo, alzando la mano—. Te ha cambiado el color cuando has recibido la llamada. Y mírate las manos, son una piscina. John, ¿qué coño ha pasado?

—No os lo puedo decir, lo siento; es mejor para vosotras —respondió, en un intento por replegarse.

—John Warren, ¿te has vuelto idiota? Habla o no volverás a verme nunca más.

—Bien, pues... —¿Cómo podía llevarle la contraria cuando se ponía así? No, John era totalmente incapaz de contradecirla—. Bueno, era... Trent.

—¿Trent? —preguntó Maya, intrigada—. ¿Y qué quería?

—Mira, hace un rato ha habido follón.

—¿Qué clase de follón?

—Bueno, un amigo suyo... No, veamos, amigo es una palabra excesiva. Un conocido, sí, eso es, un conocido, uno al que apenas conocía...

—¡¡¡John!!! —lo interrumpió una exasperada Flo—. ¡Sabemos lo que significa conocido!

—Vale, sí. Ha sido asesinado...

—¿?

—Sí... Le han disparado.

—¿Disparado? Pero ¿qué estás diciendo? —preguntó Flo, alarmada.

—¿Y Trent qué tiene que ver en todo esto?

—Bien, es verdad que este Jamie era... era un tío con rollos raros.

—Sí, pero ¿Trent qué tiene que ver?

Maya se volvió y cruzó una mirada de preocupación con Flo.

Se sorprendió a sí misma pensando: «No, te lo pido. Haz que no sea verdad. No puede ser verdad. Trent es un poco raro, de acuerdo. Pero no puede, no debe ser un criminal».

—Resulta que... —seguía explicando John—. Resulta que ha pasado en Hackney. Trent está allí. Y yo, bueno, yo debo reunirme con él.

—¿Hackney? —gritaron a coro las dos chicas.

—¡Pero si es un sitio de mierda! No te voy a dejar ir solo. Nosotras también vamos.

Flo habló en nombre de las dos.

Sin mucha convicción, John intentó frenar la determinación de las chicas. Sin éxito, naturalmente.

Los tres se dirigieron a la estación de metro. No hablaban. No se miraban. Preferían no saber lo que se traslucía en sus rostros.

Inquietud en el de John.

Incredulidad y rabia en los ojos de Flo.

Miedo en la cara de Maya.

Hackney. Los tres lo sabían. En Hackney se moría por poco. Una mirada equivocada, una palabra poco clara, una victoria fuera de lugar en un videojuego, un comentario un poco subido a una chica. En Hackney se moría joven. En Hackney, el deporte de moda era la compra, o el alquiler, de una pistola. Podían conseguirse fácilmente: 250 libras por una del calibre 9 usada. Por tan sólo 50 podía alquilarse para una noche. Un polvorín. Un arsenal con el que hacer estallar la propia rabia.

Y ahora Trent estaba allí.

En cuanto llegaron, Maya lo vio. Iba hacia donde estaban ellos, tal como habían quedado. Cazadora negra de cuero, Ray Ban en forma de lágrima con cristales negros, botas negras, vaqueros negros con rasgones, lord Byron en el bolsillo trasero de los tejanos. Pero el mal humor de Trent estalló cuando vio a las dos chicas.

—Te había pedido que fueses discreto —le susurró a John, sin dedicarles una sola mirada a Maya y a Flo—. Te había dicho que aquí había un marrón. No me parece el lugar más adecuado para traer a la novia y a su amiguita.

Un puñetazo. Si a Maya le hubieran dado uno en el estómago, le habría dolido menos. La inquietud y la angustia que había sentido por Trent durante todo el trayecto, el miedo de que pudiese estar en peligro, se disolvieron en un instante y dieron paso a una rabia sorda, que le gritaba que desconfiase de aquel presuntuoso, de aquel arrogante desconocido.

Trent no prestó atención a la silenciosa reacción de Maya. Se notaba que su dolor era demasiado intenso. Un amigo suyo había muerto. Punto.

—Mira esto. —Le acercó una hoja a John, sin ocultarlo a la vista de las chicas—. Lo encontré nada más llegar. Junto a su cuerpo. «*U're in a beta place. Good is lukin afta u now.*» Lo había dejado su chica...

Entonces se volvió y les hizo una seña para que lo siguieran. Recorrieron algunos metros a lo largo de una zona espectral. A las cinco de la tarde la oscuridad era casi absoluta. Pero la peor oscuridad se reflejaba en el rostro de la gente que pasaba apresurada sin mirar a la cara a aquellos con quienes se cruzaba. Se hallaba en aquellas casas que parecían nichos, plataformas de cemento ensambladas para amontonar vidas sumidas en la exasperación y la derrota.

—Maya, Flo, realmente no es un espectáculo agradable... —les decía Trent—. Hacía muchos años que conocía a Jamie. Antes vivía en Ealing. Fuimos juntos a la guardería y a la escuela primaria. Y siempre fue así. Era irascible, demasiado irascible. Pero tenía talento, ¿sabíais? Era uno de los artistas callejeros más famosos de la zona. ¿Veis? —Señaló una serie de *graffiti* que coloreaban la triste pared de aquella casa de Falkirk Street.

Maya, Flo y John contemplaron admirados una infinita serie de soles y de guerreros persiguiéndose sobre el muro desconchado. A continuación subieron por la escalera. Era la casa de Jamie, un apartamento de dos habitaciones, baño y una pequeña cocina, donde vivían ocho personas. El padre, la madre, la abuela y cinco hijos. Jamie había intentado escapar de aquella cueva, pero en cuanto el juez le concedió la libertad vigilada tuvo que volver a su litera de tres plazas. La suya era la de encima, porque era el mayor. Su padre no soportaba la vida que llevaba y por eso lo molía a golpes. Cuando lo veía. Cuando no estaba en el *pub*.

—Hacía algún tiempo que lo había perdido de vista. Cuando se fueron a vivir a Hackney, porque su padre había estado un tiempo sin trabajar y ahora ganaba demasiado poco para los chalecitos-modelo-todos-estamos muy-bien-todos-somos-muy-felices de Ealing. Un día me llamó. Hará unos tres meses. Volví a verlo. Me di cuenta de que algo no funcionaba. Siempre parecía tenso, nervioso. A veces parecía colgado. Me había buscado porque se acordaba de que mi madre guardaba en casa unos grabados con dibujos que quería reproducir. Precisamente hoy había acudido aquí para decirle que había encontrado los grabados, y que podía pasar por casa cuando quisiera.

Trent gesticulaba mientras hablaba. Y en ese momento Maya descubrió que el chico llevaba un extraño anillo en el dedo anular izquierdo, en el que no se había fijado hasta ese momento. Cuadrado. De oro. Con ocho piedras distintas, dispuestas en torno a una central.

«Qué paleto —pensó, sorprendida de sí misma—. Un chico con un anillo así... de oro, para más inri.»

—Y ahora está muerto, ¡mierda! Y ha muerto para nada, por una estúpida disputa. Por marcar el territorio de los cojones a otro desesperado. —A Trent le temblaba la voz.

»Maya, Flo, por favor, quedaos fuera.

El tono de su voz, inesperadamente amable, conmovió a las muchachas que, sin embargo, no siguieron su consejo y entraron detrás de él y de John en la que había sido la habitación de Jamie.

Parecía un matadero: sangre por todas las paredes, fluidos corporales y cerebrales esparcidos por el suelo. Maya clavó los ojos en aquel cuerpo caído. Un rincón de su cerebro revivió el *shock* que le producía el comienzo de otra escena cruel: su padre, un lago de sangre idéntico.

Jamie Hoggs tenía que haber sido guapo. De ello daba fe una foto donde aparecía junto a sus hermanos, encima de un tobogán, en el parque infantil del barrio. Ahora estaba allí, con una sábana empapada de sangre que apenas le cubría medio rostro.

—Dicen que han llegado dos tipos. Eran las tres de la tarde. Había gente por todas partes pero no ha servido de nada. Han derribado la puerta de una patada, han entrado y le han puesto la pistola en la garganta, antes de que pudiese reaccionar. ¡Quién sabe qué habrá pensado Jamie! ¿A quién se habrá encomendado? Tenía nuestra edad, ¿os lo imagináis? Mejor dicho, aún no había cumplido los diecisiete años; los cumplía antes de Navidad, no recuerdo exactamente cuándo.

Trent estaba pálido, pero extrañamente tranquilo.

—¿Habéis visto? Mirad las paredes. Jamie era un artista de verdad.

Maya estaba fascinada con las extrañas cenefas de la habitación, líneas fragmentadas y líneas curvas, las unas a la zaga de las otras, figuras geométricas complejas y multicolores. El efecto resultaba sorprendente. Parecía que la envolviese un mar de signos alegres y vitales. ¿El Sol? ¿La Luna? ¿La vida? Aquellos signos podían significar cualquier cosa. Pero eran hermosos. Como Trent en ese momento, pensó Maya mientras observaba cómo iba de una habitación a otra, intentando consolar a la madre de Jamie, a su chica, a sus hermanos.

Parecía ser el único que tenía la situación bajo control.

Trent le gustaba.

Demasiado.

—¿Quién es usted? ¿Qué hace aquí?

Se oían unas voces contrariadas en el rellano. Alguien, evidentemente no bien recibido, estaba intentando entrar.

—Estoy buscando a un chico. Me envía su madre, está preocupada, cree que puede estar aquí. Soy médico. Compruébelo, si quiere. Por favor, ayúdeme a encontrarlo.

Trent oyó aquellas voces alteradas provenientes del pasillo y fue a ver qué sucedía. ¿Quién se atrevía a armar escándalo incluso en presencia de la muerte?

La persona que vio no le hizo la menor gracia.

—¿Y tú qué haces aquí?

CAPÍTULO VEINTIOCHO

JUEVES, 30 de octubre
18.30 horas

Las sirenas de la policía se acercaban.

«Por fin», pensó Maya mientras dejaba pasar a los dos camilleros del 061. La ambulancia había llegado hacía unos minutos, pero el cuerpo de Jamie no podía ser movido hasta que los de la brigada especial no hubiesen fotografiado y escaneado la escena del crimen. Maya y Flo se sentían incómodas. Había sido una pésima idea acompañar a John a aquel lugar. ¿Qué estaban haciendo allí? Eran un estorbo. Para sí mismas. Para los familiares. Para los enfermeros. Y para Trent.

Las dos chicas llevaron aparte a John y se despidieron. Se llamarían más tarde.

Salieron de aquella sala de pesadilla, volvieron a recorrer el pasillo y se encaminaron a la salida. Los ojos de Maya buscaban a Trent. Lo encontraron en el rellano. El chico había perdido toda su frialdad y su capacidad de control. Plantado en medio de la puerta, esquivando el vaivén de vecinos y amigos de la víctima, intentaba cerrarle el paso a un señor muy acicalado y bien vestido. Pelo entrecano y ondulado, corbata, camisa blanca, abrigo beige de cachemira, un impecable traje de dos piezas con americana azul cruzada. Maya extrajo una fotografía mental de aquel hombre: nunca lo había visto.

En cambio, Trent sí.

El hombre lo sujetaba del brazo. Apenas ejercía presión, pero se notaba que lo retenía con firmeza. Trent forcejeaba; la mirada y las expresiones de su rostro indicaban que estaba furioso.

—¡Déjame, no te atrevas a ponerme las manos encima! ¿Qué haces tú aquí? ¿Cómo has llegado?

—Tranquilízate, Trent. Tranquilo, te digo. Vámonos. ¡RÁPIDO! Hazme caso. No conviene que permanezcas aquí ni un minuto más.

—Yo contigo no voy a ninguna parte. ¡Contéstame! ¿Qué estás haciendo aquí? ¿Cómo lo sabías? ¿Conocías a Jamie? ¿A él también lo habías convencido de que te siguiera?

—Son muchas preguntas, chico. Vamos, basta. Mira, todos tus interrogantes tienen respuesta, pero no ahora. No podemos quedarnos aquí.

El hombre tiró con más fuerza del brazo de Trent y éste se dejó llevar.

Maya y Flo, que habían presenciado la escena semiocultas detrás de una repisa, no salían de su asombro. El Trent que apenas habían empezado a conocer nunca hubiera transigido a una imposición. Lo habían observado en el instituto, con los profesores y con los otros chicos. En cambio, esta vez se había mostrado sumiso, incapaz de llevarle la contraria a aquel fulano.

—Maya, vámonos, ven.

—Las palabras de Flo despabilaron a Maya, que estaba comenzando a elaborar pensamientos enfermizos acerca de la identidad de Trent.

—¿Has visto?

—Sí, sería un pariente. ¡Vete a saber!

—Pero ¿no me habíais dicho que no tiene padre? Que había muerto, se había marchado, o algo así.

—Por eso mismo. Debía de ser un familiar, un conocido.

—Sí, que se dejó caer por aquí casualmente. Venga... ¿Y no te has fijado en lo alterado que estaba Trent? Ni siquiera nos ha saludado...

—Me gustaría verte a ti. Acaban de matarle a un amigo de la infancia...

Flo intentaba tranquilizar a Maya. En el fondo, Trent era amigo de John, y ella sabía que nunca le habría presentado a un psicópata, a un tío peligroso. Aunque... Flo se sacudió malhumorada aquellas dudas de encima, y de repente se acordó de John. Absorbida por las preocupaciones de su amiga, se había ido sin avisarlo. Dejó a Maya y volvió atrás para buscarlo.

Lo encontró ocupado en responder las preguntas de un policía cortés pero enérgico. Quién era, por qué estaba allí, qué relación tenía con el chico asesinado, etc., etc. Flo lo esperó, alzando la vista al cielo: la cara como un tomate, las manos perladas de sudor, los ojos exorbitados. Se sorprendió a sí misma pensando: «¡La hostia, John, lo van a joder! ¡Ese patoso se va a meter en un buen lío!».

Pero sólo duró un instante, pues de repente un colega llamó al policía por el *walkie-talkie*: «Lo hemos cogido. Negro. Quince años. Con los papeles en regla. Presunto ajuste de cuentas por usurpación de territorio».

Sólo habían tardado unas horas en cazar al asesino. El homicida de Jamie, un jovencísimo miembro de una banda, pasado de drogas, no había dudado en llevar a cabo su personal prueba de iniciación, matar al chico, culpable de haber pintado sus *graffiti* en la pared equivocada, fuera de su zona. El otro, un niño de catorce años, había logrado escapar.

Fin de la historia.

John se volvió hacia Flo, recuperando su habitual color.

—Lo han pillado, ¿lo has oído? ¿Dónde está Trent?

CAPÍTULO VEINTINUEVE

JUEVES, 30 de octubre
19.30 horas

En ese preciso instante, Trent casi había llegado a Belgravia. Acompañado de Kyle Zafth. Alejado a la fuerza de la ciénaga en que estaba sumido su amigo, en un coche lujoso, hacia una zona de lujo.

Cuando llegaron a la consulta del médico, subieron juntos. Kyle le hizo una seña imperiosa al chico.

—Esos auriculares, fuera —le ordenó, lanzando una mirada de odio en dirección al iPod.

Trent renunció de mala gana a los Smiths, «I know it's over»: se acabó la banda sonora triste e inevitable de aquella horrible jornada. Entonces se encerró en un obstinado silencio. Demasiado enojado para mantener cualquier tipo de contacto. Demasiado frustrado para pedir explicaciones.

—Aquí estás seguro. Ahora puedes relajarte —le consoló Kyle, intentando que se sintiera más cómodo.

Trent permanecía lívido. No respondió, sólo dirigió una mirada cargada de rabia contra el médico.

—¿Querías acabar metido en problemas? ¿Cómo ibas a justificar tu presencia allí? ¿Es que estás loco? A veces me lo pregunto. ¿Qué tienes en la cabeza? ¿Ahora también estás metido en rollos de bandas? Si no te llego a sacar...

Trent tuvo la certeza de que era absolutamente inútil responderle. No tenía ganas de explicarle a aquel individuo detestable que se obstinaba en frecuentar a su madre cuál era el vínculo que lo unía a Jamie. No tenía ganas de explicarle que hay amistades que van más allá de los límites que la vida te construye.

Trent sintió que los ojos le ardían. Fue un instante. Hizo retroceder las lágrimas hacia la garganta. No quería dejarse ir delante de aquel hombre. «Además, fíjate, aquí es donde este petimetre recibe a sus víctimas, donde descarna a sus gallinas. Todas esas mujeres que lo buscan y lo desean a cambio de una pizca más de belleza.» Y entonces, ¿por qué razón seguía frecuentando a su madre con tanta asiduidad?

Trent volvió a pensar en Jamie. Tenía ante sus ojos el rostro desfigurado del chico. Pensó en su madre, en su relación con los muertos, en su convicción de que era posible dialogar con ellos.

Ya, su madre. Tal vez ella podría permitirle volver a ver a Jamie. Alejó malhumorado aquella idea imposible de una sesión con su madre. Tenía que resignarse, no volvería a ver a Jamie.

Trent se sentía tan unido a él por un único motivo: lo comprendía. Comprendía el malestar, la frustración, la rabia por ser señalado siempre con el dedo, por estar marcado. Para Trent tampoco resultaba fácil vivir en el mundo. La gente nunca acababa de fiarse de él. ¡El hijo de una médium!

Se agitó en su asiento, sin que apenas se notara; empezaba a sentirse incómodo sobre aquella horrible butaca *high tech* de forma indefinible. Empezó a observar a su alrededor para distraerse. Era la primera vez que pisaba el santuario de *herr doktor* Kyle. Lo llamaba así con sumo desprecio. Odió a aquel hombre desde el momento en que su madre, radiante, se lo presentó como «un nuevo amigo, cariño. Tiene un montón de cosas que enseñarnos. Con él estaremos bien». Pero no había sido así. Nunca llegó a entender qué clase de vínculo unía a su madre y a Kyle. Pero no lo quería rondando por casa, de eso sí estaba seguro. Y con su madre se había mostrado categórico. No necesitaba un padre. Desde luego, no ese padre. Con su manía de controlarlo todo y a todos. Y su esoterismo de mierda. *Herr doktor* era justo la persona que menos le convenía a su madre.

Estiró el cuello. Sobre el escritorio había una serie de imágenes desordenadas, apiladas unas encima de otras. Se atisbaban partes del cuerpo de mujeres, fragmentos de piel tomados en primer plano. El objetivo había captado unos lunares con forma extraña, dos líneas paralelas, con un punto en medio.

—¿Te interesan mis estudios? —le preguntó Kyle, abortando la curiosidad de Trent—. Un día te explicaré... Nosotros dos tendremos que hablar largo y tendido. Por ahora ya está bien, y deja de darle preocupaciones a tu madre. En lo sucesivo, procura no meterte en líos. Pero si necesitas algo, recuerda que aquí me tienes.

Trent tuvo que sacarse de encima un cúmulo de sensaciones negativas, todas de golpe. Se levantó y se dio la vuelta sin saludar. Hizo una mueca y emitió una especie de gruñido que no quería que se interpretase como un saludo. Mientras salía, su vista topó con un libro que estaba abierto junto al ordenador.

Se detuvo. Se volvió, furioso.

—¡¡¡Éstos son los mismos símbolos que Jamie dibujaba por todas partes!!! —La voz le salió rota, casi llorosa—. ¿Así que era verdad que los dos os traíais algo entre manos? ¿Lo habías engatusado con todas esas historias tuyas?

—No digas estupideces —respondió Kyle con tranquilidad—. Éstos son antiguos dibujos de los mayas y tu amigo no era el único que copiaba de esa antigua y majestuosa civilización. He ido a buscarte porque tu madre estaba preocupada. Sabía que estabas en Hackney, que últimamente solías ir con ese chico. Después he oído lo del homicidio por la radio y he salido corriendo a buscarte.

Trent estaba furioso. Demasiado para percatarse de algo que se había depositado en un rincón de su mente a modo de pequeña, inesperada señal. Los lunares de las fotos que había sobre la mesa se parecían a uno de los símbolos dibujados en el libro. Posiblemente.

CAPÍTULO TREINTA

Londres, 30 de octubre de 2008

Megan, Megan.

¿Sabes? Ahora que estoy fuera, echo de menos nuestros encuentros.

¿Te acuerdas?

Llegabas con aquel aire de primera de la clase, y ahí estabas, con tu estupenda grabadora, lista para agregarme a tus putas clasificaciones para psicópatas.

En el fondo me gustaba, ¿sabes?

Eras la única que venía a verme.

Aparte del Maestro, quiero decir.

Nunca había nadie que se fijase en mí, de modo que trabé amistad con una guardia que me permitía asistir a las conversaciones de los demás.

Me encantan las conversaciones.

Durante un buen montón de minutos, los presos se obstinan en querer restablecer su conexión con el mundo.

Ilusos.

Y estúpidos.

Me encantaba ver la desilusión en sus caras cuando sus hijos chillaban y se negaban a saludarlos, porque tenían miedo de sus padres. Y sus compañeras pataleaban de impaciencia por poder marcharse cuanto antes.

Somos los apartados del mundo.

Somos mercancía estropeada que no se puede ni se quiere cambiar.

Carne pasada que ya nadie quiere probar.

Odio el hedor de la carne que envejece.

¿Lo has notado? Tiene ese olor dulzón de los procesos de putrefacción.

Por eso las conservo en casa.

Y no ha sido fácil, ¿sabes?

Encontrar todo ese nitrógeno líquido, encontrar los tanques.

Y, sobre todo, estar atento. Muy atento de no pasarme.

Pero yo tengo una misión.

Por eso sé pararme a tiempo.

Por eso sé que cuando aprieto, sólo dispongo de unos pocos segundos. Debo ser rápido. Y decidido.

No puedo dejar nada al azar.

Tengo que usar las manos, es el único modo de ejercer presión en el lugar exacto.

Y de no dejar señales.

Si no, todo el trabajo es en vano.

Se dejan marcas, quiero decir.

Ya tienen esos malditos lunares que tanto me molestan.

Las chicas han de ser perfectas.

No como tú, que sólo eres perfectita por dentro.

Hablaba de las manos.

Debo presionar bien la tráquea y la laringe contra la columna vertebral.

¿Sabes cuántos kilos son necesarios para ejercer esta presión?

Veinte.

Veinte kilos de presión para lograr que la tráquea se cierre.

Pero tengo práctica.

Me ejercitaba incluso en aquel agujero asqueroso adonde hiciste que me arrojasen.

Pero para que el trabajo esté bien hecho, antes deben dormir.

Por eso voy a buscarlas a las discotecas.

Es más fácil convencerlas de que beban.

Al principio no quería saberlo.

Pero una misión es una misión.

Hay que ser coherente.

Y tener conciencia de la superioridad de la tarea que me ha sido asignada.

Nosotros no somos como los demás.

No podemos andarnos con componendas.

O dejarnos distraer por estúpidos sentimientos de culpa.

Nosotros tenemos que realizar un trabajo.

Y no disponemos de mucho tiempo.

El 2012.

Lo dice el Maestro.

Yo lo creo.

Basta con verter una pequeña dosis de GHB *en el chupito de las chicas.*

Sí, las del chupito, ese horrible cóctel de pera y ron, una auténtica porquería.

Las chicas del chupito se dejan aturdir con mayor facilidad.

Y no reparan tanto en el sabor.

El Maestro estaba contentísimo con mi trabajo.

Siempre he trabajado con la lista, sólo con ella. Lo juro.

¿Por qué ahora el Maestro la ha tomado conmigo? ¿Por qué cree que ya no puedo hacerlo?

¿Porque no encuentro a la precisa?

Oh, no, Megan, no.

No creas que podrás meter cizaña entre el Maestro y yo.

Sólo es un maldito momento de incomprensión, y en el fondo nos puede pasar a todos.

Pero él cree en mí.

Estoy predestinado.

Me lo ha dicho mil veces.

Y yo le demostraré lo bien que sé hacerlo.

Porque, además de la tarea que me ha encomendado con relación a la profecía, yo me he asignado otra.

Y ya verás como al final el Maestro también me lo agradecerá.

Tengo que salvar la belleza.

Ajá, ya veo, Megan, pequeña capulla. Lo intuyo en tu arrogante sonrisita: está claro, es un psicótico, el diagnóstico era acertado, estarás pensando.

¡TE EQUIVOCAS!

Estoy lúcido, muy lúcido.

Pero tengo un trabajo que llevar a cabo.

Si fueses menos ignorante, lo entenderías.

Es verdad, ahora debo ocultarme.

Pero ya llegará el momento.

He estudiado mucho, ¿sabes, Meg?

¿Y tú? ¿También estudias, Megan?

Por lo que he visto hasta ahora, más bien me has decepcionado. Tantos lugares comunes, tantas ideas preconcebidas: éste es un psicótico, un paranoico, la experiencia de una madre poco afectuosa y bla-bla-bla-BLAAAAAAA.

Ánimo, Megan, podrías hacerlo mejor. Intenta ser menos banal.

Y descubrir el arte más allá del abismo.

La vida es esto.

La búsqueda de la perfección.

CAPÍTULO TREINTA Y UNO

JUEVES, 30 de octubre
20.00 horas

En cuanto salió de la consulta del doctor Zafth, Trent se dio cuenta de que no habría sido capaz de resistir.

Entonces marcó un número de teléfono.

Maya.

—Soy yo.

—Lo sé.

—Perdona que antes no me haya despedido.

—No pasa nada.

—Quería decirte que ayer no bromeaba, en el msn.

—...

—Nada, quería decirte que me gustas.

—Sí, bueno...

—Y que me apetece, necesito verte. Abrazarte.

Maya hubiese preferido no escuchar aquellas palabras. Tirar el teléfono, no responder. No saber.

—Maya, ¿aún estás ahí?

—Estoy.

—¿Estás enfadada?

—No.

—¿Seguro? Respondes con monosílabos.

—No comprendo. No te comprendo.

—¡Oh, Dios mío, tú también! ¿Crees que soy misterioso?

—Peor.

—Vaya mierda, ¿crees que soy de una banda?

—No.

—¿Puedo besarte?

—¿A qué viene eso?

—Ese cuerpecito que tienes me está volviendo loco...

—Eres un gilipollas.

—Frena un poco, ¿qué te he hecho?

—Nada. Hoy, déjame en paz.

—¿Hoy? ¿Sabes la clase de día que he tenido hoy? ¿Y tú qué haces? Me rechazas. ¿Me tienes miedo, Maya, pequeña? Buuuuu. ¿Crees que pertenezco a una secta? Buuuuu, la secta de los adoradores de Maya. Maaaayaaa, he venido a cogerte.

Maya colgó el teléfono en un enérgico arrebato. Basta, todo aquello no tendría ni que haber empezado; carecía de sentido.

Recogió sus cosas apresuradamente, salió del súper donde se había detenido para abastecerse de puré de verduras para la noche (su plato preferido, y Megan siempre lo olvidaba...) y se dirigió a casa.

MAYA91: No quiero volver a saber nada de Trent.

FLOG: ¿Estás pirada?

MAYA91: Me exaspera. No nos entendemos. Y además ni siquiera sé quién es.

FLOG: A lo mejor es el Anticristo.

MAYA91: Vete a la mierda, Flo, hoy no tengo el día...

FLOG: Escucha, he buscado 1 kosa para ti. *Cómo descubrir si tu chico es el Anticristo*, lo he visto y he pensado en ti. Léelo. Mientras tanto, ya te lo aclaro yo.

MAYA91: ¡Ké burra!

FLOG: No, escucha. 1. Nunca dice «Que Dios te bendiga». 2.

Conduce un todoterreno. 3. No recicla la basura. 4. No tiene problemas con sus pezuñas de cabra.

MAYA91: Jajajajaja.

FLOG: A lo mejor es un extraterrestre, y no nos habíamos dado cuenta.

MAYA91: Síííííí, de Saturno, el planeta de los perturbados.

FLOG: ¿Y si estuviese poseído por el demonio? Para descubrirlo, 1. A veces te parece no reconocerlo (glups..., Maya...). 2. Tiene el aliento fétido. 3. A veces tiene los ojos color violeta, pero no en las fotos.

MAYA91: Eso es, quizá esté endemoniado.

FLOG: ¡¡¡O bien es un áááááángel!!! ¿No notas una sensación de alegría y de paz cuando estás con él?

MAYA91: No es un ángel.

FLOG: Sí, pero lo más seguro es que tampoco sea un diablo...

Maya tuvo que dejar de chatear para responder al teléfono, que sonaba con impaciencia. Megan: sólo ella podía hacer que su móvil zumbase de ese modo.

—Hola, cariño, ¿todo bien? Ya casi he acabado. ¿Qué te parece si te paso a buscar y cenamos fuera?

—Ok.

—Vale. Estaré ahí dentro de media hora. Más o menos.

—Vale.

De acuerdo. Maya había renunciado de mala gana a su puré de verduras. Encendió el ordenador y reanudó el chateo.

CAPÍTULO TREINTA Y DOS

JUEVES, 30 de octubre
20.02 horas

En la comisaría, Megan se encontraba examinando las pistas que la policía científica había obtenido en la celda de Gacy y los objetos que habían hallado. El libro del Apocalipsis y aquel otro texto en italiano sobre la telepatía. «Compatible —anotó Megan—. Tenemos sus mensajes exaltados y una foto desvaída... un rompecabezas capaz de volver loco a cualquiera y de desviar la investigación.»

De qué quería desviarlos; eso era algo que ignoraba por completo.

Pero aquella octavilla... Megan la cogió y le dio vueltas entre sus manos. Si existía algún significado, tenía que hallarse en las palabras de la octavilla. Pero Gacy no había dejado ningún rastro aparente de su interés por aquel pedazo de papel. Ningún subrayado, ningún comentario al margen. Nada de nada. La *Noticia sobre los inminentes cambios de la Tierra*, el título de aquella octavilla, debía de tener un significado en sí mismo.

¿Por qué —se obstinaba en comprender Megan— un psicópata con delirios de grandeza tendría que interesarse por un montón de estúpidas leyendas urbanas?

¿Qué había querido decirle Gacy?

Sabía que el asesino de su marido no dejaba nada al azar. Había aprendido a comprenderlo durante los largos interrogatorios a los que lo había sometido en la cárcel. ¿Y para qué?, después de todo.

Megan apartó a un lado la octavilla. Toda aquella basura profética no hacía más que inquietarla y confundir sus ideas. Volvió a cogerla por última vez. La examinó a fondo.

«Oh, mierda —se dijo a sí misma—. ¿Y esto? ¿Cómo no me había dado cuenta?»

La última línea: «La fecha final, predicha por las Escrituras, está escrita: 21 de diciembre de 2012».

Megan se esforzó en visualizar una de las últimas conversaciones que había tenido con Dave.

Al volver de Guatemala, tras su enésimo viaje, su marido le había revelado el objeto de sus estudios. Recordaba cada palabra de aquella noche.

«Existe una antigua profecía de los mayas, Minimeg —la llamaba así en alusión a su metro cincuenta y cinco de estatura—; según la cual este mundo, tal como lo conocemos, se acabará en diciembre de 2012: el día 21, para ser más exactos. El día del solsticio de invierno. Según la profecía, será cuando entremos en la era de Acuario y dejemos la constelación de Piscis, que nos ha regido hasta ahora, una época de guerras y disputas, la época que ha visto nacer las religiones monoteístas, la época en que nació Cristo. El paso a la era de Acuario se considera portador de grandes revoluciones. Según antiguas leyendas, los seres humanos renacerán a una nueva espiritualidad. Y a una vida más completa. Sin embargo, para alcanzarla tendrán que pasar por luchas y destrucciones. Como siempre, cuando algo nace, lleva consigo la destrucción de cuanto lo ha precedido. Sólo son leyendas, por supuesto. Pero quizá ocultan un trasfondo de verdad. Y la ciencia debe descubrirlo.»

Megan puso freno a sus recuerdos. Aún había algo más. Guardó la octavilla con las otras pruebas del caso Gacy y cerró el expediente. Corrió hasta un trastero que había en la quinta planta. Oculto, minúsculo. Cuatro paredes y una infinidad de estanterías. Allí se guardaban los papeles, los libros, los cuadernos y los CD de Dave. Por gentil concesión del jefe de policía, consciente de que la doctora Fox no podría tener en casa los documentos de su marido asesinado.

Su hija, demasiado pequeña para recordar, nunca vería aquel material.

Megan hurgó frenéticamente entre los estantes. Tenía que estar allí, estaba segura. Y finalmente lo vio.

Era un Moleskine, uno de esos clásicos cuadernos de notas, con los apuntes del último viaje de Dave a Guatemala. En aquella ocasión había dado con un chamán, descendiente de los antiguos sacerdotes mayas. Le había costado dos años convencer al consejo de ancianos de la pequeña ciudad de Chichicastenango —cuya población seguía practicando algunos rituales mayas— de que autorizasen el encuentro. Pero finalmente se salió con la suya.

«Minimeg, me voy», le había dicho, entusiasmado, con la voz rebosante de alegría.

Megan estaba acostumbrada al entusiasmo de su marido y no le prestaba demasiada atención. Pero Dave regresó cambiado de aquel viaje. Silencioso. Reflexivo. Abstraído. Megan incluso llegó a enfadarse, recriminándole su egoísmo y su excesiva entrega al trabajo.

En un par de ocasiones Dave intentó explicarse, pero acababa por dejarlo correr. Sólo una vez le pareció realmente preocupado.

«¿Sabes qué palabra se usa en hindi para nombrar a lo único que se encuentra detrás de la realidad física? Maya. Es extraño, ¿verdad? A miles de kilómetros de distancia, uno de los pueblos más espirituales de la Tierra llama Dios, o aquello que entiende por Dios, empleando el mismo nombre con el que se ha denominado a un pueblo de grandes videntes. Y de escrutadores del cielo. Y ambos, los hindúes y los mayas, fijaron el fin del tiempo en la misma fecha, el 21 de diciembre de 2012, una fecha de la que también hablan los antiguos egipcios y los chinos. Es increíble, ¿eh, Meg? Y misterioso. Demasiado.»

«Todo eso son historias, Dave. Es fácil hallar correspondencias si quieres encontrarlas a toda costa. Pero a veces sólo es obra de la casualidad. La ciencia lo demuestra.»

Megan había liquidado en dos únicas frases aquello que consideraba inaceptables e inexplicables fantasías de su marido. Hacía algún tiempo que Dave parecía haber abandonado su rigor científico. ¿Cómo era posible que un astrofísico diera crédito a esa clase de estupideces? Así que ya no le otorgó más importancia.

Y, sin embargo, en aquel momento estaba allí, con el Moleskine de su difunto esposo en la mano. El cuaderno del que él nunca se separaba. Lo llevaba en el bolsillo derecho del pantalón tanto si vestía vaqueros como cualquier otro tipo de pantalones. De vez en cuando lo sacaba y garabateaba algo en él. Cuando lo hacía mientras estaban sentados a la mesa, Megan le armaba un escándalo.

«¡Dave, también en la mesa!»

Él se encomendaba a su irresistible sonrisa y ella abandonaba entonces su enfado. A pesar de todo, nunca le quiso preguntar de qué trataban realmente sus investigaciones. Vidas profesionales separadas. «El trabajo se queda fuera», ése había sido el lema de su matrimonio. Para evitar que acabara rompiéndose.

Megan abrió el cuaderno. Primera página, último viaje.

Chichicastenango, enero de 2005. Jornada con don Miguel, anciano sabio de los maya quiché, una de las tribus mayas de Guatemala. Ha dicho: «Cuando un sabio habla, no es para convencer al que no cree. Lo hace para guiar a los hombres hacia el conocimiento. Habla a quien pueda entender. En estos tiempos en que las antiguas profecías toman forma, deberíamos actuar en armonía con la Madre Tierra. Y con nosotros mismos». Me lo ha mostrado. ¿Soy digno de ello? Un antiguo mapa secreto que pertenecía a los antiguos chamanes. ¡Emoción infinita! Uno de los ocho que se salvaron de la furia de los «conquistadores» españoles de Cortés. ¡Lo he visto! Entonces lo ha guardado. Basta de preguntas.

Mis estudios.

United States Geologic Survey, el servicio de cartografía de la Tie-

rra de los científicos americanos. ¡Increíble! Tienen los mismos puntos. Don Miguel me ha mostrado dos mapas. Uno desde la costa de California hasta Alaska. El segundo: Canal de Suez, Israel, mar Rojo. Los mismos que he visto en el USG.

Me ha dicho que los puntos indican intensidades magnéticas cero. Teoría: en los puntos con magnetismo próximo a cero las transformaciones son muy potentes. Y las turbulencias también.

Idea 1: California, revolución tecnológica. Seattle, industria aeronáutica. Alaska, fiebre del oro, la nueva frontera. ¿Correlación con el magnetismo? Profundizar.

Idea 2: Oriente Medio. Nacimiento de las religiones. Turbulencias y luchas. ¿Magnetismo próximo a cero?

¿Dónde estará el próximo punto cero? Los mayas lo habían calculado.

¡¡¡Magnetismo Tierra en 2012 = 0!!!

¿¿¿El punto de 2012???

¿Dónde se abrirá la ventana?

Viajo a Tikal, el lugar en que nacieron las más misteriosas profecías de los mayas.

Don Miguel no habla. Se trata del gran secreto. Sus antepasados no han querido correr riesgos. El secreto es demasiado poderoso. ¿Qué le sucederá a la humanidad?

Las constelaciones pasan, dijo Jesús; después de Aries, Piscis, y después vendrá Acuario. Entonces el hombre descubrirá que los muertos están vivos y que la muerte no existe. De los Evangelios Apócrifos, *creo.*

Entrada en la era de Acuario, diciembre de 2012.

¿Dónde se producirá la iniciación? ¿En una zona de punto cero? ¿Dónde está el mapa?

Megan cerró el Moleskine. El texto se interrumpía bruscamente. El resto del dietario contenía garabatos y cálculos astronómicos, cuyo significado ella no conocía. No obstante, una cosa le había quedado clara: la importancia de la investigación que Dave estaba llevando a cabo. Si lo que había leído era cierto, su marido se había metido de lleno en uno de los misterios más inquietantes de la humanidad.

Pero la Megan criminóloga se antepuso.

A causa de un detalle. La precisión de los equinoccios que había citado su marido. 21 de marzo, una de las fechas de desaparición de las chicas, junto al 21 de diciembre, el solsticio de invierno, otra fecha citada por Dave: el día en que había de cumplirse la profecía.

Michael Gacy mató a su marido porque buscaba algo. «Es un hecho.» Buscaba algo que casi con toda seguridad estaba relacionado con el misterio de los mayas. «Esto es una hipótesis», se objetó a sí misma.

«Así no voy a ninguna parte», pensó, decepcionada.

Decidió volver a guardar la caja y echar un último vistazo a los recuerdos de Dave. Antes de cerrar la tapa, pasó la mano suavemente sobre los papeles, sobre las imágenes allí acumuladas. Una última caricia, a Dave, a su mundo. Sus dedos rozaron una cajita con los cantos redondeados. Había olvidado aquel objeto. O tal vez, en su vehemencia por liberarse del recuerdo de Dave, ni siquiera había llegado a fijarse en ella. Esta vez, en cambio, la colocó sobre su mano. Una cajita roja, de falso terciopelo. Redonda, ligeramente abombada. Como esas que contienen joyas de lance, que venden en las tiendas o en los puestos para turistas.

Megan abrió la caja. En su interior, un anillo.

Un anillo feo, suspiró Megan al recordar los gustos de su marido, que ella no siempre compartía.

De oro, o eso parecía, de montura cuadrada y nueve pequeñas gemas que formaban un cuadrado de colores, con una piedra en el centro. Todas las piedras eran del mismo tamaño. Impresionaba la perfecta geometría de la composición y el batiburrillo de colores acumulados en el anillo.

Extrajo la joya de la caja, se la puso en la mano y la sopesó, como para estipular su valor.

Estaba segura de que no valdría mucho.

Iba a devolverlo a su sitio, decepcionada por la enésima adquisición inútil hecha por Dave alrededor del mundo, cuando descubrió que en la base de la cajita, haciendo las veces de cojín del anillo, había una pequeña hoja de papel. También era roja. En ella se distinguían unas desvaídas líneas escritas. Tinta verde, la preferida de su marido. Megan cogió la hoja y la extendió con cuidado. Parecía llevar allí mucho tiempo.

«Minimeg adorada, es feo, lo sé. Pero si encuentras este anillo, querrá decir que me ha sucedido algo. Y algo aún peor podría sucederle a nuestra hija. Entrégale esta alhaja, por favor. Y ruégale que nunca se separe de ella. La he ordenado hacer en Guatemala para ella. La protegerá. Siempre os querré. Dav.»

CAPÍTULO TREINTA Y TRES

JUEVES, 30 de octubre
20.50 horas

Megan eligió el restaurante, sin réplica. Story Deli Pizza, Dray Walk, 3, en la esquina con Brick Lane, un gran espacio largo y alto, un antiguo almacén, ladrillos pintados de blanco en lugar de revoque en las paredes, parquet tosco, sacos de harina rigurosamente integral en el vestíbulo, y un mostrador infinito con ensaladas, ensaladillas, verduras presentadas y cocinadas en todas las variantes posibles, para hacer las delicias y satisfacer el capricho del ejército de *veggie-chic* que atesta Londres. Adoraba el Story Deli, donde la comida y los platos eran de un *organic style* riguroso. Incluso la pizza, sobre todo la pizza.

A Maya, en cambio, le gustaba la mezcla confusa y letal de la *brasserie* bangladesí que se encontraba al doblar la esquina.

«No importa —se dijo—. Ésta es la noche de la bondad. Me consolaré con el pudín de chocolate», pensó mientras recordaba aquel fantástico postre del Story Deli.

Pero los buenos propósitos de la chica no duraron mucho. El tiempo de sentarse a la mesa, de tener que soportar tres llamadas telefónicas de su madre en el lapso de cinco minutos, sus excusas a media voz («Perdona, es por trabajo. Es la última. Y lo desconecto.») y de oír las primeras palabras de Megan.

—Hoy también llevas los ojos bistrados. ¿Cuándo te enterarás de que las pestañas ligeras son más *chic*?

—Mamá, la palabra «bistrados» no existe.

—Bueno, ya sabes lo que quiero decir. ¿Y qué llevas ahí?

—¿Dónde, mamá?

—Ahí, detrás de la oreja. No me dirás que es... ¡MAYA! Es un tatuaje. El enésimo. ¿Y quién te ha dado permiso?

—Es pequeño y me apetecía hacérmelo. Y si te lo hubiese preguntado, me habrías dicho que no. Y ya va siendo hora de que tome mis decisiones...

—Muy bien, mis más sinceras felicitaciones. Aún podemos estropearnos un poco más. Sigue marcándote a tus anchas; así, cuando seas mayor, podrás exhibir con orgullo todas tus filigranas. ¡Y no pienso ayudarte cuando quieras quitártelos, recuérdalo!

—¿Me has invitado a cenar para insultarme?

—No te estoy insultando. Estoy intentando dialogar.

—Ahora lo llamas diálogo... A lo mejor te refieres a lo que hacías por teléfono.

—Contigo no se puede hablar. Haces todo lo que te viene en gana, siempre estás triste, siempre de mal humor, te vistes de negro, piensas en negro, hablas en negro. Maya, ¿qué es lo que te sucede?

—Nada.

—Estás completamente imposible.

—Lo mismo digo.

—Ah, así que debo de ser yo, la imposible. Muy bonito. Yo me mato a trabajar y a ti no te pasa nada. Pero no pienso ceder, señorita. No me harás sentir culpable. Porque ya sé de qué pie calzas, tú. Siempre-estoy-sola-nunca-has-cuidado-lo-bastante-de-mí-demasiado-entregada-a-tu-trabajo. No, conmigo no cuela, no tengo nada por lo que sentirme culpable, así que ya puedes abandonar esa cara de tragedia.

—Mamá, ¿ya has acabado? ¿Por qué crees que todo ha de tener que ver contigo? A lo mejor estoy triste por cosas mías, ¿no te parece?

—Pero ¿por qué estás siempre triste, Maya? Siempre tienes ese aire de estar enfadada con el mundo. Ya no eres mi «Boquita de miel», ¿recuerdas que te llamaba así cuando eras pequeña? Porque siempre estabas sonriente, lucías unas sonrisas enormes... mi niña.

—Consuélate. Nunca he dejado de ser tu hija.

—¿Qué quieres decir con eso?

La paciencia de Maya estaba a punto de agotarse. Haciendo un titánico esfuerzo para controlarse, probó a respirar profundamente una, dos, tres veces. Dios mío, aquella mujer era capaz de destrozar todo cuanto se cruzara en su irrefrenable, en su ciclópea autoestima.

Aquella mujer. Maya intuyó, quizá por vez primera, la fragilidad de su madre. Su necesidad de estar siempre a la altura de las circunstancias. Su soledad. Desterró la desazón que le producía aquel pensamiento y decidió desviar la conversación. Para no caer en la trampa del ego desenfrenado y doliente de Megan. Y ya que su madre tal vez podría echarle una mano, decidió darle una oportunidad.

Y además ella quería una explicación para todo aquello que le estaba sucediendo. Aquello que aún no se atrevía a mencionar. La visita de su padre. Su voz. «Mamá —le hubiese gustado preguntarle—, ¿estoy predestinada?»

En lugar de eso, preguntó:

—¿Cómo era papá?

—Dios mío, ¿por qué quieres saberlo precisamente ahora? Bueno, Dave era... era Dave. ¿No te acuerdas de él?

—Sí, de él sí... era papá. Pero no sé nada de él, de su trabajo, quiero decir.

—Bueno, mira, Maya, yo tampoco sé mucho de eso. Habíamos decidido dejar el trabajo fuera de casa. Sé que andaba metido en un proyecto importante. Sus descubrimientos, si hubiese llegado a concluirlos, habrían resultado revolucionarios. ¿Te acuerdas de su último viaje? Había vuelto a Guatemala...

—Sí, lo recuerdo. Los mayas, mi nombre, blablabla... Siempre las mismas historias —suspiró Maya con resignación.

—No es tan sencillo como crees. Los antiguos sacerdotes mayas eran los custodios de una profecía...

—...

—Creían que dentro de pocos años, en 2012, un cúmulo de fenómenos astrales desencadenaría una serie de transformaciones sobre la Tierra. Transformaciones de una gran magnitud, que podrían cambiar radicalmente el modo en que hemos vivido hasta ahora.

—Vaya rollo, ¿y qué tiene que ver todo eso con papá?

—Papá estudiaba esas profecías, cómo la excepcional capacidad de la civilización maya para observar el cielo la había llevado a predecir una serie de acontecimientos que después han sucedido realmente. Papá regresó muy excitado de aquel viaje. Debió de hallar la confirmación de sus hipótesis. A decir verdad, yo nunca he acabado de creérmelo. En cualquier caso, no tuvo tiempo de demostrar sus tesis.

—...

—¿Piensas a menudo en Dave?

—Sí.

—Te quería mucho, ¿lo sabes?

—Sí, creo que sí.

—En sus apuntes, junto con sus intuiciones fundamentales, había un montón de pensamientos dedicados a ti.

—Mamá, ¿cómo es tu trabajo?

—A veces resulta agotador. ¿Por qué me lo preguntas ahora?

—Porque sí, porque me interesa.

—Tener que vérselas con el mal frente a frente no resulta nada gratificante. Cuando llegas a casa tienes que sacarte toda esa porquería de encima. A veces me siento demasiado cansada. Lo siento, Maya, ya sé que muchas veces tienes que ir tú a hacer la compra. Boquita dulce, vaya madre te ha tocado, ¿verdad?

—Háblame de los asesinos en serie.

—Hummm, ¿estás segura?

—Sí, de verdad que me interesa.

—Has de introducirte en su cabeza. Tienes que esforzarte en pensar como un criminal. Si no, pierdes las piezas. La mente de un loco es algo demasiado complicado y perverso para intentar buscarle un sentido lógico a sus acciones. Por eso, si quieres atraparlo, ante todo debes trazar su perfil psicológico.

—¿Y qué indica?

—Que los asesinos en serie casi siempre son fríos, por lo general muy inteligentes, y que no dejan nada al azar. A menudo permanecen en el lugar del delito para perfeccionar la escena del crimen y dejar una «firma» que indique la paternidad del delito pero que a su vez no resulte legible para los investigadores. Es complicado, muy complicado.

—¿Por qué elegiste ese trabajo?

—Porque el bien y el mal existen dentro de cada uno de nosotros. Lo que ocurre es que algunos se dejan dominar por las tinieblas. Maya, el mal existe realmente, y conviene estar prevenido contra él.

—Mamá, ¿qué quieres decir?

—Nada, perdona. Me he dejado llevar... Pero tienes que tener mucho cuidado, porque el número de adolescentes que acaban teniendo serios problemas es demasiado alto. Además, últimamente no pienso en otra cosa, estoy llevando el caso de seis chicas desaparecidas. Se han esfumado en el aire.

—Se habrán escapado. Tendrían familias insoportables.

—Vamos, Maya, no bromees con este tema. Me preocupo tanto porque trato a diario con el mal y conozco las formas y la apariencia inocua que puede adoptar. Por eso te lo repito, Maya: ¡ALÉJATE de ese chico, del hijo de la médium!

—¿Otra vez con esa historia? Pero ¿qué pinta Trent en todo esto?

—Tengo buenos motivos para decirte lo que te estoy diciendo. Aléjate de ese chico, no quiero que te ronde. ¿Está claro? En cualquier caso, toma. Esto es para ti, de parte de Dave.

—¿?

La irritación de Maya se desplomó repentinamente, dejándola sin aliento. El estupor se impuso ante aquel inesperado presente.

—Es un anillo. Tu padre lo dejó para ti. Lo encargó expresamente en Guatemala, en uno de sus últimos viajes. Toma, también hay esto.

«Dulce Maya —llevaba escrito el papel que su madre le había entregado—, éste es un anillo especial. Se llama *navaratna*. Es un anillo indio, pero existen otros iguales en distintas partes del mundo, allí donde hay hombres dedicados a proteger la vida. Éste lo ha hecho un chamán, el último descendiente de una antigua estirpe de sacerdotes mayas. Lo ha hecho para ti. Mira, hay nueve gemas. Las piedras preciosas, tal vez lo sepas, absorben o reflejan los rayos del sol y las vibraciones, las ondas de energía que llegan de los planetas. Este anillo funciona como un filtro: filtra las vibraciones planetarias y sólo deja pasar las positivas, por así decirlo. Bien, en seguida te lo explico: pon el anillo en tu mano, cierra el puño. Así, muy bien. Debes sentirlo.» Maya siguió instintivamente las instrucciones de su padre. «Ya, ya lo sé, todo esto parecen cuentos de brujas. Pero los planetas ejercen una influencia real en nuestras vidas. Si la atracción lunar influye en las mareas, en los nacimientos de los niños e incluso en el ciclo menstrual femenino, ¿por qué los otros planetas no podrían influir en nuestras vidas? En todo caso, Boquita de miel, muchos sabios de la antigüedad consideraban este anillo un objeto sagrado. Póntelo, por favor. Las piedras están dispuestas especialmente para ti, representan tu vida. Si tu madre te está dando este anillo, significa que ya no estoy aquí. Si yo aún estuviese, el *navaratna* no sería necesario, pues yo te protegería. Nunca te abandonaré. Eres mi niña y lo serás siempre. Pase lo que pase. Me suceda lo que me suceda.»

Maya sentía cómo las lágrimas se le agolpaban en la garganta. Dobló la nota de su padre y se concentró en el anillo. Le dio vueltas entre las manos. Se estremeció.

Megan, que la estaba observando, notó aquel repentino cambio de humor y la ligera inquietud que oscureció el semblante de su hija, pero lo achacó al recuerdo de Dave.

No podía saber que Maya había visto un anillo igual al suyo ese mismo día. En el dedo de Trent.

Entonces Maya se levantó, se dirigió a la salida y saludó a su madre haciéndole una breve señal con la mano y ofreciéndole una sonrisa que iluminó incluso sus ojos pintados de oscuro.

Regresaría a casa sola, lo sabía, porque Megan tenía que volver al trabajo. Pero por esa noche ya estaba bien así. Maya tenía ganas de estar sola durante un rato, y de pensar. En lo que le había contado su madre, en los viajes de su padre, en el anillo. En Trent.

En cuanto su hija salió del restaurante, Megan marcó el número que marcaba más a menudo de entre aquellos que tenía memorizados.

—Garret, tengo que hablar contigo. Quiero que Gimpo, tu *hacker*, intervenga el correo electrónico de Maya.

—Megan, sabes que eso no es posible.

—Venga, Garret, tú sabes perfectamente que se puede hacer.

—Pero es ilegal.

—Y nosotros no solicitaremos la autorización oficial... a fin de cuentas, se trata de mi hija.

—Megan, ¿por qué?

—Porque siento que corre peligro.

CAPÍTULO TREINTA Y CUATRO

Londres, 30 de octubre de 2008

Megan, mi adorada criminóloga doña perfecta, ¿y ahora qué?

No me cansaría nunca de escribirte, hoy...

Siempre estás en mis pensamieeeennnntooooossss.

Y tú, ¿ya estás tras la pista del peligroso psicópata que mató a tu marido y después se te escapó sin avisarte siquiera?

Tú que habías trabajado tanto, durante años.

¿Cuánto tiempo fuiste tras de mí, adorable Megan?

Pero te has equivocado.

No debiste encerrarme.

Así lo has complicado todo.

Has obstaculizado la misión.

Lo mínimo que podía hacer era huir.

Tengo una tarea.

Pero tú estas cosas no las entiendes, ¿verdad?

Tú no entiendes que cada uno tenemos un destino perfecto que cumplir.

Y yo estoy predestinado.

Aun así he tenido que perfeccionarme.

Al principio no era nada fácil.

Aquellas chicas me han causado problemas.

El secreto está en la presión, ya te lo dije.

Porque en cuanto comienza a faltar el aire, si la presión es la adecuada, pierden el conocimiento. Es a causa de la tensión sanguínea, que se desploma.

La parte desagradable viene a continuación.

Cuando empiezan a agitarse, a perder el control.

No, no son conscientes.

Son reacciones instintivas.

Convulsiones.

Porque el cerebro reclama oxígeno. Y hace que la presión sanguínea se dispare hasta las estrellas.

¿Te resulta desagradable?

No, a la gran criminalista le encantan los detalles.

Di la verdad, te estoy proporcionando un montón de material para tus estudios.

Así pues, estábamos diciendo...

De modo que es necesario ejercer un poco más de presión.

Despacio.

Eso es, así.

Bien. Llega un momento en que la chica ya no respira.

Ya ha entrado en coma. La tensión y los latidos cardíacos al mínimo.

Aún falta un pequeño esfuerzo.

Un empujoncito.

Un poco más de presión. Muy poca.

Así.

Parece que vuelve a respirar.

Sólo se trata de un último intento de agarrarse a la vida.

Inútil.

Ridículo.

¿Por qué siempre los seres humanos nos empeñamos en no aceptar lo ineludible?

Las ves allí, intentando vivir todavía.

Entonces se para el corazón.

Y tienes que ser rápido.

En esto, soy un verdadero maestro.

Es fundamental.

Si no, todo resulta inútil.

Porque, Señora-que-todo-lo-sabe, seguro que sabrás que morir de ese modo favorece una putrefacción prematura, por el exceso de fluidez de la sangre.

Y nosotros queremos evitar que eso pase, ¿no es cierto?

Por eso hay que actuar de prisa.

Los tanques.

El nitrógeno, que hay que tener preparado con antelación.

Por suerte, está Internet.

Una auténtica bendición para gente como yo, que prefiere seguir lo que podríamos llamar caminos alternativos.

Si no, ¿cómo podría obtener cuanto necesito?

«Buenos días, quisiera diez kilos de nitrógeno líquido.

»—¿Para hacer qué, señor?

»—Verá usted...»

Sin embargo, está Internet.

En Internet nadie te pregunta nada.

Pagas. Y te lo envían todo a casa.

No a mi casa, no a la oficial, por supuesto.

Megan, pero ¿por quién me has tomado?

Ya sabes que no soy un idiota.

Aunque hayas logrado encerrarme una vez.

Pero, como has podido ver, me he liberado rápido.

No eres lo bastante buena para mí, Megan, estúpida.

Tú no sabes nada, boba ignorante, criminóloga de los cojones.

¿Sabes para qué uso el nitrógeno?

No pongas esa cara.

¿Lo sabes o no?

Está bien, te lo explico.

A unos doscientos grados bajo presión ambiental el aire se vuelve líqui-

do y tiene la propiedad de convertir rápidamente en cristal todo cuanto se sumerge en él.

El nitrógeno tiene esta propiedad. Y es que, en ausencia de oxígeno, impide las reacciones químicas de oxidación.

¿Lo has entendido, señora tiquismiquis?

El efecto cristal.

Tal como te lo digo.

Tendrías que verlo.

Un día te lo enseñaré.

Son perfectas, como nunca antes lo habían sido en sus imperfectas existencias.

Capullos, crisálidas de cristal, delicadas y bellísimas.

No, Megan, testaruda, aún no las has encontrado.

Todavía no.

Pero están allí.

En casa.

Oh, sí, dulce, querida Megan.

Finalmente ha llegado la hora.

Pero aún queda demasiado por hacer.

Lo siento, por eso tuve que huir.

Resígnate, ya harás tus experimentos sobre la mente enferma con otros.

Y además, yo no estoy enfermo ni mucho menos.

¿Y por qué coño tengo que justificarme ante ti?

Pedazo de estúpida criminóloga de mierda.

Y además, encima eres feúcha.

No entiendo cómo esa ameba del teniente Garret puede apreciarte tanto.

Bingo, ¿eh?

He cantado bingo, ¿verdad, Megan la sospechosa?

¡Qué asco!

¿No te da vergüenza, a tu edad?

Y con una hija.

Maya, casi me olvidaba de ella.

Un día de éstos tendremos que hablar de la joven Maya, ¿no te parece?

Ya debe de tener la edad justa.
La pequeña Maya.
Ahora sí que tengo que dejarte.
¿Quién sabe?
¿Lograrás capturarme esta vez?

CAPÍTULO TREINTA Y CINCO

JUEVES, 30 de octubre
22.00 horas

—Pero ¿de verdad querías ir al Light Bar, el-club-de-Bridget-Jones?

La primera noche de fiesta de Phoebe con sus nuevos amigos amenazaba con convertirse en una pesadilla para ella. Ya se estaba arrepintiendo. No tenía que haber aceptado la invitación de Maya, Flo y John. Sus gustos eran distintos, frecuentaban compañías distintas, locales distintos... era inútil. Y a ella el Light Bar, tan discreto y tan *stylish*, le gustaba a rabiar.

—Noooo, Phoebe —se opuso John—, vamos al Juno; a lo mejor pillamos la fiesta Plastic Factory. La última vez no logré entrar.

—Porque eres pequeño...

Juno, en Shoereditch High Street, era una de sus discotecas preferidas. Allí iba gente de todo Londres, y las noches especiales, como la Plastic Factory, un tinglado de travestismo «gótico», eran la bomba. Por desgracia, estaban reservadas a los mayores de dieciocho. Aun así, Maya, Flo, John y Phoebe decidieron intentarlo. Querían pasárselo bien para olvidar los malos momentos de aquel larguísimo día. Habían firmado un acuerdo tácito por el que se comprometían a no hablar de lo que habían visto, y la presencia de Phoebe facilitaba las cosas.

Llegaron al Juno y encontraron una muchedumbre «emo» plantada ante las puertas del local, ansiosa por lograr acceder a uno de los templos de la noche más *cool*. Y por poder sentarse en sus divanes, encajados entre nichos de cemento pintados de color ratón-de-no-muy-buen-humor y paredes decoradas con *graffiti* manga. Maya vadeó la masa de «emos» y salvó a Phoebe del apuro de tener que compartir la velada con aquellos «exaltados vestidos de negro», los fans de la *emotional life*, para más señas. Gente extravagante, detestable, en opinión de Phoebe.

Maya pasaba desapercibida entre ellos, a pesar del corpiño verde hielo que aquella noche lucía con orgullo, y que brillaba dando una nota insólitamente alegre entre la negrura que la rodeaba. Phoebe, en cambio, no pasaba desapercibida en absoluto, embutida en una fina sudadera de color rosa fosforito con capucha, anudada sobre una camiseta blanca con pequeñas flores azules, que a su vez cubría un escotado bodi de tirantes de color lila. Cinturón dorado, ligero, hebilla voluminosa. En los pies, deportivas Munich con ribetes de color plata y rosa. Romántica-cuento-de-hadas. Phoebe había tenido que renunciar de mala gana a sus calentadores de supermarca. La noche de marcha con el grupo gótico del instituto exigía un estilo informal. No era cuestión de ponerlos en evidencia con un par de Manolo Blahnik de su última colección. Pero en aquellas calles, en el corazón del barrio *trendy* de Londres, Phoebe se sentía tremendamente incómoda. Caminaba con la cabeza baja, intentando evitar el caos de chicos y chicas que colapsaban la calzada, los viejos almacenes convertidos en *pubs* de moda, las que habían sido insalubres y apestosas casas de pobres del East End, ahora remodeladas en templos de la ropa de segunda mano. Precisamente, a ella no le parecía nada divertido vestirse con ropa usada.

«¿Adónde he ido a parar?», pensaba Phoebe desconsolada, pues tenía la desagradable sensación de encontrarse en el lugar equivocado con las personas equivocadas. Pero ahora ya estaba allí, tenía que poner al mal tiempo buena cara. Ésos eran sus nuevos amigos. A eso había llegado. Estúpida, qué estúpida había sido por fiarse de Harry.

—Ok, vamos al Old Blue East, hay un concurso, toca un amigo mío. Está aquí detrás, en Great Eastern Street —propuso John.

—Sííííí. —A Flo le entusiasmaba—. Aquí han tocado los Arctic Monkeys. ¡Es mítico! Y Lily Allen, y The Horrors.

Antes de que tuvieran tiempo de sentarse en las butacas y en los taburetes del *pub* victoriano, Phoebe ya se estaba deshaciendo. En lágrimas. Como música de fondo, en espera de la actuación de los grupos que concursaban, sonaba «Sweet Dreams (of you)». Patsy Cline.

—Es por la canción —dijo, justificándose mientras Flo le pasaba un pañuelo. Maya alzaba los ojos al cielo y John la miraba incrédulo.

—Vamos, no me digas que te gusta esta basura.

—No es que me guste, es que me recuerda a él.

—¡Harry! Phoebe, no puedes llorar por ese mamón —sentenció Flo, tajante.

—¿Se lo has dicho? —le preguntó Maya con dulzura, consciente de que Phoebe se sentía cada vez más incómoda.

—No, todavía no.

—¿Y...?

—No lo sé.

Ninguno se atrevía a plantearle la pregunta que todos tenían en la cabeza: ¿estaba totalmente segura de que había sido Harry?

—Has de hablar con él, Phoebe —insistió incluso John, descartando así cualquier duda.

—No servirá de nada.

—Hazlo por ti.

—Yo no cuento para nada.

—¡Qué gilipollez! —estalló Flo—. ¿Y así qué? ¿Qué planes tienes? ¿Has pensado en lo que vas a hacer?

—Seré una buena madre, lo querré, como todas las madres del mundo.

—¿Es que eres idiota? —rugió Maya—. Vas a arruinar tu vida a los diecisiete años.

—No sé, creo que es lo mejor que puedo hacer... En fin, es lo que debo hacer.

Maya miró a Flo. Intentó librarse de la ira que le suscitaba Phoebe cada vez que abría la boca. Y entonces le dio pena. Tan ingenua, y tan sola.

—Phoebe, perdona que me meta con tanto descaro en tus cosas —le dijo procurando mostrar toda la dulzura de que era capaz—, pero ¿por qué no lo pensaste antes?

—Le pedí que se pusiera el preservativo. Él me aseguró que sabía lo que hacía, que estaba acostumbrado. Y que no podía arruinar un momento tan hermoso con una petición como ésa. Que los hombres no sienten nada con el condón, que casi no experimentan placer. ¿Y yo qué podía hacer?

—Te tenías que haber cabreado. Desde luego la cosa no va por ahí, créeme, si lo sabré yo —respondió John.

—¿Y tú cómo lo sabes? —le espetó Flo, volviéndose de repente—. ¿Ya has practicado sexo, John? Eso no me lo habías contado. Hagámoslo, dulce Flo, quiero que tú seas la primeraaaaaa. ¡¡¡PEDAZO-DE-MIERDA-CAPULLO-ASQUEROSO-ERES-COMO-TODOS-LOS-DEMÁS!!!

John se puso colorado. No era consciente de lo que decía y ahora no sabía adónde mirar, por lo que se concentró en el vaso de Coca-Cola que sostenía en la mano. Maya acudió en su ayuda.

—Vamos, Flo, no montes un drama. Puede que sólo haya sido un malentendido entre vosotros.

—¿¿¿Un malentendido??? Si lo entiendo perfectamente. Entiendo que John tiene un problema. ¿Sabías que cada año, los jóvenes entre los trece y los dieciocho, pierden un uno por ciento de materia gris? Él pierde más, infinitamente más. Por eso es un caso clínico. Mira, ni siquiera es culpa suya. Sus neuronas se han reducido al máximo. Hasta me da pena.

John clavaba los ojos en el hielo de la Coca-Cola. Pero allí no hallaba nada digno de ser observado.

—Phoebe, ¿por qué no se te ocurrió lo de la píldora del día después? —terció Maya, desviando la conversación.

—No sabía que existiese...

—¿Así que no tomas pastillas?

—No, engordan —objetó Phoebe, escandalizada sólo de pensarlo.

—¿Debo seguir escuchando mucho rato? Chicas, vaya coñazo estas conversaciones vuestras de señoritas-maduras-y-responsables.

—John, que te den.

Flo seguía furiosa y nada interesada en prestar atención a las lamentaciones de John-el-trolero. A decir verdad, aquella conversación la contrariaba. Y tenía que reconocerlo: el verdadero motivo por el que aún no había querido acostarse con John no era otro que el pánico a quedarse embarazada. Porque, estaba segura de ello, no habría querido abortar. En su opinión había que respetar la vida. Y eliminar a una criatura que crecía en tu barriga era como matar a un ser humano. Pero las suyas, lo sabía, eran ideas poco populares entre las chicas de su edad.

Phoebe no hablaba. Había dejado de sollozar. Los miraba con aire ausente. Bebía a pequeñísimos sorbos su bebida, un té verde sin azúcar, y de vez en cuando parpadeaba para eliminar una lágrima.

Maya se inclinó hacia ella y le acarició el brazo.

—Phoebe, ¿se lo has dicho a tu madre?

—No.

—Deberías hacerlo.

El problema de quedarse embarazada, pensaba Phoebe en ese momento, no sólo era que se hinchara la barriga, que los vestidos ya no te entraran, que las facciones se deformaran irreparablemente, o que la piel se diera de sí como un balón y quién-sabe-si-alguna-vez-se-volvería-a-la-normalidad. ¡El problema era que había que hablar de ello! Y todos se sentían legitimados a decirte la suya, a expresar su jodido parecer, que nadie había solicitado.

Y, naturalmente, su madre también querría meter cuchara.

—Perdona, ¿y por qué tendría que hacerlo? —Phoebe interpeló a Maya con aire fastidiado.

—Tiene razón —intervino John—. Si decide abortar, su madre no tendría por qué enterarse nunca. Es su vida, ¿no?

—Ya, que se las apañe ella sola —ironizó Flo, aún cabreada.

—Pues vaya dilema... De hecho, ahora que lo pienso, yo no se lo diría a Perro Guardián Megan para no tener que aguantar sus sermones.

Phoebe volvió a ponerse a llorar, interrumpiendo así aquella especie de debate.

—No puedo decírselo a mi madre; es un tema tabú. A ella le sucedió lo mismo, me lo confesó una vez. Yo nací «por equivocación». Se quedó embarazada a los diecisiete años y sus padres no quisieron atender a razones. Vivía en Italia, y allí el aborto era ilegal. Así que me trajo al mundo. Crecí con mis abuelos, y mi madre fue enviada a Inglaterra para completar sus estudios en un *college*, donde todos ignoraban su culpa.

—¿Y tu padre?

—No lo he conocido. Cuando salió del *college*, mi madre se casó con un banquero de la *City*, que aceptó reconocerme. Yo alternaba largos períodos con ellos y con mis abuelos en Italia. Por eso me gusta tanto emplear el italiano: no es una cursilada de las mías, como siempre habéis creído. Siempre lo hablaba con mi abuela, pero ya lo he olvidado. Y nunca me he puesto a estudiarlo. Ya sabéis lo mal que se me da estudiar.

—Phoebe, razón de más para que hables con tu madre. Ella te puede entender —la interrumpió Flo.

—Eso no puede ni plantearse. Mi madre era guapísima; su primer marido duró el tiempo que estuve en el jardín de infancia. Después vinieron el segundo, el tercero, el cuarto. Mi madre es serial. Tiene la irrenunciable convicción de que lo que cuenta en la vida es «estar bien casado». Tiene razón, yo también lo creo; te facilita las cosas.

Maya suspiró. Flo alzó los ojos al cielo. John esbozó una sonrisa irónica. Pero nadie interrumpió el relato de Phoebe.

—En cualquier caso, yo había puesto en peligro la belleza de mi madre. Y sigo haciéndolo. Ahora, con treinta y cuatro años cumplidos, está en la fase de caza mayor, desde que su último marido la abandonó por una de veinticinco. Y para ella yo soy un permanente objeto de comparación. ¿Sabíais que me roba las minifaldas? Y ni siquiera se esconde. Abre mi armario, elige una, y se la prueba. Y luego se pavonea. «Phoebe, tesooorooooo, tenemos las mismas medidas», parlotea feliz. «Espero que llegues a mi edad tan en forma como yo.» Llegada a ese punto se pone un dedo delante de la boca, cubriendo un asomo de púdica sonrisa. «A mi edad, decía. En forma como yo. Recuérdalo siempre. Primera regla: mantente en forma. Segunda regla: nunca muestres tus debilidades. Si puedes, encúbrelas. Si no se puede, conviértelas en motivos de conquista. A los hombres les vuelven locos las mujeres del tipo soy-muy-frágil-por-suerte-tú-estás-aquí-a-mi-lado. Tercera regla: haz todo cuanto esté en tu mano, absolutamente todo, para no perder jamás la belleza. Querida, los hijos y las preocupaciones te obsequian con arrugas precoces.» ¿Cómo podría decírselo?

—Has de buscar el modo. No puedes huir de tu casa con un niño en el vientre. Procura centrarte, Phoebe, maldita sea.

Flo estaba exasperada. El ambiente se estaba sobrecalentando.

—John, escucha, tus amigos se parecen un poco a los Simple Plan —dijo Maya, intentando desviar la conversación.

—Pero ¿qué dices? Ésos son unos soseras —respondió John, enfervorizado—. ¿No oyes qué sonido tan duro? Se inspiran en Led Zeppelin.

—Chicos, ¿tenéis intención de pasar aquí toda la noche? Me aburro —se lamentó Phoebe. Aquella conversación tan seria le había provocado dolor de cabeza. Y ella tenía que distraerse. Ya habría tiempo para decidir qué hacer con el pequeño estorbo que estaba creciendo en su barriga.

—¿Qué haces con Stacy y Liz por las noches? —preguntó Maya.

—Nada en especial. Notting Hill. Vamos de clubes. No es tan desolador como esto, desde luego: las discotecas del West End están mucho mejor, la verdad. O nos quedamos en casa de Stacy. Su familia siempre está dando vueltas por el mundo.

—Entonces también os aburrís, ¿no?

—No, yo diría que no... fumamos, pasamos el rato, bebemos. En su casa hay de todo en abundancia. Y también jugamos al French Kiss.

—¿¿¿Al French Kiss???

Phoebe esbozó una sonrisa. Sabía que daría en el clavo. Con aquella gracia que Dios le había dado, dejó su vaso sobre la mesilla baja e incómoda, se volvió apenas, adelantó la mano y cogió la Miu Miu de charol rosa fosforito que había escogido para aquella noche. Abrió la cremallera adornada con una tachuela y un candado de oro. Sacó un mazo de cartas para jugar al French Kiss al tiempo que les guiñaba el ojo a sus nuevos y superignorantes amigos. Y empezó a leer.

—«¿Qué te sugiere el número 69? Respuesta correcta: imita a una mujer haciendo el amor.»

—Ji, ji, ji, ji. Lee aquí. —John le arrebató a Phoebe las cartas de la mano—. «Encuentra, en menos de cinco segundos, cinco términos para definir el órgano sexual masculino. Si no lo consigues, tendrás que besar a todos los chicos detrás de la rodilla.»

—¿Y qué es el festival de la geisha? —preguntó Flo, que empezaba a estar algo mosca.

—Escucha ésta —intervino Maya—. «Cierra los ojos, Todos los chicos te besarán en el cuello por turnos. Tendrás que puntuar cada beso del 1 al 10.» Chicos, esto sí que me entretendría.

—Flo, te toca a ti. —John, aún con aire culpable, le guiñó un ojo.

—«En menos de 15 segundos, has de desabrocharle la camisa a todos los chicos que la lleven puesta. Si lo consigues, tendrán que estar con la camisa abierta hasta que vuelva a ser tu turno.»

Flo no realizó ningún comentario. Con toda tranquilidad, se limitó a darle un sorbo a su Coca-Cola.

—Ji, ji, ji, ji. Aquí se han superado a sí mismos. «Improvisad una escena en la que un doctor visita a una paciente a la que le duele el pecho.» No había jugado a los médicos desde que tenía seis años. Y lo del dolor en el pecho. Ji, ji, ji, ji. Maya, bonita, ¿tú juegas a los médicos con el tenebroso?

—Mira que llegas a ser cretino, John —intervino Flo en defensa de su amiga. Había veces en que no podía soportar la actitud ignorante de John.

Sin embargo, Maya no estaba escuchando, pues en la barra del *pub* había reconocido a una figura familiar, que hablaba en susurros con un hombre de edad avanzada, anciano más que adulto. Podría tener más de cincuenta años. Alguien a quien había visto aquella tarde y a quien trataba de olvidar.

CAPÍTULO TREINTA Y SEIS

JUEVES, 30 de octubre
22.45 horas

Maya no se había equivocado. El que estaba hablando con un hombre en la barra era Trent. El chico se volvió justo a tiempo para interceptar la mirada de Maya posándose sobre el doctor Zafth. Esperó a que la muchacha volviese la vista hacia él. Entonces se la quedó mirando por un instante y le sonrió mientras se dirigía hacia la mesa de sus amigos.

—Trent, ¿qué haces aquí?

El estupor de John fue directamente proporcional a la alegría de ver a su amigo después de aquel día horrible.

Trent los saludó a todos. Y retuvo su mirada sobre Maya. Incómoda y molesta, ella desvió la vista, y entonces, a lo lejos, pudo ver a aquel elegante caballero que se acercaba a su mesa.

—Chicos, ¿puedo presentarme, ya que Trent no lo hace? Soy el profesor Zafth, Kyle Zafth. Nos hemos cruzado hoy, si no me equivoco, en unas circunstancias bastante desagradables. No, esta guapa señorita no estaba allí; de lo contrario, me habría fijado.

Y tomó la mano de Phoebe entre las suyas, ejecutando un impecable besamanos al que ella no pudo sino reaccionar complacida.

—Trent, qué afortunado eres. Tienes unos amigos muy agradables.

De mala gana, Trent se vio obligado a presentarlos, y recitó ante Kyle el nombre de cada uno de ellos.

—¿Maya? ¿Has dicho Maya?

El médico concentró su atención en la misma chica que tanto interesaba a Trent.

—Qué nombre tan poético —le susurró, acercándose demasiado.

—Sí, lo sé —replicó ella, incómoda por las persuasivas maneras de aquel hombre.

—Querida, ¿sabes que en hindi tu nombre significa «poder creativo de Dios»? Y puesto que los nombres confieren un significado a las personas, deduzco que tú debes de ser especial, joven Maya. Alguien totalmente por descubrir...

—Este señor —intervino Trent, algo violento— es... podríamos decir que un amigo de la familia. Es un médico famoso, un dermatólogo. Al parecer es muy bueno.

—Te lo agradezco, Trent. ¿Puedo celebrar con vosotros este encuentro? Aquí preparan el mejor chupito de Londres. Ah, claro, qué estúpido, vosotros no podéis beber, al menos oficialmente. Bueno, lo celebraremos en otra ocasión. Desgraciadamente, ahora tengo que salir corriendo. Trent, ¿ha quedado claro? No quiero volver sobre el tema: hay que mantenerse lejos de los peligros. De esos peligros...

Trent no comenzó a relajarse hasta que aquel hombre desapareció tras la puerta. Y para aliviar la tensión provocada por las palabras del médico, alargó bajo la mesa una botella de ron con la que poder reforzar sus insípidas bebidas aptas para menores de dieciocho.

John y Phoebe recibieron aquel gesto con alegría y gratitud, pasándole los vasos a aquel improvisado camello de alcohol.

En un rincón del cerebro de Maya, cobraba fuerza un desagradable pensamiento que no dejaba de palpitar. Eran las palabras de su madre: 1. «Ten cuidado, Maya, no aceptes alcohol de los desconocidos». 2. «Maya, no me gusta. Ese chico no me convence.»

Por muy antipáticos que le resultasen los ansiosos consejos de su madre, aquella noche Maya estaba cansada, exhausta a causa de la jornada y por la presencia de Trent, así que decidió seguir las recomendaciones de Megan. Se levantó, se despidió y se dispuso a regresar a casa.

Cuando salía del local, no reparó en un individuo encorvado sobre una de las mesillas más apartadas. Aunque se hubiese fijado en él, no habría logrado verle los ojos, cubiertos por la capucha de un chándal azul que conminaba a la paz universal.

Sin embargo, los ojos de Michael Gacy no perdieron de vista a Maya ni un solo instante.

CAPÍTULO TREINTA Y SIETE

JUEVES, 30 de octubre
23.30 horas

En cuanto pisó la calle, Maya aspiró el aire. Olía a nieve. «Bien —pensó la chica—. Me gusta el frío, me aclara las ideas.» Se arrebujó en la ligera torera que apenas le cubría la cintura de la falda y se encaminó a través de la gélida noche.

Pero Maya no iba a tener frío esa noche.

Porque, tras haber andado algunos pasos, sintió un intenso calor en su interior. Primero se le agarró al pecho y a continuación descendió hasta el estómago. Haciendo acopio de voluntad, logró que aquel abrazo cálido que estaba a punto de envolverla retrocediera ligeramente. Miró a su alrededor para comprobar si había alguien que pudiese descubrir su secreto. Pero aquella noche, las calles del East End se encontraban desiertas. Aún era demasiado pronto para que la gente saliese de los locales, y demasiado tarde para decidirse a entrar en alguno. Maya miró a sus espaldas y allí tampoco había nada, salvo la débil luz que emergía del club que acababa de abandonar y que ahora ya quedaba lejos.

Respiró profundamente y dejó que la cálida luz la invadiese, abandonándose a aquella sensación familiar. Como cuando Dave volvía de sus viajes y ella le saltaba al cuello y hacía que girara con fuerza mientras la estrechaba entre sus brazos.

Un vértigo tranquilizador.

«Boquita de miel, busca, busca la respuesta. No dispones de mucho tiempo. Date prisa.»

La voz de su padre le llegó cálida y magnética, como en la anterior ocasión. Aquel sonido suave y lento permaneció algún tiempo en su cabeza. Después, las palabras descendieron por la garganta y el estómago, y Maya sintió que otra llama de calor se encendía por un instante, como una última exhortación, un mensaje sólo para ella. Papá.

Pero la luz se fue extinguiendo lentamente y Maya sintió cómo todo el frío de aquella noche se le echaba encima. El resplandor, aquella especie de flash, había durado poquísimo, aunque no sabría decir cuánto. A decir verdad, a ella le había parecido eterno. Había sentido que se sumergía en otra dimensión, en un lugar luminoso y acogedor.

Siguió caminando por la calle, pero sin darse cuenta, sin registrar nada. De modo que cuando se halló ante la puerta de casa no era consciente de haber llegado realmente allí.

Abrió de prisa, detestaba la excepcional tranquilidad de aquella calle que tanto complacía a su madre, y que a ella le producía una sensación de inquietante aislamiento. El portal se cerró a sus espaldas y se sintió contenta de encontrarse caliente y segura, en medio de aquel aroma de cedro, de tisanas y de incienso con que Megan impregnaba la casa.

—¿Ya has vuelto?

«Mamá ya está en casa, lástima.» «Mamá ya está en casa, por suerte.» Maya no sabía por cuál de esas dos sensaciones inclinarse. Pero un deseo, lo sentía, se estaba abriendo camino con más fuerza que cualquier otro. Quería volver a oír la voz cálida y tranquilizadora de Dave. Aquella vibración no le daba miedo. Porque, ella lo sabía, no oía realmente la voz de su padre. La oía en su interior. Como algo real y profundo. Sin embargo, el sonido no tenía nada de humano. «¿Cómo debe de sonar la voz de Dios?», se sorprendió preguntándose a sí misma.

Se encogió de hombros, pensó que volvía a ser presa de fantasías morbosas y se puso a buscar. Su madre estaba encerrada en el estudio, al teléfono. Se le daba bien, podía pasarse horas así. Su trabajo la tenía absorbida. O su Garret. Sabía lo de ella y Garret. Pero no quería decir nada. Mejor dejar que su madre se cociera a fuego lento, y permitirla atormentarse imaginando la reacción de Maya ante un posible romance materno.

Se coló en el dormitorio de su madre. Megan no había tocado nada: la habitación estaba igual que cuando sus padres la ocupaban en vida de Dave. La cama francesa, una plaza y media, a saber cómo habían podido dormir allí, se había preguntado siempre Maya. Pero era una reliquia de su pasado *hippie* y pasota. Las mesillas de noche azules, de madera, con elefantes tallados, traídas directamente de la India. El armario, que a Maya, de pequeña, le parecía gigantesco y maravilloso. El escritorio con sus mil cajones y sus respectivas llaves, que alguna vez funcionaron y custodiaron secretos de familia. Maya comenzó su inspección por allí. Abrió los cajones, buscaba los apuntes de Dave, de los cuales le había hablado su madre durante la cena. Su padre había sido claro. A ella, sólo a ella, le correspondía la tarea de hallar la respuesta.

«Pero ¿a qué?», se preguntó con un gesto de contrariedad hacia Dave: ¡ella tenía diecisiete años! Y no era una predestinada, de eso nada.

Pero siguió adelante con la búsqueda. Lo único que halló fue un mapa. Un mapa del firmamento y las constelaciones. Sobre él había flechas y círculos rojos. Enmarcaban la Tierra, el Sol, la constelación de Acuario. «Mi signo», pensó Maya. Al lado, unos cálculos del todo incomprensibles. Pegado a la última estrella de Acuario, un *post-it* verde, de esos que tanto le gustaban a su padre. Con su característica letra redonda y clara, Dave había escrito: «Investigación. Posibilidad de conectar dos dimensiones. Función mensajero». Otro *post-it*: «*Stargate*. ¿Dónde? ¿Quién?». Tercer *post-it*: «Popol Vuh: ¡¡¡símbolos!!!».

¿Qué puñetas significaba «Popol Vuh»? Maya estaba demasiado cansada para ponerse a buscar el significado de aquellas palabras en la Wikipedia. Pero debería hacerlo, su padre se había expresado con claridad.

El sonido de un SMS entrante atajó sus sentimientos de culpabilidad.

«¿Trent?», se preguntó, temerosa y esperanzada a un tiempo.

«¿Bajas?»

Estaba allí mismo.

«¿Adónde?», tecleó, frenética.

«Delante de tu casa.»

«¿Por qué?»

«Basta de preguntas, Fox. Te espero.»

Sin pensárselo, Maya salió volando escalera abajo, de puntillas para que su madre no la oyera. Había decidido pasar de «peros» y de «porqués». Al menos por aquella noche.

Él estaba allí, más allá del portal, un poco apartado. Apoyado en la verja de enfrente de la casa, con una pierna en la pared, la cabeza ligeramente reclinada, el pelo despeinado, como siempre.

Sostenía su librito abierto en la mano, intentando leer bajo la tenue luz de la farola.

Cuando la vio se empleó a fondo en lo que a Maya le pareció la sonrisa más bonita que había visto.

—«*She walks in beauty, like the night. Of cloudless climes and starry skies.*»

Mientras recitaba los versos de lord Byron, Trent se acercó sutilmente a ella, la tomó con suavidad de la mano y la guió hacia un rincón oscuro, en la parte trasera de la casa, donde acababa el minúsculo jardín que su madre cuidaba de forma obsesiva. Maya nunca pasaba por allí. Pero esa noche le gustaba que aquella oscuridad la cubriese por completo.

Trent no hablaba. Y Maya no tenía necesidad de palabras. El chico cogió los auriculares de su iPod y los puso en las orejas de ella.

Aerosmith. Maya cerró los ojos. «*I don't wanna miss a thing...*» Su canción favorita.

Trent subió el volumen. A Maya le parecía estar flotando en un sueño. Estaba totalmente atrapada por la música y por el perfume de Trent, al que sentía a su lado. Y que le cogía la mano con fuerza.

Entonces Trent cambió la música, puso «su» canción: «Love will tear us apart», de Joy Division. Elevó un poco más el volumen. Ahora, el sonido penetraba directamente en su corazón y en su cabeza. Trent empezó a acariciarla. La besó despacio. Empezó a darle pequeños mordiscos, suaves e indecisos. Pasó sus labios ardientes por el pequeño tatuaje en forma de espiral, se demoró en el cuello, la volvió de espaldas y le acarició la base de la nuca, tomándola en sus brazos.

A Maya le gustaba. Se abandonó en las manos de Trent, que descendieron a lo largo de sus costados, acariciando cada centímetro de su cuerpo. Aquellas manos, que se entrelazaban con las suyas, y las cogían con fuerza. Que le ceñían los hombros, capturándola en un abrazo extremadamente suave. Que hurgaban tímidas bajo su camisa. Maya dejó de sentir frío cuando Trent se acercó a su boca y empezó a darle el beso más largo que recordaba en sus diecisiete años de vida.

Los Joy Division la envolvían con sus notas. Trent, con su deseo. Empezó a desabrocharle lentamente la chaqueta y su mano impaciente se adentró en la camisa, y bajo el bodi, y bajo el sujetador, hasta dibujar el contorno de su pecho, tímidamente, sin apenas ejercer presión.

Entonces la mano de Trent siguió descendiendo, hacia la cremallera de los pantalones. Buscaba, deseosa. Desabrochó lentamente el cinturón, dio con la cremallera y empezó a bajarla. Maya se sobresaltó, la canción estaba acabando. Y ella empezaba a darse cuenta de dónde estaba y de lo que estaba haciendo.

Trent se quedó inmóvil de golpe, como si despertase de un sueño. Se separó de ella. Recuperó el iPod y se alejó un paso, la miró con sus ojos bicolores e irresistibles y le susurró como en un suspiro:

—No quiero. No puedo. No voy a hacerte daño.

Se volvió y la dejó allí. Maya aún se sentía trastornada por todo lo que había sucedido, por aquella imprevista reacción de Trent. Tardó un larguísimo instante en recuperarse, tomó conciencia de dónde se encontraba y se cerró la camisa, se ajustó los pantalones a medio desabrochar y corrió hacia su casa.

—Maya, ¿dónde estabas?

Megan la estaba buscando, con su habitual sentido de la oportunidad.

—He bajado a tirar la basura.

—Oh, buena chica, ¿qué pasa? ¿Te encuentras bien?

Maya no le respondió, se refugió en su habitación y se encerró.

Encendió el ordenador.

MAYA91: Flo, ¿¿¿qué he hecho???

CAPÍTULO TREINTA Y OCHO

VIERNES, 31 de octubre
1.20 horas

—Ya estoy aquí de nuevo, Garret... ¿Qué dices? Ah, sí, perdona, estaba comprobando algo... Entonces, ¿qué me estabas diciendo?... No, dime, te escucho... ¿Que Gacy parece haberse volatilizado en el aire?... Gacy... No lo sé, ni siquiera sé por dónde debo empezar, tengo la sensación de haber vuelto a caer en una pesadilla... Sí, tienes razón, es mejor que me vaya a dormir ya... Nos llamamos mañana.

Megan descargó en el teléfono su propia desilusión, junto con lo que en su opinión no era más que imperdonable pereza por parte del teniente Garret. Decidió dar una vuelta por la Web para distraerse. Esperaba impaciente a que el *hacker* de Homicidios interviniese el correo de su hija. «Para eso también se necesita un montón de tiempo», pensó contrariada.

Encendió su portátil y tecleó la dirección de su sitio web: *www.profilermeg.co.uk*. Comprobó lo desfasado que estaba. Empezando por el nombre, que siempre había detestado. Tendría que ser algo más científico. Pero ése lo había elegido Dave y ella no había tenido valor para cambiarlo.

Aún no había sido capaz de tocar nada que tuviese que ver con él. El dolor era demasiado fuerte, imposible de metabolizar. Era mejor hacer ver que no existía. Y no empezar a cambiar todo lo que él había construido. Por eso había mantenido el sitio web con aquel sobrenombre ridículo; ¡paciencia! Echó un vistazo a la lista de los últimos casos que había colgado en la red. Sí, decididamente había que actualizarlos.

Volvió a mirar la entrevista que le hizo Channel 14 con relación a las chicas desaparecidas. A Megan le gustaba salir en la televisión, se encontraba a sus anchas. Le gustaban los estudios, las intensas luces deslumbrantes, las preguntas insidiosas de los entrevistadores, la adrenalina de la espera.

Una de las primeras hipótesis que había que formular ante la desaparición de una menor, explicaba Megan, era que estuviera metida en una secta. Así, Megan había enumerado ante los telespectadores cuáles eran las señales indicadoras de que un joven estaba siendo víctima de una secta. Inicial fase eufórica, sin explicación aparente. A continuación odio a la familia y a los viejos amigos. Finalmente, distanciamiento. Hasta que se marchaba de casa. Según explicaba Megan, las sectas te hacen creer primero que necesitas algo, y entonces te convencen de que con ellos estarás mejor. Instruyen a unos inseguros adolescentes sobre cómo vestirse, cómo hablar, qué estudiar. A cambio, les prometen la felicidad. Y la perfección, una vida de «elegidos». Sin embargo, mientras tanto los marginan, los alejan de sus amigos y parientes. Y se extravían, en ese punto son un peligro. Hasta el castigo extremo.

Miró su biografía. «Muy bien, Meg», dijo para sus adentros. A continuación inspeccionó el buzón. Demasiado lleno, como siempre. Megan, la mujer perfecta, olvidaba absolutamente vaciarlo con regularidad. Por suerte, el programa señalaba los mensajes aún no leídos.

Echó un vistazo a la lista para examinar el nombre de los remitentes y el asunto del correo. Se detuvo ante un mensaje extraño que había captado su atención. Ningún dato sobre su procedencia. Sólo un título: «Por fin en casa».

Megan lo abrió.

Después se arrepentiría de haberlo hecho.

El texto decía: «30 de octubre de 2008: ¡ya estoy en casa, en la madriguera!». No había firma, pero sí una foto. No se distinguía muy bien lo que aparecía retratado, los colores eran uniformes y opacos. Megan la observó con más detenimiento. Unos tanques, parecían unos tanques de agua.

Intentó exportar el archivo al escritorio y ampliarlo. La imagen tenía una resolución muy baja y no resultaba posible mejorar su definición. Devolvió la imagen a sus dimensiones iniciales y se concentró en ella.

Sí, eran tanques. Siete, para ser más precisos. Dispuestos en semicírculo.

El último estaba visiblemente vacío, pero los otros...

Los otros no; contenían algo.

Megan entornó los ojos, se acercó más a la pantalla, y acabó enfocando algo que nunca hubiese querido ver.

Los seis tanques estaban llenos de un líquido casi transparente que dejaba entrever lo que permanecía allí sumergido.

«Dios mío —pensó Megan—. No puede ser.»

Bajo una pátina helada, que los mostraba más desenfocados, se apreciaban los cuerpos de seis chicas.

Cabellos largos rubios, cabellos cortos pelirrojos; raza: afroamericana; altura: uno setenta; ligera malformación en la cadera derecha, asimétrica; rodilla valga.

Megan se tapó la boca con la mano, para no gritar. Eran ellas. No había la menor posibilidad de error, al menos no en ese caso. Clasificó con puntilloso sentido del deber las características que recordaba de memoria. Y suspiró. Joan Desai, Phillys Gordon, Tracy Lee, Susana Millberg, Henrietta Brown, Amanda Sloane. Las seis chicas desaparecidas.

Por vez primera, tenía ante sus ojos la prueba de que su intuición era correcta. De que el caso de las seis desaparecidas no era un asunto para la sección de Personas Desaparecidas, sino un caso para Homicidios. Y de que, por desgracia, también llevaba la firma del asesino: Michael Gacy.

Era la misma foto que encontraron en la celda tras su fuga: idéntica posición de los tanques, idéntico color grisáceo de las paredes, idéntica perspectiva; de eso Megan no tenía la menor duda, la recordaba perfectamente.

Las chicas, evidentemente muertas, se encontraban sumergidas en una especie de escarcha ligera, que sin embargo no impedía su contemplación, y estaban guapísimas, apreció Megan. «Sé que están muertas, la palidez resulta evidente, y el "rigor mortis", pero parece como si estuviesen dormidas, no hay signos de violencia. Ese grandísimo hijo de puta debe de haberlas envenenado.»

Megan se dejó caer en la silla; no se resignaba, y tampoco se lo perdonaba a sí misma.

«¿Cómo diablos no he visto lo que tenía ante las narices? —se repetía una y otra vez—. ¿Cómo no he podido darme cuenta de que Gacy era un asesino en serie?»

Empuñó el teléfono.

—He cometido el peor error de mi vida —confesó de un tirón a través del móvil.

—Doctora Fox, deja ya de compadecerte —le respondió el teniente Garret tras haber escuchado con silenciosa paciencia las revelaciones de la criminóloga—. El hecho de que hubiésemos sabido que Michael Gacy era el asesino de las chicas apenas habría cambiado nada. Y con toda seguridad no hubiéramos podido prever la fuga.

—Lawrence, por favor. No es el momento de dorarme la píldora diciendo estupideces. La he cagado terriblemente. Trazar el perfil de un asesino en serie implica prever sus movimientos. Si mi trabajo hubiese sido más cuidadoso, y yo hubiera estado menos ofuscada por el dolor que me causó la muerte de Dave y por la necesidad de vengarlo, me habría dado cuenta. Michael Gacy tiene todas las cartas para ser un asesino en serie: no deja nada al azar, tiende a controlar a los individuos y los ambientes que frecuenta, es un hábil manipulador... Dios mío, ¿cómo no caí en la cuenta? Y ahora está libre, ¿comprendes? ¡LIBRE! Y en esa foto ha dejado un puto tanque vacío. Maldita sea, Garret, está a punto de atacar de nuevo: ¡Es lo que nos está diciendo!

—Megan, cálmate. Echarse las culpas de ese modo no sirve para nada. Intentemos reflexionar sobre los hechos, sigamos las pistas desde el principio.

—¿Crees que sigue un ritual?

—Podría ser. Vayamos a la Web, por la línea protegida.

Megan tecleó la dirección web del sitio protegido y encriptado de Scotland Yard. En otras circunstancias, se hubiera reído de aquella manía del secretismo. «Pero no esta noche», pensó, agradeciendo la tranquilizadora presencia de Lawrence Garret.

—Ahí está —dijo, mientras tecleaba al teniente—. El ritual, decía. Mira el *mail* que acabo de enviarte.

—Ok, lo tengo.

—¿Ves la foto? Las chicas están situadas en semicírculo, una junto a la otra; parece que haya dispuesto una especie de macabro escenario. No sabemos cómo las mata, no sabemos cómo las conserva. Pero fíjate, mantienen toda su belleza... y sin embargo están irremediablemente muertas. ¡No sabría decirte cómo lo ha hecho!

—Megan, déjame comprobarlo. Debemos superponer el fotograma de cada uno de los tanques con las fotos de las chicas desaparecidas. Hemos de tener la certeza de que realmente son ellas.

—Lo son, Garret, los rasgos somáticos coinciden a primera vista. Y también algunas imperfecciones. He estudiado y he vuelto a estudiar las fotos de las víctimas infinidad de veces. ¡Conozco a estas chicas de memoria!

—Puede que tengas razón. Pero, aun suponiendo que sea así, quedan un montón de preguntas por responder. ¿Cómo las conserva? Ese líquido cristalino, la pátina que envuelve a las chicas: podría ser hielo. ¿Tal vez se trate de una especie de proceso de hibernación? La primera víctima, Desai, se remonta a hace varios años, a 2005. En tres años el cuerpo se habría descompuesto.

—Otra pregunta: ¿dónde se oculta? ¿Cómo podremos identificar el lugar donde tiene los tanques? Debe de ser un almacén, uno de esos medio abandonados. Un eventual proceso de hibernación no es algo sencillo, requiere espacio y tiempo. Y la ausencia de miradas indiscretas.

—Nuestro asesino es astuto. No resultará fácil pillarlo.

—Garret, queda otra pregunta. ¿A quién va destinado el séptimo tanque? ¿Crees que ya ha identificado a la víctima? ¿Y por qué siete, precisamente?

—No lo sé... tendríamos que trabajar con los elementos que tenemos en nuestro poder.

—Estoy de acuerdo.

—Así pues, sabemos que Gacy es un sujeto obsesivo, ésa es una de las pocas certezas que existen acerca de él. A propósito de rituales, Megan, recuérdame las fechas de las desapariciones.

—21 de diciembre de 2005: Joan Desai; 21 de marzo de 2006: Phillys Gordon; 21 de diciembre de 2006: Tracy Lee; 21 de marzo de 2007: Susana Millberg; 21 de diciembre de 2007; Henrietta Brown; 21 de marzo de 2008: Amanda Sloane.

—Efectivamente, tal como imaginábamos. Ha actuado de forma regular.

—Ya, solsticio de invierno, equinoccio de primavera. Lo cual nos lleva a la fecha en la que espera matar de nuevo: 21 de diciembre de 2008.

—A menos que se sienta acorralado... A menos que el miedo le haga cambiar sus planes.

—No se siente acorralado, no en este momento. Tiene la situación bajo control, sin duda está convencido de que manda él. Me ha enviado la foto, me está diciendo: «¿Ves? Yo conduzco el juego». Se encuentra en plena fase de omnipotencia. No hay nada que le haga pensar que habrá de interrumpir el ritual, lo cual, entre otras cosas, indica que persigue un fin.

—Ok, volvamos a los hechos y a los indicios. Megan, repíteme las fechas de nacimiento de las chicas desaparecidas, ¡ejem!, asesinadas.

—Sabemos que todas nacieron en 1991; es el único dato que parece conectarlas.

—Sí, pero espera, también sabemos el día y el mes, ¿no es así?

—El día no lo sé... pero, un momento... ahora que lo dices, recuerdo que había algo en aquellas fichas que me llamó la atención. Espera, voy a coger mi dosier... Sí. Aquí está, todas nacieron en invierno. ¿Crees que puede ser una coincidencia?

—No, teniendo en cuenta el sujeto al que nos estamos enfrentando, diría que no. Pero escucha, ¿estás segura de no haber escrito en alguna parte las fechas de nacimiento exactas?

—Sí, puede que esté apuntado por aquí, en alguna parte... Ya lo tengo. 15 de febrero de 1991; 25 de enero de 1991; 8 de febrero de 1991; 10 de febrero de 1991; 23 de enero de 1991; 9 de febrero de 1991... ¡Ay, la hostia, todas son Acuario!

—Ya.

—Dios mío, Garret, no entiendo nada. ¿Qué crees que puede significar?

—No lo sé, pero ahora intentemos poner a la vista todos los elementos en juego. Tenemos las fechas en que mataron a las chicas, y hemos deducido que se repiten en una especie de sucesión lógica relacionada con el tema de las estaciones. Tenemos las fechas de nacimiento, y aquí el dato en común también es un elemento astral: todas pertenecen al mismo signo y han nacido el mismo año.

—¿Y entonces?

—Entonces resulta que tenemos claros estos datos, así que probaremos a cruzarlos con los otros.

—¿Cómo?

—Pensémoslo, tenemos la foto. Gacy nos ha hecho llegar dos fotografías idénticas. Nos está enviando un mensaje, está claro. ¿Cuál es el primer elemento de la foto que nos llama la atención?

Las chicas. La belleza de las chicas. Son realmente perfectas, parecen sólo adormecidas. Es como si a su alrededor flotara un aura de belleza absoluta, de perfección.

—Eso mismo he pensado yo, Megan. Por tanto deberíamos considerar el elemento belleza, el elemento perfección. Forman parte de la obsesión de Gacy.

—Ok. Así pues, ahora sabemos que nuestro asesino en serie está obsesionado por la recurrencia de las fechas y los números... Dios mío, Garret, no entiendo nada. Estoy segura de que ha de haber un vínculo, pero se me escapa, no soy capaz de verlo.

—Espera, Megan, no te precipites. Déjame pensar...

—La belleza y las fechas... Equinoccio y solsticio... Perfección y números. —Megan repetía en voz alta aquellos indicios, como un mantra, a la espera de darse de bruces con alguna intuición.

—¡Megan, puede que sí lo haya! Piénsalo. ¿Qué es lo que relaciona la belleza perfecta con los números?

—No lo sé, no me viene a la cabeza.

—¡Vamos, haz un esfuerzo! Cuando había que aprender las reglas para la perfecta representación de un cuerpo, nos hacían estudiar...

—¡La proporción áurea! Garret, tienes razón, ¿cómo no se me había ocurrido? Ya me habías hablado de ello a propósito de la concha que Gacy dejó en su celda.

—Efectivamente. Demasiadas señales, hummm... Megan, probemos a seguir esta pista. Así pues, la proporción áurea...

—Ya, según me explicaste, es una proporción matemática, relacionada con el concepto de armonía, con la percepción de la belleza. Y hay quien incluso sostiene que constituye el secreto de la perfección de cuanto ha sido creado, el número de Dios.

—Sí, exacto. Algunos piensan que Dios concibió todo el universo aplicando la proporción geométrica que dicta la proporción áurea. Y ahora escúchame. Toma un segmento AB y divídelo en un punto M. AM es mayor que BM. Según la proporción áurea, la relación entre AM y BM es la misma que existe entre AM y AB.

—Y se corresponde con un número, si no recuerdo mal...

—Sí, *phi*, 1,61803...

—Muy bien, Garret, gracias por repetir la lección.

—Yo de ti no me burlaría; te advierto que he seguido estudiando el caso, aunque me hayas infravalorado...

—Venga ya, eso no es cierto...

—Vale, pero escucha.

—Sí, si no me equivoco es la misma regla en que se basan algunas representaciones artísticas perfectas. Y célebres. Como *La Virgen de las rocas* de Leonardo da Vinci, ¿verdad?

—Así es.

—Pero no acabo de ver adónde quieres ir a parar.

—Piensa en las chicas. Acabábamos de decir que los dos nos quedamos impresionados por la perfección de sus cuerpos, parecen casi la encarnación de la regla áurea...

—Frena, Garret. Esto me parece un poco arriesgado. Puede que tengas razón, pero para estar seguros primero tendríamos que examinar los cuerpos.

—Es verdad. Pero ahora sabemos más cosas, tenemos la obsesión por la belleza y las fechas.

—Vinculadas entre sí por una relación numérica.

—¡Megan, espera! ¡Mira, pensándolo bien se me ocurre otra cosa! ¡La leche, cómo no he caído antes! Si te fijas, no estamos hablando de números al azar. La proporción áurea, como ya sabemos, también está detrás de la secuencia de Fibonacci. ¿Lo entiendes ahora?

—¡Gacy! ¡Sigue enviándonos mensajes!

—¡Bingo! Lo detuvimos gracias a su debilidad por Fibonacci. Lo atrapamos frente a la librería científica, y ya había sido fichado por violar los sistemas de seguridad que protegían algunas investigaciones universitarias sobre la secuencia de Fibonacci.

—Ya.

—Gacy está obsesionado por la belleza, por las fechas, por Fibonacci. Todo cuadra.

—Tienes razón. ¿Qué otros indicios no encajan?

—Los que Gacy dejó en la celda, aparte de la concha, cuyo significado ya está claro: los dos libros y aquella extraña octavilla. ¿Te dicen algo?

—Sí, por desgracia sí. No te lo he comentado antes porque intentaba comprender algo de todo esto. Y, créeme, resulta muy difícil.

—¿Has encontrado algo más?

—Sí. Hoy por la tarde he ido a recuperar las últimas investigaciones de Dave. Hasta ahora no me habían llamado la atención. Allí también he encontrado algo muy parecido a lo que ponía en la octavilla, esa especie de profecía.

—Ya, la profecía sobre el 2012, 21 de diciembre de 2012, ¿no es así?

—Exactamente. El solsticio de invierno, una de las fechas en que Gacy actúa.

—¿Has hallado alguna explicación en los papeles de Dave?

—Algo. Dave había anotado los resultados de una entrevista con un chamán de Guatemala, el último heredero de los mayas. Según una de sus antiguas profecías, el eje terrestre se estaría desplazando, con el consiguiente deslizamiento de los polos magnéticos. Según sus escritos, la entrada en la nueva era coincidiría con el advenimiento de la era de Acuario, esto es, cuando el eje terrestre esté orientado hacia dicha constelación.

—Ufff, todas esas fantasías sobre el Apocalipsis... No me creo ni una sola palabra de todo este tema. Me parecen hipótesis absolutamente fantasiosas, tal como algunos científicos sostienen ya hace tiempo. Y además son teorías tan confusas...

—Lo sé, Garret, llevo todo el día dándole vueltas. Pero estoy segura de que entre todos estos elementos, entre las investigaciones de Dave, las chicas asesinadas y las obsesiones del psicópata de Gacy ha de existir una relación, aunque todavía no logro verla con claridad. Todo esto, la profecía, las señales, es demasiado complejo, no tiene nada que ver con la psicología de un asesino en serie. Es demasiado... místico. A no ser que...

—¿A no ser que...?

—Que él se crea predestinado.

—¿Qué quieres decir?

—En ese caso, tendría una misión que cumplir. Muchos asesinos en serie creen tener una. Pero, en este punto, las cosas se complican mucho, Garret...

—Megan, para. Vuelve un momento atrás. Hay otro detalle que me ha llamado la atención. Si las chicas nacieron en 1991, ¿cuántos años tendrían en 2012?

—Veintiuno.

—Eso es. Ahora pon en fila todos los números que hemos encontrado hasta ahora.

—1, 1, 2... siempre son los mismos números que se suceden.

—Y son los números de Fibonacci.

—Ya. Y, además, está lo del 21-12-2012, la fecha de la profecía.

—Megan, la cosa está empezando a desmadrarse. Comienzo a pensar que estamos frente a un plan mucho más ambicioso de lo que imaginábamos.

—Espera, recapitulemos: 21, la edad de las jovencitas en 2012, el año de la profecía. 21 es la fecha recurrente de las desapariciones...

—1202, el año en que Fibonacci publicó su obra. Y además, piensa en la fecha de la profecía tal como la escribimos los anglosajones: «12/21/12». Si te fijas, el día y el mes, y el mes y el año forman palíndromos, es decir, que pueden leerse en ambas direcciones. Una particularidad, para quien crea en él, propia del diablo.

—...

—Meg, estamos ante algo mucho más gordo de lo que nos pensábamos.

—¿Garret?

—¿Sí?

—Maya es de 1991.

—Tendrá 21 años en 2012.

—Lo sé.

—Es del 6 de febrero de 1991.

CAPÍTULO TREINTA Y NUEVE

Londres, 31 de octubre de 2008

Megan, mi querida pequeña.

Sigo escribiéndote como hombre libre. No has logrado capturarme, pobrecita, mi criminóloga preferida.

No lo conseguirás.

Me encanta desafiarte, dulce Megan.

Esa cabecita tuya nunca para.

¿No te lo habían dicho ya? A veces no es suficiente.

Pasarse horas analizando cada detalle, estudiando todas las pistas, quiero decir.

Mírame a mí.

Actúo por intuición.

El Maestro también se dio cuenta.

De que tengo una cualidad innata, digo.

Me refiero a mi inteligencia.

Por encima de la media.

Por eso resulto tan valioso.

Y si ése no deja de hacerse el quisquilloso conmigo, un día de éstos lo dejo plantado.

Y si el trabajo aún no está acabado, que se lo encargue a otro. El problema es que nosotros, los que estamos aquí, quiero decir, tenemos poco tiempo.

Debemos actuar de prisa.

Pero no soporto sus continuos reproches.

Nunca le parece bien nada de lo que hago.

Yo, que le he consagrado mi vida.

¿Cómo se las habría apañado sin mí?

¿Quién le hubiese traído a las chicas?

Y ahora me dice que sigo equivocándome, que la que necesita aún no la tiene.

Pero es él quien me pasa la lista, ¿a mí qué me cuenta?

No tengo la menor libertad para escoger a quien quiera.

Es verdad, si cogiese a tu Maya...

A lo mejor el Maestro estaría contento.

Pero ¿qué quieres que haga yo con tu Maya? ¿Es que no la has visto, Meg? ¿Cómo es posible que tú, tan perfecta, hayas tenido una hija así?

Con esas piernas tan y tan largas. Y ese pecho tan exuberante.

Es un poco ridícula, tu Maya.

Pobrecita, va disfrazada, con esa forma tan absurda de vestirse.

Desde luego, si se arreglase un poco, seguro que estaría mejor.

A veces me decepcionas, Megan.

¿Cómo le permites que se compre esa ropa tan vulgar?

Ayer por la noche había una amiga con ella.

Bien. Ella sí.

Debería aprender de los demás, ser lo bastante humilde para tomar ejemplo.

Bueno, esa chica, deberías verla.

Pelo rubio y largo, nariz respingona.

Ah, si yo pudiese escoger.

Ella sería una de las candidatas ideales.

A formar parte de mi puzle de la belleza, quiero decir.

Pero debo ceñirme a las instrucciones.

Y ni siquiera así acierto.

Pero cualquiera de estos días...

CAPÍTULO CUARENTA

VIERNES, 31 de octubre
1.30 horas
THE FLOG

¡Ké día! Si cuento todo lo que pasó, me tomaréis por una chiflada. Voy a resumir. Phoebe, nueva amiga. Ha pasado de las *mean girls* del colegio, se nos ha unido. Ya se ha arrepentido, diría. Demasiado flipados para miss-soy-la-más-guapa-de-dentro-y-de-fuera-del-colegio. Está embarazada. El supuesto papaíto no lo sabe. Mejor así, es un engreído de mucho cuidado.

Referéndum, *floggers*. ¿Phoebe debe seguir adelante con lo del *peque* o no? Yo estoy convencida de que sí. Os doy caña, ¿eh? Y respondedme diciéndome cómo podría salir de ésta. Sólo sugerencias inteligentes...

¡Y... 1!

Trent quiere enrollarse con Maya. Apoyo total. Hechos el uno para el otro. Pero un día terrible también para él. Un amigo suyo ha muerto, asesinado en un enfrentamiento entre bandas.

¡Iniciativa, *floggers*! Una flor contra la violencia. Contra la lógica de las bandas. Entrad en mi MySpace. He colgado una flor. Sólo aparece la corola. Ayudadme a darle forma. Será nuestro mandala (que sí, que ya os lo he explicado. El símbolo sagrado de los budistas) contra la destrucción de nuestros semejantes sacrificados a la diosa Violencia.

¡Y... 2!

Visión de sangre, cerebro despachurrado, John *in tilt*.

¡¡¡*Go* en MySpace!!!

¡Y... 3!

Discusión con John. Ya ha hecho el amor y me lo ha ocultado. Una petición, *floggerazas*. Enviadme un *mail* solidario contra-esos-arrogantes-pervertidos-jugadores-a-dos-bandas-capullos-embusteros. Sabéis de quién hablo, ¿¿¿a que sí??? ¡De los hombres!

¡Y... 4!

Ké día, ¿eh?, Estoy hecha polvo, chicos.

Mañana será otro día.

¡¡¡Viva *Lo que el viento se llevó*!!! ¡¡¡Viva Escarlata O'Hara!!!

☺☺☺☺☺☺☺☺☺☺☺☺☺☺☺☺☺☺☺☺

CAPÍTULO CUARENTA Y UNO

VIERNES, 31 de octubre
1.50 horas

Acurrucada en su cama-*king-size*-con-baldaquino-*oh-yes*, con las piernas cruzadas, una taza de manzanilla por toda compañía y «Boulevard of Broken Dreams» sonando en los auriculares del iPod, Maya leía *The Flog* con expresión de desagrado. Qué plasta, esa Flo. A veces era realmente insoportable. Con esas manías suyas de los referéndums y las peticiones y el compromiso. «Parece un residuo de otros tiempos», pensó Maya. Además, ella quería que su amiga estuviera en el chat. Odiaba aquel estúpido blog, al que nunca era capaz de acceder con algo inteligente que decir.

MAYA91: Flo, ¿estás ahí? Pasa de esa birria de blog. ¡Tengo que hablar contigo!

PHIPHI: Soy yo, ¿te sirvo?

MAYA91: Hola, Phoebe, ¿tú también estás en esta fiesta?

JOHN: «*Buy me a plastic ring and tell me that you love me...*».

MAYA91: ¿John?

JOHN: *Yeessssss*. He deskubierto el rap...

PHIPHI: Lo quiero muchísimO muchísimO muchísimO muchísimO muchísimO muchísimO muchísimO muchísimO muchísimO muchísimO muchísimO.

MAYA91: Phi, no quieras a nadie más. ¡NO DESPILFARRES TU CARIÑO!

FLOG: Chicos, cada vez resulta más complicado hacerse un lugar en el universo.

MAYA91: Flo, bienvenida entre nosotros.

FLOG: Vaya mierda de día.

JOHN: ¡¡¡Por suerte nos queda el Chelsea!!!

PHIPHI: Me gustaría ke td volviese a ser cm antes. Entre vosotros.

MAYA91: Phi, dulce-corazón-de-leche-y-miel.

JOHN: La locura no es más que otra forma de normalidad.

FLOG: «Mejor morir de pie que vivir arrodillado».

MAYA91: Ufff, qué aburrimiento. «*I walk a lonely road, the only one that I have ever known...*»

JOHN: ¿Xk las ovejas no se encogen cuando llueve? Maya, los Green Day... Vieeejoooooos.

MAYA91: Ya vale. Estoy hecha polvo. Esta noche, olvídame.

JOHN: «*Take me out tonight. Were there's music and there's people. And they're young and alive*». ¡*Oh, yes!* The Smiths.

MAYA91: Ésos, en cambio, sí que son nuevos...

JOHN: Mujer, «There is light that never goes out» será eternamente joven. ¡La canción más hermosa jamás escrita!

PHIPHI: Lloraré sola.

JOHN: ¿Dices que soy egocéntrico? Bueno, me parece obvio que es así.

FLOG: No sólo somos egocéntricos, también somos misántropos, lunáticos, inconformistas o gélidos o apasionados: insoportables, en resumen.

PHIPHI: Sin amor no se puede vivir.

MAYA91: Phoebe-bizcocho-y-*marron-glacé*.

FLOG: Si tengo un sueño, lo sigo. A cualquier precio.

JOHN: Apestas a flores.

FLOG: Más bien podridas.

JOHN: Más «hakuna matata» y menos estrés.

PHIPHI: Sois muy duros.

FLOG: Yo también estoy hasta la koronilla del estrés que reina entre nstrs. Me gustaría ke hubiera más amistad. Poder confiar.

MAYA91: Ok, Phi. ¿Ya lo has decidido?

PHIPHI: Mañana.

FLOG: ¿Mañana qué?

MAYA91: ¡Se lo diré!

JOHN: ¡Muy bien, bomboncito!

PHIPHI: Gracias, John.

FLOG: Estaremos allí.

PHIPHI: Gracias, Flo.

MAYA91: ¿Y ké le dirás?

PHIPHI: Que me voy a librar del problema.

MAYA91: ¿Cómo? ¿Así, de lo de la mamá perfecta, nada?

FLOG: ¡¡¡Maya!!!

MAYA91: Ok, ok, es que me había parecido que en un principio Phoebe tenía otras intenciones...

PHIPHI: Lo he estado pensando. No puedo. Sería el fin.

FLOG: ¿Sts segura?

PHIPHI: Sí.

FLOG: Piénsatelo.

PHIPHI: Lo he pensado, Flo. No puedo.

MAYA91: Tienes razón. Te arruina la vida.

FLOG: Maya, ¿quién te ha pedido tu opinión?

MAYA91: Ey, vete a la...

PHIPHI: La verdad es que aún estoy un poco indecisa.

FLOG: Piééénsaaaateeeelooooo.

JOHN: Qué bonito, ¿eh? Con diecisiete años, y ya parecemos sus tíos.

MAYA91: Y una mierda, bonito.

PHIPHI: Además, si me engordo, ¿dónde encontraré un padre para él?

FLOG: Pero después te adelgazas, Phi.

PHIPHI: Pero me cambiarán las formas. ¿Sabías que el pecho se te vuelve flácido? ¿Y que te pueden salir estrías? ¿¿¿Me imaginas con estrías???

FLOG: Oh, Phoebe.

MAYA91: Oohhhhh. Phoeeebeeee.

JOHN: ¿Sabéis quiénes son los más guapos de la Web?

FLOG: John, ahórranos la estupidez de la noche.

JOHN: Echa un vistazo a You Tube.

FLOG: Sííííí, mañana por la mañana.

JOHN: No sabes lo que te pierdes.

A regañadientes, Flo abrió una ventana y se conectó al sitio que John le había indicado.

FLOG: Oh, mierda. John, ¿es kosa tuya?

JOHN: No tengo nada ke ver, te lo juro.

FLOG: Pero ¿sabes kién ha sido?

MAYA91: ¿Xqué? ¿Ké pasa?

FLOG: Nada, Maya... Noches.

PHIPHI: ¿Qué es? Chicos, ¿qué es? Quiero verlo.

Phoebe abrió otra ventana al instante y se conectó a la dirección que había dicho John.

PHIPHI: Dios mío, estás akabada.

MAYA91: Perdona, ¿kién?

PHIPHI:...

Contrariada y con un punto de inquietud, Maya abrió otra ventana y se conectó a aquella página de You Tube.

En la ventana salía un vídeo. Resultaba un poco confuso, estaba claro que provenía de un móvil. Se oía un rumor de fondo. Aparecían encuadradas dos personas unidas en un abrazo. Entonces la cámara se aproximaba y encuadraba los rostros. No se veían muy bien, la verdad. Pero se intuían.

Maya empezó a sentirse muy incómoda.

La cámara se aproximó a las caras con el zoom, se recreó en los labios unidos y finalmente, cuando ambos se separaron, el objetivo también se alejó.

Maya hubiera querido romper a llorar. ¿Por qué precisamente esa noche?

Alguien había colgado el vídeo del rapidísimo beso que Trent le había dado en la fiesta de Stacy. ¡Cabrones! «Cabronaza», pensó Maya, segura de que Stacy era la responsable. Había sido ella, tenía la certeza, quien había orquestado aquella broma. Precisamente ese día. Y ahora ¿qué diría Trent? Y, en cualquier caso, ¿volvería a verlo?

No le apetecía volver a chatear.

Estaba a punto de salir del MSN, cuando vio la señal de un nuevo acceso.

XMAS: «Es la condición de ser mortales. Y de buscar más allá de la mortalidad».

Pero Maya no se sentía capaz de soportar las tenebrosidades de Trent, sus citas de lord Byron.

No en ese momento. Cerró la ventana del chat e inició el proceso de desconexión del ordenador.

El aviso de la llegada de un correo de entrada lanzó un destello. Demasiado cansada para atender el *spam* nocturno. Cerró el ordenador, lo dejó en el suelo, se echó el edredón por encima de la cabeza y se dispuso a dormir.

CAPÍTULO CUARENTA Y DOS

VIERNES, 31 de octubre
3.00 horas

Megan, encerrada en su estudio, no lograba despegarse del ordenador. La nueva información sobre Michael Gacy, el hecho de que fuese justamente él quien había asesinado a las chicas desaparecidas, no la dejaría dormir esa noche. Se había equivocado. Ella, la mejor, la más precisa, la infalible. No había comprendido a quién se estaba enfrentando. «Qué mierda», pensó.

El aviso de que había llegado un correo la distrajo de sus terribles pensamientos.

—Fox, ya está.

—Gimpo, por fin.

El *hacker* al que había encargado que interviniese el correo de Maya le subió la moral. Controlar la correspondencia de su hija le proporcionaba la tranquilizadora sensación de que no estaba completamente a merced de los acontecimientos.

No, no pensaba que Maya estuviese realmente en peligro. Michael Gacy no tenía ningún motivo para ir a por ella, pensó Megan con gesto contrariado. Maya no era perfecta. Era asimétrica. Con sus piernas demasiado largas y las caderas demasiado angulosas, y las facciones aún de niña, con la nariz ligeramente torcida. No, Maya no era una belleza. Al menos no en el sentido clásico.

«Por suerte», se dijo Megan.

—Ok, Gimpo. Dame las indicaciones. ¿Cómo puedo entrar?

—Yo ya te he avisado, doc. ¡ES ILEGAL! No quiero saber nada. Aunque se trate de tu niña. En cualquier caso, es toda tuya, doc. Teclea este enlace, así contactas con su proveedor. La contraseña es «Mayaaquarius».

—¿?

—¿Ok? Bien. Ahora ya estás dentro. Cuidado, doc. También puedes enviar un *mail* como si fueses ella. Pero si te responden, y Maya está conectada, también lo leerá. Y *boom*, mamita saltará por los aires, arrastrada por una onda expansiva de indignación adolescente.

—¿No se puede crear un sitio paralelo?

—Todo es posible...

—... Con la ayuda de Dios... ¡Gimpo, ponte las pilas!

—Es un follón, doc. Puedo *crackear* su ip. Y después la desconectamos. La aislamos, quiero decir.

—Perfecto, eso es lo que quiero. Así se evitarán problemas.

—No es tan simple. Mi consejo es el siguiente: déjalo correr. Observa, como una buena mamaíta, pero mantente fuera, ¿ok?

—Ok. Gracias, Gimpo.

De nada, *madame*.

Megan se entregó a la tarea con la que había fantaseado infinidad de veces: espiar a su hija. Entrar a escondidas en sus palabras, sus pensamientos, las imágenes que construían su vida y sus relaciones. «De acuerdo, no debería —pensó la mujer de leyes—. Pero en el fondo, es por una buena causa.»

«*Spam*, *spam*, *spam*. Flo. Matt, sí, éste es el finlandés del verano pasado. Maria. Y ésta es la italiana que también conoció en el campus de California. Trent. ¿Qué coño quiere de mi niña?» Megan abrió el correo.

«*Sorry*. Te quiero. Y ya no resisto más.»

Irritada, Megan clicó sobre el *link* que aparecía al fondo de la página.

Y vio cómo se abría una flor multicolor, que se convertía en una preciosa concha. «Bah —pensó Megan—. Inocuo, después de todo.»

Volvió a examinar la lista de los correos electrónicos. Todo normal. Se tranquilizó. Su inquietud estaba realmente fuera de lugar. «Tal vez —pensó— debería hacerle un poco más de caso a Lawrence. Y confiar en Maya.»

En ese momento el cursor emitió un destello.

Megan se concedió echar un último vistazo. «Un *spam*», pensó. Clicó de forma automática sobre el *mail*, por pura rutina. La ventana que se abrió indicaba un remitente, un tal Gonetoosoon. «Marketing —pensó Megan—. Siempre intentando pescarte por todos los medios. Incluso a los chiquillos.»

El *mail* notificaba que habían encendido una vela por Maya.

«Y además, son tontos —concluyó Megan—. «Le envían una felicitación de cumpleaños en el momento equivocado.» Alzó la vista al cielo en señal de contrariedad, pero decidió curiosear, así, sólo por reírse un rato.

La dirección era *www.gonetoosoon.co.uk.*

La página de inicio, con su fondo azul, presentaba un aspecto relajante. Pequeñas violetas de color índigo, salpicadas de amarillo, destacaban en una página destinada a explicar las intenciones del *site*. A la derecha, una serie de fotos. De chicos. Y algunas velas.

Megan se dio cuenta inmediatamente de que algo no andaba bien. Las candelas no eran velitas de tarta de cumpleaños. Eran lamparillas. Blancas. De esas que se ponen junto a las tumbas. Sostenidas por dos manos unidas.

A Megan comenzó a entrarle un sudor frío. Recorrió inquieta la columna de la derecha en busca de algo que al principio no había querido ver. Sin embargo, estaba allí. Clicó encima. «Maya Fox, diecisiete años», se leía en la inscripción. Se abrió una página y una música empezó a difundirse y a penetrar como un martillo al rojo vivo en la cabeza de Megan. Había un texto y una foto, desenfocada, tomada de noche. La música pertenecía a «With or without you», recordaba esa canción porque Maya se la cantaba siempre a Dave en el hospital. El texto decía: «*I love u so much ull neva b forgtn. jus remember every thing happens 4 a reason*».

La foto era de Maya. Megan estiró el cuello para ver mejor. Su instinto de criminóloga se estaba despertando. «Indicios, doctora Fox, indicios.» En cuanto dio con aquello que sospechaba, se quedó pálida. Bajo la camisa negra se apreciaba un corpiño. Verde hielo, como lo había descrito Maya cuando lo compró apenas dos días antes. Megan lo sabía.

Su corazón empezó a latir a la velocidad de la luz. Un velo de desesperación le entelaba la vista, pero siguió leyendo. Clicaba con rapidez, en busca de cualquier otro indicio. Quería saber. Debía saber. Descubrió mil historias tristes, las de esos chicos a los que les habían arrebatado la vida demasiado pronto. Aquella página, tal como se explicaba en la página de inicio, era un *memorial site*. Servía para homenajear a las personas que ya no estaban aquí. Cualquiera podía encender una vela por un amigo, un novio, un pariente.

«Un hijo», pensó Megan mientras sentía cómo se le desgarraba el corazón.

Entonces recordó que ya había oído hablar de gonetoosoon.com. En la comisaría. Dos agentes, encargados de investigar la proliferación de bandas, discutían sobre el tema. Gonetoosoon se había convertido en el sitio web que los chiquillos de las bandas utilizaban para colgar los recordatorios de sus amigos muertos en la calle.

Megan apagó el ordenador y escapó de aquella pesadilla. Era demasiado. Volvió a encenderlo. Tenía que verlo, llegar hasta el fondo del miedo para poder salir de él.

¿Quién podía haber encendido la vela por Maya? ¿Quién podía ser tan perverso?

Megan pensó en Trent, y reconstruyó con aprensión las pocas informaciones que tenía del chico. Todo provenía de aquella madre suya tan insoportable y del horrible ambiente que los rodeaba a ambos. Y pensó en Gacy. «No es su estilo —decidió la criminóloga, descartándolo—. Él es más directo. Esto resulta demasiado refinado.»

El ordenador salió del modo de hibernación y volvió a mostrar la página dedicada a Maya. Megan releyó el texto que había bajo la foto de su hija. No estaba firmado. En cualquier caso, muy pocas dedicatorias de aquellas páginas lo estaban. Demasiado comprometedor. Volvió a mirar la foto. Y entonces se le paró el corazón.

Mientras observaba la página, alguien, desde el infinito hiperespacio, estaba tecleando otro *post* para Maya. El texto aparecía en tiempo real. Como si fuese un *mail*, interpretó Megan en un último destello de lucidez. Pocas palabras: «¡Finalmente, ya estás kon papaíto!».

Megan cogió el teléfono y marcó el número con esfuerzo; la mano le temblaba, los ojos, nublados por las lágrimas, eran incapaces de enfocar nada.

—¡Gimpo! —se sorprendió gritándole al auricular—. Dime, rápido, qué cojones tengo que hacer para destruir un puto *mail*.

—¿Doc?

—¡RÁPIDO!

El *hacker* le dio las indicaciones a toda prisa. Ni siquiera intentó pedirle explicaciones; con el tono de su voz, la criminóloga le había dado a entender que de todos modos tampoco se las habría facilitado.

Megan limpió el correo de su hija. Ella no tendría acceso al horror que suponía su propia necrológica.

Después se desplomó sobre la silla y rompió a llorar.

CAPÍTULO CUARENTA Y TRES

VIERNES, 31 de octubre
4.00 horas

Maya no lograba conciliar el sueño. Lo había intentado. Había seguido todos los rituales indispensables: el edredón por encima de la cabeza, posición supina, las manos sobre la barriga, abrazando al viejo oso de peluche sin el cual nunca se dormía. Pero aquella noche, ni siquiera el viejo Babaloo sirvió de nada. Había seguido dando vueltas entre las sábanas, atormentada por el deseo de saber, de entender algo de todo aquel mar de nuevos acontecimientos que le estaban cayendo encima. Y puesto que no podía entrar en la cabeza de Trent para poder descifrar su comportamiento, decidió averiguar algo más acerca del misterio que había heredado de su padre.

De modo que, mientras Megan permanecía encerrada en su estudio tecleando como una posesa en su ordenador, Maya volvió a la habitación de sus padres. Cogió de nuevo el mapa que su padre había enriquecido con mensajes incomprensibles y se lo llevó a escondidas a su habitación. Amparada por la débil luz de una linterna, se dispuso a examinarlo de nuevo.

Una operación complicada, pues ella no sabía casi nada de astronomía. Entonces tuvo una iluminación. ¡Google! La búsqueda no iba a ser fácil. Había empezado por teclear «Popol Vuh», el nombre más extraño del mapa. Y de pronto aparecieron miles de páginas con las referencias más improbables. Incluso aparecía un absurdo grupo *new age*.

Maya perdió un montón de tiempo buscando las explicaciones más probables. Según una entrada de la Wikipedia, el «Popol Vuh» era una recopilación de mitos y leyendas procedentes de uno de los reinos mayas. «Otra vez los mayas», pensó. Y de nuevo Guatemala, la última etapa de los viajes de su padre. La ficha de la Wikipedia explicaba que un sacerdote llamado Francisco Ximénez había salvado el manuscrito original, traduciéndolo al castellano y permitiendo de ese modo que la obra perdurase. En la actualidad, el manuscrito se conservaba en la Biblioteca Newberry de Chicago, en Illinois.

«¡Qué rollo! Siempre las mismas historias», pensó Maya con fastidio.

Aburrida y un poco desilusionada, decidió apagar el ordenador y dejar de comerse el coco con los misterios de su padre. Antes de guardar las cosas en su sitio, quiso echarle un último vistazo al mapa. Siempre le había gustado mirar esa clase de imágenes, y que su mágico papá le explicase los misterios de las estrellas.

Dave solía llevarla a contemplar el cielo de noche, cuando estaban en su chalet de Berkshire. Se situaba tras su viejísimo telescopio, lo dirigía hacia el cinturón de Orión o hacia la constelación de Andrómeda y empezaba con sus explicaciones.

Maya suspiró. Lo echaba de menos, lo echaba tanto de menos... Aquella noche, más de lo habitual.

Volvió a desplegar el mapa, procurando estar muy atenta. Era uno de los pocos hallazgos que le quedaban relacionados con el trabajo de su padre. Un *post-it* escrito en color verde se desprendió del último pliego. Maya lo recogió y lo tuvo entre sus manos, abandonándose a la nostalgia de su padre, de su letra de trazo seguro. Estaba a punto de pegarlo nuevamente al mapa cuando notó un extraño garabato en la esquina inferior, una especie de pequeño dibujo, casi imperceptible. Maya aproximó la linterna. Sonrió en cuanto comprendió de qué se trataba.

11
111
1111
11111
111111
1111111

Un pasatiempo. Su pasatiempo.

En un vano intento por lograr que su hija se interesara por las matemáticas, de vez en cuando Dave le planteaba juegos con números.

—Maya, ven aquí en seguida —le decía con voz falsamente autoritaria—. Vamos, resuélvelo.

Al principio, ella se estrujaba el cerebro con aquellos rompecabezas; se esforzaba a tope para hacer feliz a su padre. Más adelante, bromeaba haciendo ver que rechazaba la propuesta. Odiaba los juegos matemáticos desde siempre, pero nunca se había atrevido a confesarlo. Nunca se hubiera permitido comprobar cómo la desilusión se traslucía en los ojos de Dave. Y por eso, con ese tono petulante que en ocasiones adoptan las niñas, haciendo gala de una gracia sublime, siempre le pedía aquella única construcción: la pirámide manca. Y es que era la única que había entendido. Había llegado a convertirse en su pasión, como una especie de ritual secreto.

Maya cogió papel y bolígrafo, y empezó a componer la otra mitad de la pirámide de forma automática.

Reprimió las lágrimas e intentó dejar paso a una sonrisa.

1 x 9 + 2 = 11
12 x 9 + 3 = 111
123 x 9 + 4 = 1111
1234 x 9 + 5 = 11111
12345 x 9 + 6 = 111111
123456 x 9 + 7 = 1111111

Una vez terminada la tarea, observó con satisfacción la pirámide. Y recordó las palabras de Dave:

—Las matemáticas siempre constituyen una sorpresa, pequeña Maya. En los números y en su arquitectura se oculta la belleza del universo. Una gran armonía de perfección. Igual que en la estructura de nuestras pirámides.

Pero pronto la satisfacción dio lugar a la duda. ¿Por qué su padre había señalado aquel juego en el mapa? ¿Se trataba de unos simples garabatos sin importancia? ¿O aquello también era un mensaje destinado a ella? ¿Y qué significaba? ¿Qué tenía que ver su pirámide numérica con toda aquella historia?

Maya vio la luz. ¡Resultaba obvio! Los mayas. Aquel pueblo al que su padre tanto adoraba había construido pirámides maravillosas. Ésa era la pista que debía seguir para descifrar los secretos de Dave, estaba segura de ello. Casi segura.

«O puede que me esté volviendo paranoica —pensó—. Además, si quería dejarme pistas, un mensaje, ¿al menos no podría haber sido un poco más claro?», se preguntó a sí misma, malhumorada y abatida. Se sentía absolutamente incapaz de comprender a su padre. ¿Por qué, por qué involucrarla en una historia que le venía grande, sembrando el camino de pistas indescifrables, sin proporcionarle ningún instrumento que le permitiese sacar algo en claro?

¿A qué juego había querido jugar su extravagante padre?

Un único pensamiento inquietante había seguido ocupando algunas neuronas tremendamente aisladas de su tremendamente cansado cerebro. Si había armado todo aquel tinglado, era porque temía que alguna mirada indeseada cayese sobre sus secretos.

En un último esfuerzo, decidió visitar la página web de su padre; hacía años que no la abría. A decir verdad, en el pasado también se había limitado a echar una rápida mirada, mientras esperaba a que se cargaran las páginas de otros *websites*. El ámbito de las investigaciones de su padre nunca le había interesado mucho.

Tecleó *www.daveandthestars.com*. La página que se abrió sólo contenía una foto. Su padre inclinado sobre el telescopio. El directorio remitía a una galería de imágenes y a otra de comentarios y correos. La lista de los estudios y publicaciones del doctor Dave Fox, reputado astrofísico de la Queen Mary, la Universidad de Londres. Y una sección de juegos matemáticos.

Maya empezó a clicar con rapidez. Entrar en el mundo virtual de su padre le producía una emoción tan intensa que no podía permitirse permanecer demasiado tiempo allí. Las fotos: él en el aula, mientras daba clase a sus alumnos. Su estudio, la casita amarilla y azul de Rosslyn Hill. En Estados Unidos, en el observatorio de Very Large Array, en Socorro, Nuevo México, uno de los más importantes del mundo. También había una foto suya. A los seis años, delante del telescopio. La leyenda: «Boquita de miel entre las estrellas».

Mientras examinaba la lista de publicaciones se había sentido por primera vez, aunque demasiado tarde, orgullosa de la trayectoria profesional de su padre, al que la comunidad científica internacional consideraba uno de los más prometedores talentos del mundo de la astrofísica.

Y entonces, ¿por qué se había dedicado a estudiar aquellos oscuros misterios?, se preguntaba Maya con el ceño fruncido.

Reparó en que alguien se había tomado la molestia de actualizar la página de su padre. Tal vez un estudiante.

Maya había dejado para el final la mejor sección de aquel sitio web: los juegos matemáticos. La abrió y sonrió al pensar en su padre colgando en la red sus malditos rompecabezas numéricos, relamiéndose al pensar en las dificultades con que habrían de toparse sus fans.

Algunos ya los conocía, aunque había otros que no había visto nunca. Como la historia del googol.

¿Qué es un googol? Es el siguiente número que un niño de preescolar escribió en la pizarra: 10000000000000000000000000000000000000000000000000000000000000000000000000000000000000000000000000000.

La definición de googol es: 1 seguido de cien ceros.

Aquel niño, sobrino del gran matemático Edward Kasner, propuso el nombre de googol para este número, y el de googolplex para un número todavía más grande, que se acordó que sería 1 seguido de un googol de ceros, o 10googol.

¡Del juego de aquel niño nació un número cuyas increíbles posibilidades combinatorias han hecho posible el nacimiento del archiconocido motor de búsqueda!

Maya leyó las ocurrencias de su padre y experimentó la sensación habitual, entre divertida y estupefacta. Siguió con la exploración. Y llegó, inevitablemente, a la pirámide manca.

Y ahora, queridos matemáticos, resolved esto. Adoro las pirámides, últimamente me estoy dedicando mucho a ellas. Y he preparado para vosotros el plato fuerte. Resolved el enigma: quien llegue obtendrá mi premio.

«Pero ¿qué está haciendo? —se dijo Maya—, ¿los pasatiempos tienen premio?» Intrigada, comenzó a teclear:

1 x 9 + 2 = 11
12 x 9 + 3 = 111
123 x 9 + 4 = 1111
1234 x 9 + 5 = 11111
12345 x 9 + 6 = 111111
123456 x 9 + 7 = 1111111

¡Bravo, quienquiera que seas! Casi le pareció estar oyendo la voz divertida y un poco socarrona de Dave.

Y ahora una pequeña adivinanza.

Una diapositiva mostró la pregunta final a través de un fundido: *El nombre de mi adorada.*

«Megan», tecleó Maya con timidez.

¡Has fallado, vuelve a intentarlo!

En la pantalla apareció la caricatura de un estúpido científico loco que daba brincos anunciando el error.

«Maya.»

¡Has fallado, vuelve a intentarlo!

Maya se esforzó. ¿Quién demonios podía ser esa criatura a la que adoraba su padre, aparte de ellas dos?

Una iluminación: la abuela.

«Joan.»

¡Has fallado, vuelve a intentarlo! Aún quedan dos oportunidades.

Una iluminación.

El *nickname*.

«Minimeg.»

¡Has fallado, vuelve a intentarlo! ¡Te queda un último intento!

«Boquita de miel», probó al azar, finalmente exasperada.

Te has tomado tu tiempo... deberás mejorar, pero ahora puedes seguir adelante.

Maya aceptó el desafío.

A esas alturas, tendría que jugar la partida hasta el final. No podía librarse de aquella maldita página. ¿Qué había en juego?, se preguntaba. La página que se abrió mostraba el dibujo completo de la pirámide numérica. Mediante una rudimentaria animación de Flash, una mano invisible empezó a rodear algunos números con un círculo. 9 9 6 1.

Y ahora, completa la secuencia.

Maya hubiera querido echarse a llorar. Ese tipo de pasatiempos nunca había sido su fuerte. A decir verdad, los detestaba por completo. «No puedo más, papi», se dijo, ya de mal humor. Pero siguió adelante. Y tecleó el 3, a voleo.

¡Has fallado! ¡Vuelve a intentarlo!

5.

¡Has fallado! ¡Vuelve a intentarlo!

7.

¡Has fallado! ¡Vuelve a intentarlo!

«Qué coñazo, papá», suspiró Maya, aunque sin decidirse a dejar el juego.

«2», probó una vez más.

¡Bien! Próximo paso. Misma secuencia: 9 9 6 1 2. Falta otro número. Sólo tienes una posibilidad. Si fallas, te será imposible acceder.

«Pero esto no tiene lógica», pensó Maya. ¿Qué clase de secuencia era ésa? Sin embargo, aquel rompecabezas la estaba atrapando; intuía que tras él se ocultaba algo importante. Algo que tenía que ver con los secretos de Dave y con la misión que le había encomendado. Así que echó el resto. Y comenzó ordenando aquellos números rebeldes.

1 2 6 9 9.

Nada. Calma total. Su cerebro no coordinaba.

2 1 6 9 9.

No, así menos.

«Suma. 1 + 2 = 3, que no está. Pero ¿qué clase de relación vincula a estos números?», se preguntaba exasperada. «¿Cuál es el puñetero número que falta?»; Maya empezó a perder su ya frágil paciencia. «Tengo que pensar», se repetía para tranquilizarse y recuperar la concentración. Volvió a ordenar aquellas cifras insensibles.

6 2 1 9 9.

«Entonces, esto...» Ahora veía con claridad qué número faltaba. Resultaba obvio. Era el 1. Porque Dave no había querido indicar una relación entre números, sino una fecha. El nacimiento de su hija. Un pequeño secreto, había muy pocos que lo supieran. Un modo de ahuyentar las miradas indiscretas.

6. 2. 1991.

Maya tecleó el 1, y con el corazón emocionado leyó las palabras que iban apareciendo. Las palabras de su padre, escritas para ella.

Tikal, 21 de enero. Hoy, don Miguel estaba inspirado. Puede que estemos acercándonos. Comienza a fiarse. Me ha explicado parte del secreto. Correcta. Mi hipótesis ha resultado correcta.

2012: inversión de los polos magnéticos, desaceleración del eje terrestre. Magnetismo global de la Tierra tendente a cero, aumento de la actividad solar, manchas y tormentas solares. Efectos: terremotos, maremotos, aumento huracanes, aumento temperatura terrestre. Ya registrado.

Hipótesis: zona franca de magnetismo cero. ¿Dónde?

Sin embargo, tras leer las primeras líneas, Maya empezó a inquietarse. El lenguaje críptico de su padre le resultaba incomprensible. ¿De qué estaba hablando?

Siguió leyendo.

Lo único que entendía, en medio de aquellos retazos de reflexiones y palabras, era la importancia de una fecha que se repetía una y otra vez. Siempre esa fecha. Y siempre parecía anunciar muertes y catástrofes. O grandes liberaciones.

Maya siguió leyendo.

Fuente: Popol Vuh, *libro sagrado de los mayas.*

Teoría: el secreto está en los símbolos y en los mensajeros. ¿Quiénes son los mensajeros? ¿Los chamanes? ¿Los iniciados? ¿Quién lleva la señal en su cuerpo? ¿Qué señal? Símbolos.

Estudio: símbolos mayas.

Investigación: posibilidad de conectar dos dimensiones, función mensajero, mundo material y mundo espiritual, sistema solar y Tierra, el manto terrestre y el universo. El más allá y el más acá. ¿Quién los conecta? ¿Dónde se conectarán? Lo único que sé es cuándo: 21-12-2012.

Maya se concentró para poder descifrar las palabras de Dave. Pero estaba cansada, le dolían los ojos. «¿Y ahora? —pensó, irritada con su padre—. ¿Y ahora, papá, quién va a explicarme de qué va todo este tinglado?»

A Maya lo que más le inquietaba no eran las negras previsiones para 2012, ni la imposibilidad de descifrar en profundidad los descubrimientos de su padre. Lo que la agitaba no eran las palabras, sino las minúsculas imágenes que Dave había pegado al final del texto, bajo el epígrafe «Símbolos mayas». Había una que la había alarmado especialmente.

Despacio, Maya fue levantándose el borde de la camiseta negra que usaba como pijama. Se miró la barriga. Volvió a taparse.

«No —se dijo a sí misma—. Esto no es posible.»

CAPÍTULO CUARENTA Y CUATRO

Londres, 31 de octubre de 2008

Meg, tú no me comprendes.

Lástima, dulce Meg.

Ahora ya soy un hombre libre.

Pero si me haces enfadar, me llevaré algo que te pertenece.

¿Adivinas a quién?

Oh, nooo, Meg, no me apetece coger a la palurda de tu hija.

Si no fueses tan rematadamente capulla...

Si comprendieses la poesía que encierra cuanto he construido.

Pero eres como el Maestro.

Siempre criticando.

Siempre juzgando.

MEGAN, YO NO ESTOY LOCO.

Lo sé, esta afirmación podría fulminar a la mejor criminóloga del reino.

Pero tanto da. Tienes que resignarte a ello.

Te has equivocado, doña perfecta.

Has confundido con locura mi absoluta lucidez.

Mi inteligencia superior.

Porque no puedes entenderme, ¿tan estúpida y arrogante eres?

Soy un maestro.

Deficiente, ignorante. Dios mío, cómo te odio a veces.

Sólo con que supieses comprender mi arte, te ahorrarías el tener que montar todo este tinglado.

¿Has visto los tanques, dulce Meg?

¿Has visto cómo los he dispuesto?

En semicírculo, mi orquesta ideal. Estamos interpretando la sinfonía de la belleza.

Ciertamente, el nitrógeno no es el mejor de los materiales. Las hiela, con aquella capa argéntea que las recubre. Parecen congeladas.

Lo están, en efecto.

Pero la transparencia de los tanques resulta perfecta, ¿eh, Meg?

Él también ha tenido que reconocerlo.

Cuando me habló del nitrógeno, ni siquiera se le había pasado por la cabeza lo de los tanques. Eso lo he maquinado yo.

Entonces se deshizo en elogios.

Ya, por entonces contaba siempre con la aprobación del Maestro.

Siempre me decía: «Son los demás quienes no te entienden, Michael. Eres especial. Y lo demostrarás».

Me hacía sentir seguro de mí mismo.

Y feliz.

Porque me juzgaba digno de llevar a cabo su misión.

Y entonces, ¿por qué coño ahora no hace más que maltratarme?

Dice que no le ofrezco los resultados que anda buscando.

¿Y yo qué culpa tengo?

¿Sabes lo que te digo, Meg?

Que se busque él solito lo que anda buscando. Si es que puede.

Yo soy un artista.

Bajo ningún concepto tenéis que interferir en mi trabajo.

Dime, Meg, ¿lo has visto?

El séptimo tanque, el que está vacío.

Éste también es obra mía.

El Maestro ni siquiera sabe cuál es su significado. Para él no es más que una prueba de la búsqueda final.

Pero yo tengo una meta más alta.

Siete.

Si puedo hacerlo, si me lo permite.

Y después me detendré.

¿Sabes cuántas veces aparece el número siete en el Apocalipsis de Juan?

Cincuenta y cuatro, piénsalo. Ni más ni menos que cincuenta y cuatro. Los siete sellos, las siete tumbas, las siete copas de la ira de Dios, las siete cabezas de la bestia...

El siete es un número único.

Perfecto, diría yo.

Está conectado con el ciclo de la vida y de la muerte.

Así pues, ¿lo has entendido, adorable Megan?

Estúpida, obstinada Megan.

Lo sé, no lo digas.

Te he impresionado.

Soy un maestro.

Ah, si la séptima fuese la adecuada.

Si pudiese detenerme a saborear la perfección del conjunto.

Es verdad, si fuese tu Maya, el conjunto no sería tan perfecto...

CAPÍTULO CUARENTA Y CINCO

VIERNES, 31 de octubre
6.30 horas

Ese día, Megan salió temprano. Tenía muchas cosas en las que pensar. Y otras tantas por resolver. Se dirigió al estudio de Dave. Quería examinar tranquilamente todos los documentos de su marido, los que aún seguían en aquellas malditas habitaciones. Tal vez se le había escapado alguna observación. Tal vez no se habían trasladado todos los papeles a la comisaría, como ella había pedido.

Cuando llegó al pequeño edificio de Rosslyn Hill, la luz matinal aún era pálida. Unos pocos transeúntes se entretenían en las elegantes pastelerías de la zona. Megan se detuvo ante la casa de paredes torcidas que Dave había elegido como cuartel general. Sonrió. Parecía la auténtica casita de chocolate.

Encajó la llave en la cerradura. Tenía una ligera sensación de pánico, no había puesto los pies allí desde junio de hacía tres años. La llave se resistía. Hubiera debido desprenderse de aquella casa, lo sabía. O cuando menos alquilarla. No tenía sentido mantener un apartamento, por muy extravagante y económico que resultase, en una zona que se estaba convirtiendo en una de las más caras de Londres.

Megan intentó forzar ligeramente la cerradura. Nada que hacer, la llave se atrancaba. Dio un paso atrás, desconsolada. Probablemente los años, la dejadez de Dave y el trabajo de la policía habían hecho un flaco servicio a las cerraduras de aquella casa.

«Volveré con un cerrajero —pensó—. Además, tal vez se trate de una señal. Sí, sin duda tendría que librarme de él.»

Un último vistazo a la casa. Y Megan se marchó. Sin volverse. Si lo hubiera hecho, tal vez habría distinguido un visillo, en el piso superior, ligeramente descorrido. Detrás, dos ojos ocultos bajo la capucha de un chándal que apenas dejaba libres algunos rizos rebeldes, seguían los pasos de Megan. Satisfechos de que la criminóloga no hubiese insistido en su insano propósito de volver a pisar el antiguo cuartel general de su marido.

Ex marido, pensó sonriente aquella silueta.

Cuando Megan llegó a la comisaría, el teniente Lawrence Garret ya estaba en su mesa. Delante de él, ocupando todo el espacio disponible, tenía esparcidas las fotos de las seis chicas víctimas de Gacy. «Presuntas víctimas», se obligó a decirse a sí mismo el teniente. «Vayamos despacio, aún no hay nada confirmado», se esforzó en repetir mentalmente.

—Garret, ¿hay novedades?

—Nada de nada. Llevo dos horas mirando las fotos de los tanques. No he sacado nada en claro. Quien haya tomado las imágenes ha tenido mucho cuidado de no dejar a la vista detalles significativos.

—Sabemos de quién se trata, ¿no? Michael Gacy. No me dirás que tienes dudas...

—Meg, no tenemos ninguna evidencia. No tenemos bastante con la palabra de un loco. Prefiero ser cauto, todas las chicas de este caso eran menores y no quiero problemas.

—No te olvides de que ya tenemos un problema.

—Más de uno, diría.

—Uno de los gordos, sin duda. Las fotos de Gacy, hummm, del sospechoso, mostraban un tanque vacío. Tanto si es Gacy como si no, alguien se prepara para volver a matar.

—Eso tampoco lo sabemos con certeza.

—Garret, por el amor de Dios. ¿Por qué remas a contracorriente?

—No remo en contra. Intento basarme en la evidencia de las pruebas, que aquí no existe. Sólo tenemos unas fotos que muestran cuerpos aparentemente congelados. No hay señales de lesiones, ningún indicio de muerte violenta, ninguna firma segura.

—Teniente, déjame hacer mi trabajo. He elaborado un perfil de Michael Gacy.

—¿Y...?

—Se corresponde, Lawrence. Es él, lo presiento.

—Meg, ya lo sé. Pero no es suficiente, por desgracia. Si queremos atraparlo, debemos buscar más pruebas. Aquí no tenemos casi nada. Es condenadamente astuto, ese hijo de puta.

—Pero sí tenemos una certeza. Estas chicas, estos cuerpos son reales.

—Sí, son ellas. Yo también estoy convencido. He revisado cada foto, chica por chica. Las he superpuesto a los perfiles de sus fotos y, no cabe duda, son...

—Joan, Phillys, Tracy, Susana, Henrietta, Amanda.

—¿Tienes que llamarlas por sus nombres? ¿No te parece ya bastante terrible así?

—¿Lawrence?

—¿Sí?

—No quiero que el séptimo nombre sea Maya.

—No quisiera tranquilizarte precipitadamente, Meg, pero no lo creo. Sólo sé una cosa segura de ese bastardo: es un maníaco. He realizado un pequeño ejercicio, he considerado primero el estatus de las víctimas.

—Muy bien, Garret. ¿Alguna relación con el asesino?

—Ninguna, al menos en apariencia.

—Por tanto, se trataría de víctimas indiscriminadas.

—Eso parece. Ningún vínculo entre ellas, ni con el sospechoso.

—Lo cual confirma que Gacy tiene otro plan. Típico del asesino en serie. Ataca siguiendo el plan que ha trazado, independientemente de los vínculos que pueda tener con las víctimas.

—En efecto. Por lo demás, hemos avanzado. Cuando examinamos las fechas de nacimiento, ¿recuerdas?

—Sí. Todas de 1991, todas Acuario.

—Así es, pero hay un elemento que aún no encaja. El de la belleza perfecta. Si Gacy, suponiendo que sea él, persigue la proporción áurea, ¿cómo logra calcularla en sus víctimas?

—No tengo ni idea. Posiblemente las siga.

—No es suficiente. No creo que la simple mirada, por muy obsesiva y escrutadora que pueda llegar a ser la de un psicópata, baste para establecer que una chica tiene las medidas perfectas.

—¿Las chicas tenían algo en común? ¿Frecuentaban los mismos lugares? ¿Amistades? ¿Gimnasio?

—Lo estamos comprobando, aunque por el momento parece que no. Entretanto, tendremos que partir de los datos que poseemos.

—Volvemos a las fechas de nacimiento, supongo.

—Exacto, He estado pensando en lo que dijimos ayer por la noche, y he intentado alinear las fechas exactas, en el orden en que fueron asesinadas las chicas. 15 de febrero de 1991; 25 de enero de 1991; 8 de febrero de 1991; 10 de febrero de 1991; 23 de enero de 1991; 9 de febrero de 1991. Quizá el nexo que las une es...

—Ok, te escucho.

—Sumémoslas.

—¿?

—Pongamos los números en fila. Mira esto. 1 + 5 + 2 y 1 + 9 + 9 + 1 = 8 y 20. Ahora, simplificamos y sumamos. 2 + 0 = 2 + 8 = 10 = 1.

—¿Y qué?

—Meg, procura seguirme. Concéntrate un instante, prueba con la segunda fecha.

—Garret, ¿es que tú también estás pirado? ¿Quieres decir que este caso no te está absorbiendo demasiado?

—¡Dios mío, Meg, inténtalo! Escucha un momento. 2 + 5 + 1 y, por lo general, aparece un 2 en cada año de nacimiento, 1991. Aquí también el resultado es 1.

—Empiezo a estar preocupada por tu salud mental, teniente.

—Megan, escucha. Para la tercera víctima tenemos 8 + 2 = 10, y el habitual 2 + 3. La cuarta, 1 + 0 + 2, sumada al año, da 5. ¿Me sigues, Megan?

—No lo sé. ¿Adónde quieres ir a parar? 1 1 3 5... ¿y qué más?

—Intenta pensar en la secuencia, ¿no te recuerda nada?

—¿Debería?

—Añadiéndole un dos, debería recordártelo, por desgracia...

—¡La secuencia de Fibonacci!

—Creo que se trata exactamente de eso, Megan. Puede que el modo de sumar los números cambie ligeramente, pero juraría que en todos los casos siempre nos conduce al mismo sitio.

—¡Pero es de locos! No se puede matar por unos números. Y, sea como sea, mi querido y cauteloso teniente, este razonamiento también nos conduce a Gacy y a su obsesión por Fibonacci.

—Sí, podríamos decir que sí. Aunque aún no podemos estar absolutamente seguros de que él sea el culpable.

—¿Y entonces, Maya?

—Entonces Maya no tiene nada que ver. O eso se deduce de la secuencia.

—Si es así, ¿por qué ha enviado aquel *mail*?

—En caso de que fuese Gacy, porque te odia. Lo pillaste, has interferido en su omnipotencia.

—Es probable. Y tiene sentido con relación a su perfil. Estoy perdiendo lucidez, Lawrence. No entiendo nada.

—Estás demasiado implicada, Meg... Además hay otra cosa, quisiera volver a casa de aquella médium. Ante esta falta casi absoluta de indicios sobre dónde y qué buscar, tal vez nos resulte de ayuda.

—Oh, no, Garret, eso no.

Pero Megan tenía que transigir. Era cierto, no sabían por dónde empezar a buscar, y ni el menor indicio en su poder podía serles de utilidad.

Sin embargo, cuando ella y el teniente llegaron a Ealing, a casa de Debbie Grave, aún no se le había pasado el mal humor.

Como de costumbre, la médium los recibió vestida con un desaliñado chándal. Como de costumbre, fue evasiva. Como de costumbre, la criminóloga tuvo la sensación de que aquella visita sería del todo inútil. Después de pedir que le contaran la historia con todo detalle, y de recabar toda la información posible acerca del sospechoso de asesinato, la médium concluyó lacónicamente, sin dar demasiadas esperanzas:

—Espero poder serles de ayuda —dijo—, pero albergo mis dudas. Últimamente estoy perdiendo facultades, al parecer los muertos ya no me aprecian. —Esbozó una sonrisa dirigida a Megan—. Además, no me dan muchos indicios con los que poder trabajar. Un nombre, ¿no tienen un nombre?

Megan fulminó con la mirada al teniente Garret, que estaba a punto de pronunciar el nombre del principal sospechoso. Era la única promesa que había logrado arrancarle: Gacy tendría que permanecer en la sombra. La médium tendría que trabajar con los nombres de las víctimas y con sus fotos. Que demostrase lo buena que era, tal como había hecho creer a aquellos memos de la comisaría.

—Querida señora, no dudo de la eficacia de sus prácticas —le dijo en un tono de afectada aprobación—. Es por eso por lo que le pedimos que nos ayude. Desgraciadamente no podemos difundir ninguna información hasta que la hayamos comprobado. Y, como usted comprenderá, esta investigación es muy delicada. Trabaje con las víctimas. Escuche sus voces. Creo que tienen mucho que contar. Con todo el horror que les ha sobrevenido.

Debbie Grave esbozó una sonrisa.

Cuando salían, Megan le dijo a Garret:

—No me convence. La verdad. No me acaba de caer bien. Esa mujer nos oculta algo.

Esa sensación aún se vio reforzada en mayor medida cuando, a la salida de la casa, Grave le tendió una mano húmeda y poco receptiva. La misma falta de receptividad que ella y Garret sintieron al unísono con respecto a aquel chico vestido de negro, con una mochila al hombro, mirada sombría y los cabellos desgreñados asomando por la capucha calada de una sudadera que le cubría los ojos.

Trent.

El mismo que se evaporó en cuanto interceptó los escrutadores ojos de Megan. Sin saludar. Sin ofrecer la mano. Sin curiosidad.

Garret percibió el malestar y la preocupación de su colega. La tomó del brazo, saludó apresuradamente a la médium y se llevó a Megan de allí.

CAPÍTULO CUARENTA Y SEIS

VIERNES, 31 de octubre
7.00 horas

Cuando te despiertas tras una noche de insomnio casi total, te duelen los huesos. Cuando te despiertas tras unas pocas horas de sueño que han resultado más agitadas que las horas de vigilia, te duelen los pensamientos.

Cuando Maya se levantó, aquella mañana del que sería el día más largo de su vida, estaba hecha polvo.

El recuerdo aún vívido del diario de su padre, descubierto *online*, la había estado atormentado hasta ese momento. En forma de pesadillas y de desvelos imprevistos. Se obligó a sacar la cabeza fuera del edredón lila y verde, se calzó los pies en las zapatillas chinas de color rojo fuego y se arrastró hasta el cuarto de baño. Una inoportuna e inevitable mirada al espejo. Impresentable. La melena, que a ella tanto le gustaba lucir lisa y brillante, le caía despeinada y sin forma sobre los hombros. «Qué porquería», pensó.

Inspeccionó sus brazos y piernas. Los pelos. No había tiempo para concederse el relax de la Silk-épil. «Me parece que ya es demasiado tarde, aunque venga Phoebe», pensó Maya. La Silk-épil era uno de sus ritos más relajantes y regeneradores. Al acabar se sentía tan lisa y suave...

Entonces volvió al rostro. Pálida. «Demasiado, hasta para mí», se reprochó. Sacó la lengua, reflejo condicionado de los cuidados maternos infantiles: «Enséñame la lengua, Maya, veamos si todo está en orden». También estaba opaca.

«Resulta agotador ponerse a digerir el mundo», pensó. Cogió el cepillo de dientes, desenroscó el tubo de dentífrico y dio comienzo al rito de la higiene personal para reintegrarse al mundo. Se desnudó para meterse en la ducha. Algunas mañanas, el agua sobre el cuerpo aún cálido tras salir de la cama le resultaba muy molesta. Tenía la sensación de que arrastraba por el desagüe aquella agradable sensación de intimidad nocturna. Además, esa mañana no tenía ningunas ganas de transitar el mundo. Y la sensación de violación aún resultaba más intensa.

Lo que más rabia le daba era tener que quitarse la camiseta, operación que dejaba para el final. Tenía la sensación de que se ponía al descubierto, cuando ante sus narices aparecían aquellos pechos que tanto la obsesionaban. Aunque al parecer a Trent le gustaban mucho, reconoció.

Pero aquel viernes tenía otro motivo para no querer quitarse la parte superior del pijama. «Sí, podría ser como esto», pensó mientras miraba con aprensión el dibujo que componían los lunares alrededor de su ombligo. Cuando era pequeña, aquellos pequeños puntos oscuros sólo le parecían un garabato, jugaba con su madre a inventarse extrañas pistas de aterrizaje para extraterrestres. Pero conforme fue creciendo, aquellas líneas adquirieron mayor definición. Y allí estaban. Terriblemente similares al dibujo que había descubierto en el diario de su padre.

Un velo de lágrimas le ensombreció el rostro. Echó un último vistazo a su vientre plano, al ombligo que apenas sobresalía, volvió a bajarse la camiseta, resopló, renunció a la ducha y se dirigió directamente a la cocina.

—No soy una predestinada, joder —trató de convencerse a sí misma mientras llegaba a la mesa del desayuno.

Ya perfectamente dispuesta, como todas las mañanas, y, como de costumbre, silenciosa. Taza grande, cuchara, leche —rigurosamente fría—, *corn-flakes*-sin-chocolate-porque-son-más-saludables, yogur-para-aumentar-tus-defensas-inmunitarias-niñita-mía-no-sabes-cuánto-lo-necesitas, una-chocolatina-para-endulzar-la-jornada-tesoro-te-quiero, y-naturalmente-fruta-Maya-por-favor-las-vitaminas. El mismo desayuno. Trescientas sesenta y cinco mañanas al año, los mismos putos alimentos para celebrar el inicio de un nuevo día.

Megan ya había salido. Y la cafetera fría indicaba que de ello hacía un buen rato.

Maya cogió la taza, que estaba del revés, y la enderezó. Otro tributo materno en su impar lucha contra el polvo, pensó con un gesto de fastidio mientras observaba el bol con forma de Minnie, que se remontaba a cuando ella tenía cinco años, y que Megan se obstinaba en seguir destinando al desayuno.

Debajo de la taza, una nota. Maya resopló. A veces, Megan la ponía de los nervios con su actitud de madre hiperprotectora.

«Conque una nota. Ahora hay que ponerse a leer», pensó Maya, contrariada, planteándose si la arrojaba directamente al cubo de la basura. Cuando su madre le dejaba una nota matutina, no era difícil adivinar su contenido. Porque Megan-*no-fantasy* sólo tenía dos líneas de comunicación:

Mensaje anti-sentimiento-de-culpa. Motivo: salida nocturna después de haber pasado todo el día fuera de casa o viaje imprevisto y no anunciado. En suma, ausencia materna. Texto: pequeña-amor-mío-la-cosa-más-importante-de-mi-vida-perdóname-pero-ya-sabes-mi-trabajo-que-en-cualquier-caso-no-es-tan-importante-como-tú-cuando-vuelva-saldremos-de-compras-tkmmmmm.

Mensaje conminatorio-anhelante de final de cuatrimestre. Motivo: inquietud por proyectar las capacidades maternas en su hija. Texto: Maya-tienes-que-esforzarte-estudia-por-favor-creo-que-últimamente-estás-un-poco-distraída-has-de-tener-en-cuenta-que-la-vida-exige-esfuerzo-y-no-todo-es-miel-sobre-hojuelas.

Maya suspiró, hizo una bola con el papel sin leerlo, mordió una galleta de chocolate y se puso en pie, dejando a propósito la mesa sin recoger.

Una vuelta rápida por la habitación, una mirada veloz al ordenador, antes de ir al instituto.

—El correo de ayer —se justificó a sí misma—. Aún no lo he leído.

Examinó a toda prisa la lista de la bandeja de entrada. Nada. Sólo inútiles *spam*. Estaba a punto de eliminar el último cuando su «asunto» le llamó la atención. Lo abrió. Un fondo rojo fuego mostraba un texto en letra gótica. Era la invitación a una fiesta. Rockabaret. Una de las fiestas más sonadas de Londres. En el Cobden Club. Maya se fijó en la dirección. Sí, ya le habían hablado de él: en Kensal Road, cerca de Westbourne Park.

«Demasiado lejos», pensó. Resultaría muy difícil convencer a los demás para que fueran allí.

Aun así, abrió el documento adjunto.

«Sólo para ti, Maya. Ésta será la noche de Halloween más inolvidable de tu vida.»

Maya buscó el remitente. No aparecía. Conservó la invitación porque le gustaba su diseño gráfico. Le pareció extraño que hubieran usado su dirección para una invitación personalizada. Muy pocos la conocían. Pero ya tenía demasiadas cosas en que pensar para preocuparse de aquel detalle.

Se encogió de hombros y se concedió otros cinco minutos en su portátil. La noche anterior había descargado la foto que había hecho por la tarde en Regent's Park. No era urgente, pero le gustaba controlar su trabajo. Sin embargo, aquella mañana iba justa de tiempo y pulsó la modalidad de visualización rápida. Sus ojos ya estaban acostumbrados a distinguir las mejores. Le bastaba con observar durante una fracción de segundo el encuadre y la luz para saber el resultado de conjunto y decidir si sería digno de acabar en su archivo de Flickr o si iría a parar a la papelera.

Maya no estaba satisfecha. Su objetivo del día anterior no se había cumplido. Todo gris, todo banal. Mientras recorría los fotogramas, una extraña sombra captó su atención. Resultaba apenas perceptible, y sólo aparecía en tres de las imágenes obtenidas en el Queen's Mary Garden.

Parecía una mano que se proyectaba desde detrás de un arbusto de flores color naranja. Maya se fijó con mayor atención. Aproximó la imagen con el zoom. Llegaría tarde al instituto. Volvió a pulsar el zoom. Los píxeles se descompusieron y la sombra adquirió unos contornos aún más difusos.

Maya restringió el campo, dirigió el cursor a la sombra e intentó fundir el resto de la imagen. Nada, no lograba saber de qué se trataba. Pero ya no disponía de más tiempo, tendría que volver sobre el tema por la tarde.

Con todo, aquella imagen despertaba su curiosidad, había en ella algo extraño. A Maya casi le parecía reconocer un gesto familiar. El puño girado con los nudillos hacia abajo, apretado, el pulgar superpuesto al índice, el meñique levantado: «Fuerza y amor», se oyó murmurar a sí misma. Era la señal que Dave le hacía cada vez que partía o regresaba de uno de sus viajes, cuando ella se asomaba a la ventana para un último saludo.

—Fantasías —suspiró—. La inevitable consecuencia de la mierda de noche que he pasado.

Y por si ello no fuese suficiente como inicio de la jornada, decidió infligirse un nuevo castigo. You Tube. Quién sabía si el vídeo de Trent y de ella estaría aún. Tenía que saberlo, antes de ir al colegio. Por si se daba el desafortunado caso de que él lo hubiese visto. Tenía que estar preparada.

Clicó. Allí estaba, ella y Trent en la maldita fiesta. ¡Qué desastre! El número de visitas registradas, más de ochocientas, evidenciaba que la noticia ya era del dominio público: toda el instituto lo sabía.

«Una estupenda forma de empezar la mañana, desde luego. ¿Y quién tendría ganas de enfrentarse al mundo hoy?», pensó desconsolada.

Siguió clicando. La curiosidad se había impuesto al temor a otras revelaciones.

Tecleó «Maya + London».

Aparecieron un matrimonio, un club con ese nombre y una cantante india.

—¿Y esto? —exclamó en voz alta.

El vídeo se titulaba simplemente «Maya4Halloween».

—¡Pero si ésta soy yo! —se sorprendió al observar su propia imagen fija, tomada en la mesa del Old Blue East la noche anterior.

La filmación era estática, duraba poquísimo, veinte segundos. Sólo se detenía en ella, de perfil, con el corpiño verde hielo, que aquella noche había lucido con orgullo.

—Qué vídeo tan idiota —se dijo—. E inútil.

Vete a saber quién habría perdido el tiempo colgando unas imágenes así. ¿John, para gastar una broma? ¿Algún fan de su mítico corpiño?... ¿Trent? Trató de concentrarse e intentó recordar con quién se había encontrado en el club la otra noche. Suspiró; en realidad, no le importaba lo más mínimo aquel mirón fetichista.

Se encogió de hombros y pasó a una nueva búsqueda. Tecleó el nombre de su instituto, para controlar si alguno de los presentes en la fiesta habría querido contribuir a aumentar su vergüenza.

Nada; lanzó un suspiro de alivio.

«¡Oh, Dios mío!, ¿cómo que nada?»

El título resultaba elocuente y desvelaba las intenciones de quienes, amparados en el anonimato, habían colgado aquello: *Ohhhhh, Phoeebeeeeee.*

Maya abrió la película con un terrible presentimiento, que habría de confirmarse inexorablemente.

En el vídeo, grabado en un cuarto de baño que parecía el *boudoir* de Barbie, y que según Maya debía de ser la *salle de bain* de Stacy, abarrotada de encajes y puntillas de color rosa, una semidesnuda Phoebe intentaba imitar a una danzarina del vientre sin la menor piedad. Encajada en el plato de la ducha, se contoneaba al son de la desagradable y discotequera música de «My heart goes boom», French Affair. «Puajjj», opinó Maya mentalmente.

Llevaba los pechos al aire, el tanga de encaje verde apenas le tapaba la raja del trasero y el vello púbico. Phoebe se agitaba de forma descoordinada, lanzando lánguidas miradas en un evidente estado de excitación.

«Pero ¿qué coño... ?» Maya intuyó que Phoebe estaba pasada de vueltas, en demostración de cuán demenciales podían llegar a ser las diversiones de las *mean girls*. Pero a la vez intuyó que para Phoebe «la traidora» aquella mañana iba a ser un infierno.

Stacy le había declarado la guerra abiertamente.

Y Phoebe iba a necesitarlos a ella, a Flo y a John.

Apagó el ordenador, cogió su bolso y salió a toda pisa.

CAPÍTULO CUARENTA Y SIETE

VIERNES, 31 de octubre
11.00 horas

Finalmente, a media mañana Megan ya había regresado a la comisaría. La visita a casa de Debbie Grave le había dejado una desagradable sensación en el cuerpo. Para librarse de ella, desplegó la lista de tareas de aquel día. Era una auténtica mujer-lista, y eso la complacía. Sus tablas sembraban de orden todas las superficies a las que Megan dirigía su mirada. El frigorífico de casa, los armarios de la cocina, la mesa de trabajo, el ordenador, el espejo del baño.

La lista casi siempre estaba escrita en un *post-it* amarillo, el original.

Megan no entendía por qué la gente no apreciaba esa necesidad suya de poner orden en su propia vida y en la de los demás, a base de compilar una lista con las cosas por hacer y con las prioridades. De ese modo lograba que no se le escapase nada. Sólo con que Maya lo hubiese entendido y no hubiese destruido las listas que ella le dejaba a modo de simple recordatorio encima de la cama o en el baño... Su hija era tan desordenada. Nunca llegaría a sentir, Megan así lo temía, el fantástico vértigo que produce cumplimentar la lista.

Megan confeccionaba listas para todo. Para los regalos a las amigas, para los compromisos laborales, para los viajes pendientes, los libros que había que comprar, las películas que había que ver, las visitas al médico y las tareas de Maya.

¿A santo de qué los demás creían que lo suyo era una obsesión? No la entendían, pensaba mientras sacudía la cabeza. Ni siquiera Garret, que no paraba de gastarle bromas al respecto.

De modo que, cuando estuvo en su mesa, se dedicó a confeccionar la lista del día:

Controlar el correo de Maya.

Controlar el contestador telefónico de casa.

Controlar que Maya haya desayunado.

Controlar que hoy acabe los deberes de matemáticas.

Telefonear a Susana para anular la cena de mañana.

Comprar pescado. Maya tiene que comer más proteínas.

Recordarle a Garret que vigile a Grave.

Llamar al cerrajero para la puerta del estudio de Dave.

Seguir examinando los papeles de Dave.

Llamar al doctor Morris, el especialista en anatomía patológica forense, para conocer el proceso de hibernación que practica Gacy.

Llamar al peluquero.

...

Empezó a efectuar sus comprobaciones con rapidez.

La casilla del correo de Maya estaba limpia. No había otros mensajes peligrosos. Sólo *spam*. E invitaciones para Halloween. Megan exhaló un suspiro de alivio.

Pasó al contestador automático de casa. Marcó el número, el código, y se dispuso a escuchar.

Primera llamada, recibida desde un número fijo: «Señora, acuérdese de pasar a retirar las nuevas tarjetas de crédito. Gracias». El banco.

Segunda llamada, recibida también desde un fijo: «Hola, Megan, soy Sylvia. ¿Hace un cine esta noche?». «Ni hablar —pensó—. Esta noche toca trabajar.»

Tercera llamada, recibida desde un móvil, número desconocido: «Meg, confía en mí. Estoy aquí, a tu lado. Ya lo sabes». Lawrence. Megan sonrió. El tímido teniente prefería declararse a distancia.

Cuarta llamada, recibida desde un número desconocido: «Hoy es 31 de octubre... ¡Velita! ¿Te ha gustado mi dedicatoria?».

A Megan se le heló la sangre en las venas.

Aquella voz estridente y en falsete no le decía nada.

Salvo una cosa.

Se puso en pie, cogió la chaqueta y se dirigió al despacho del teniente Lawrence Garret.

—¡Gaaaaaarreeeeet —empezó a gritar desde el pasillo—, tengo un problema muy, muy serio!

CAPÍTULO CUARENTA Y OCHO

VIERNES, 31 de octubre
8.00 horas

«Los que no pueden vencer han de resistir. Los que pueden vencer han de atacar. Resistir es un defecto. Atacar, un exceso.»

A lo largo del trayecto en metro camino del instituto, Maya no dejó de repetirse ni un momento la máxima de un viejo estratega chino, Sun Tzu, que más de dos mil años atrás había escrito el que habría de convertirse en el más célebre manual de guerra de la historia.

Aquella máxima se la había enseñado Dave. Para afrontar las situaciones complicadas. Y ésa lo era, una situación jodidamente complicada.

En el iPod sonaban los Good Charlotte, «Hey, Dad». Maya clicó sobre la rueda de control. «"Boys and Girls", más apropiado», pensó sonriendo.

La idea de que el vídeo de ella y de Trent ya fuese del dominio público la dejaba en un estado de absoluta postración. Pero en cuanto estuvo casi delante del instituto, se dio de cuenta de que aquella mañana su condena se aplazaría. Porque alguien iba a ocupar su puesto: Phoebe estaba mirando a Harry con lo que su madre hubiese definido como «una mirada de besugo». La boca abierta, los ojos desencajados, la barbilla apoyada sobre una mano lánguida.

Phoebe, sentada sobre la valla de piedra que había frente al instituto, no entendía lo que Harry le estaba diciendo.

—Phoebe, trata de comprenderme...

—...

—Mi posición es delicada.

—Pero Harry, tú me dijiste...

—Yo no te dije nada de nada.

—Me prometiste...

—¿Qué te prometí?

La voz de Harry no cuadraba para nada con su tipo: alto, rubio, hombros anchos, músculos modelados por décadas de pertenencia a una familia bien, hiperalimentada, y por las horas dedicadas a mejorarlos en el gimnasio, glúteos duros, bíceps torneados en su punto adecuado, pectorales de aspecto inmejorable. Y, sin embargo, tenía una vocecilla chillona que comenzaba a subir de tono y de decibelios en cuanto algo lo contrariaba.

Phoebe no escuchaba las palabras de Harry, escuchaba su voz.

—Me prometiste que dejarías a Stacy.

Logró decirlo como en un suspiro, de carrerilla y haciendo acopio del poquísimo valor que era capaz de reunir cada vez que se encontraba ante él.

—Phoebe, tesoro, ahora eso es del todo imposible. Dame tiempo. Ya lo sabes, Stacy es tan frágil... Si la dejo, tengo miedo de que cometa alguna locura.

—Pero tú me dijiste...

—Phoebe, cariño, ya verás como las cosas se arreglan. Sólo necesito un poco de tiempo.

—... me dijiste que si hacía el amor contigo, dejarías a Stacy.

—Mira, Phoebe, en la vida no siempre se puede tener lo que uno desea realmente, ¿sabes? Y aunque yo te desee a ti...

El tono agudo de Harry dejaba escapar alguna nota desafinada, pero Phoebe no se dio cuenta.

—Tengo que irme —dijo Phoebe—, debo entrar en clase.

Salió por piernas, incapaz de seguir soportando el temor que le producía constatar las mentiras de Harry. No era el momento, no entonces, de contarle lo del bebé. «Tal vez no esté preparado», razonaba Phoebe, cuando distinguió a Maya acercándose envuelta en una nube de pesimismo cósmico.

Fue a su encuentro, sin poder evitar observar que el atuendo de su nueva amiga se hallaba, una vez más, fuera de todo lugar. Falda negra amplia, de la que brotaba un horrible encaje de gusto rancio, y una camisa demasiado abundante en fruncidos y bullones. «¡Maya, Dios mío, el estilo pirata ya hace tres años que no se lleva!», pensó Phoebe sin llegar a verbalizar su desaprobación.

No era el momento. Dejó correr sus juicios sobre el vestuario de su amiga y fue hacia ella a buen paso, con la ayuda de sus impecables Bruges. En efecto, Phoebe no quería cometer errores en un día de tan vital importancia como aquél, así que se había calzado los zapatos estilo salón más célebres de Christian Louboutin: piel negra brillante, punta redonda, tacones del 11 recubiertos de corcho y suelas de color rojo. Inconfundibles. Había leído en *Vanity Fair* que Cristina Aguilera y Hillary Duff sentían debilidad por las Louboutin negras en lugar de las rojas, más populares.

El resto del vestuario que Phoebe había elegido como uniforme de combate para aquel día era sobrio-pero-elegante-el-adecuado-en-suma-para-estar-en-su-sitio-sin-llamar-la-atención: vaqueros ajustados Cheap Monday —«el *brand* más en boga entre las chicas *fashion*», tal como habían escrito acertadamente en *very cool*, su blog preferido—, suéter ligero azul Londres, abrigo estrecho de cintura estilo Coco.

—Maya, estoy aquí —dijo Phoebe agitando una mano, y provocando una mueca de fastidio en su reservadísima amiga.

Las dos chicas se saludaron apresuradamente, y tras intercambiarse una señal de complicidad se dirigieron a la entrada del colegio. Cien metros de acera, dos pisos de escaleras, diez metros de pasillo. Maya calculó el recorrido que quedaba hasta alcanzar el refugio seguro de la clase: algunos cientos de pasos en medio de las miradas guasonas de los otros chicos. Maya no estaba segura de lo que sabían, de lo que habían visto en You Tube. Suspiró, tiró de su nueva amiga y se dirigió a marcha rápida, muy rápida, hacia la clase.

—Pero ¿de qué se ríen? —preguntó Phoebe con recelo, refiriéndose a un grupito de chicos más pequeños que las estaban señalando.

—Hummm, Phoebe, después te lo explico. ¿Hoy no has entrado en You Tube?

—¿Esa tontería de sitio? Por supuesto que no. Nunca hay nada interesante. Nada sobre famosos, nada sobre moda, ¿qué pinto yo ahí?

—Ehhh, Phoebe... Mejor así.

En opinión de Maya, el hecho de que su amiga no supiese nada del vídeo que la retrataba como una bailarina erótica era positivo. Aquella mañana ya iba a ser bastante difícil para Phoebe.

—Phoebe, ¿has hablado con él?

—Sí, bueno, creo que sí.

—¿Qué significa «creo»? ¿Qué te ha dicho?

—Bueno, esto, que aún no puede dejar a Stacy...

—¡Phoebe! ¿Y tú le crees? Te está tomando el pelo. ¿Y de lo del bebé, le has dicho algo?

—Bueno, no hemos hablado de eso.

—...

—No, yo diría que no está preparado para oír...

—Phoebe, ¿es que eres idiota? Tienes que decírselo. ¡Ya!

—Ahora no puede ser. La Saunders está a punto de llegar.

—En el recreo.

—Ok.

—¿Me lo prometes?

—Bien, ya veremos.

—Prométemelo.

—Lo intentaré.

—Ok.

Las dos horas de la Saunders se hicieron eternas. Para Maya. Phoebe, en cambio, esperaba que no acabasen nunca, que el tiempo se detuviese, suspendido para siempre en aquella aula tranquilizadora, entre los tranquilizadores sonetos de Shakespeare. Sin embargo, sonó el timbre. Maya se puso en pie de un brinco y Flo se acercó a la silla de Phoebe.

Anclada en el pupitre, su amiga no tenía la menor intención de abandonar la clase para aventurarse en aguas enemigas. No ese día. Harry podía esperar.

—No, no puede esperar.

—La voz de Flo le llegó en forma de impetuoso y lejano eco. Phoebe sabía que sus nuevas amigas tenían razón, sabía que debería haberle dicho a Harry que estaba embarazada, pero no se sentía capaz. ¿Y si él se enfadaba? ¿Y si lo utilizaba como pretexto para abandonarla definitivamente?

—Ahora tengo que repasar los radicales —dijo, esperando contar con la misericordia de Flo—. No puedo hablar con Harry.

—Lo que vas a hacer es levantarte, ir a buscarlo y hablar con él. ¿Quieres afrontarlo todo tú sola? Y además, ¿por qué? ¿Por la cara bonita de ese petimetre-que-no-sé-quién-se-cree-que-es-cuando-no-es-más-que-un-niñato-malcriado-con-la-voz-de-falsete?

—Harry no es así —estalló Phoebe, al tiempo que se levantaba y aceptaba lo inevitable.

Llegó hasta la puerta del aula con aire circunspecto. Se asomó. Apenas echó un vistazo, protegida aún por la penumbra que creaba la puerta. Y esperó a que Harry dejase de jugar al novio perfecto con Stacy, en una apoteosis de manos entrelazándose y de miradas cruzándose. Hasta que Stacy se alejó contoneándose, acompañada de Liz, en dirección al baño.

«Tendrá que retocarse el maquillaje —pensó Phoebe, con un atisbo de maliciosa satisfacción—. Nunca ha sido capaz de aplicarse un *make-up* decente.»

Se armó de valor. Se observó los dedos perfectos, las uñas pintadas de color rosa pálido, cogió el bolso, lo abrió, sacó el espejito: un repaso veloz, todo está correcto. Sombra verde para destacar la tonalidad de sus ojos, máscara oscura, una sutil capa de abrillantador de labios, polvos para cubrir manchas extendidos de forma magistral. De buena gana Phoebe habría dejado transcurrir todo el tiempo del recreo entregada a repasar su impecable aspecto. Pero Maya y Flo, despiadadas, ya estaban azuzándola.

—Vamos, ahora está solo —le susurró Maya al oído.

—Muévete —le ordenó Flo.

Muy a su pesar, Phoebe se encaminó hacia Harry. Le pidió que le concediera un momento para hablarle. El chico, que a todas luces se veía en un apuro y cada vez se sentía más incómodo, al principio trató de resistirse. Pero se rindió ante el temor de que todo el mundo se enterase de sus manejos amorosos.

—Ok, Phoebe —le rezongó impaciente, arrastrándola fuera del instituto, hacia el Starbucks de la esquina—. Vámonos, medio colegio está aquí y no quiero que Stacy se entere de que estoy contigo.

Primera ducha de agua fría para Phoebe, que se enojó consigo misma. Se lo dijo sin respirar:

—Estoy embarazada, Harry. El hijo es tuyo.

El chico no lo entendió. Miró a aquella estúpida a la que había tenido la debilidad de cortejar, para probarse a sí mismo que estaba por encima de las expectativas de Stacy. Se sorprendió a sí mismo fantaseando sobre cómo sería vivir con Phoebe. Contrariado, se sacudió de encima aquel inoportuno pensamiento.

Entonces la incredulidad dejó espacio al terror. De caer en manos de aquella cretina, que le sonreía como una imbécil desde detrás de un insoportable vaso grande de Starbucks.

Aquella estúpida integral, que amenazaba con arruinar para siempre sus esperanzas y sus amistades.

Y se sorprendió a sí mismo pensando horrorizado en la reacción de Stacy. Y en la del padre de Stacy, poderoso abogado de la City, dispuesto a hipotecar el futuro de «sus dos chicos», como él los llamaba, prometiéndole a Harry un puesto de confianza en su bufete.

—Pero ¿qué coño estás diciendo?

—Estoy embarazada, lo has entendido perfectamente —le confirmó Phoebe con una tranquilidad de la cual ella era la primera sorprendida.

—¿Y a mí qué me cuentas?

—Pues que resulta que eres el padre.

—¿Y eso quién lo dice?

—Harry, te lo digo yo.

—Chssss. ¿Y yo cómo sé que es verdad? Todo el mundo sabe que te has tirado a medio instituto.

Haciendo acopio de una inmensa fuerza de voluntad, a la manera zen, Phoebe permaneció impasible.

—No tienes más que echar cuentas —respondió tranquilamente.

—Sí, pero ¿quién me garantiza que esos mismos días no lo hiciste con otro? Si no me equivoco, cuando te acostaste conmigo ya no eras virgen. Y tampoco tenías el menor problema en tirarte a mis compañeros de equipo...

—Eres un cabronazo —le espetó Phoebe, que a esas alturas ya había renunciado a cualquier sueño de amor—. Y un cobarde. El niño es tuyo, y yo debo decidir qué hacer.

—Perdona, ¿a qué te refieres?

—Adivínalo.

—Phoebe, no me estarás diciendo...

—Sí, «cariño»; te digo que aún no he decidido si tenerlo o no —le presionó ella—. Y tú me has de ayudar a pensarlo.

Consternado, Harry comprendió que no había elección. Aquella chica estaba esperando una respuesta. Y él tenía que ganar tiempo. Por una fracción de segundo, aunque sólo fuese un instante infinitesimal, imaginó a una criaturita en la barriga de Phoebe. «Su» criaturita. Alejó aquella idea, inoportuna e impensable.

—Phoebe, tesoro —le dijo con falsa dulzura, alargando una

mano para coger la de ella—. Perdóname, soy un idiota. Perdóname, es que me has pillado desprevenido. Yo, yo, bueno, estoy hecho polvo.

Por un momento, Phoebe se quedó pasmada ante aquel cambio de actitud, pero se adaptó rápidamente a la nueva versión de Harry.

—Lo sé, amor, no te preocupes. Te comprendo.

—Sí, bueno, verás. Es que... creo que... ante todo, no debemos comentarlo. Y no debemos hablarnos, al menos durante un tiempo, al menos delante de los demás.

Phoebe estaba consternada. Por el cambio de tono de Harry, se esperaba una rendición incondicional con un final romántico en toda regla. Y en cambio...

En cambio, Harry sólo estaba intentando sacársela de encima.

—Ahora bien, Phoebe. Yo puedo ayudarte. Buscamos un buen médico y que te lo saque cuanto antes.

—Pero Harry... —lloriqueó Phoebe.

—No, Phoebe, confía en mí, es lo mejor para todos, créeme.

—Pero aún no lo he decidido.

—Amor mío, aún no es el momento, de verdad, tal vez en un futuro... Ahora los dos nos arruinaríamos la vida.

Esperanza.

—Porque, fíjate, nada sucede por casualidad.

Reconocimiento.

—Y la historia que hemos tenido, para mí ha sido muy... Ha sido muy especial.

Regocijo.

Con alguna duda.

«¿Por qué usa el pasado?», pensó Phoebe.

—Pero ahora tenemos que ser fuertes.

Putada al canto.

—Y afrontar el futuro.

Putada asegurada.

—Tienes que abortar. Y nadie llegará a saberlo nunca.

Tremenda desilusión. Y miedo.

Harry acercó la silla, le acarició tímidamente el rostro. Y...

En ese momento, Phoebe vio con el rabillo del ojo a Stacy y a Liz, que se acercaban con intenciones belicosas. Harry se volvió, siguiendo el campo de visión de la mirada de Phoebe. Cuando recuperó su posición inicial, su bonita cara viril y arrogante había cambiado. Fea. Como su voz, que, empleando un registro algunos tonos por encima de la media, se alzó para pronunciar enfáticamente:

—Phoebe, no seas niña. Desde luego, estas actitudes tuyas resultan insoportablemente infantiles. Y, perdona que te lo diga, pero no deberías atiborrarte de comida basura. Con razón después lo vomitas todo...

Dicho lo cual, se marchó. Tuvo cuidado de no volverse, y de ir en la dirección opuesta a la que llevaba Stacy. Mientras se alejaba, se aclaró la voz y murmuró entre dientes, pero con los suficientes decibelios para poder ser escuchado:

—¡Vaya coñazo, estas niñas y sus traumas!

Phoebe tuvo la irrefutable sensación de que Harry había cambiado de voz con un solo propósito: que su novia le oyese.

—No sabía que también fueses bulímica, pobrecita Phoebe. Si sigues así, me temo que tendrás que renunciar a nuestras sesiones de baile. —Stacy se volvió y le guiñó un ojo a Liz.

—Y otra cosa, Phoebe, querida, hace tiempo que quería decírtelo. Tus ridículas amistades no te hacen ningún bien, ¿sabes? A fuerza de estar con esa medio *hippy* y con la otra payasita, estás perdiendo tus aptitudes para vestir. Tus Louboutin están definitivamente *out*. Ahora ya los lleva todo el mundo. Resulta tan vulgar. Qué lástima, Phoebe, te estás echando a perder. Quiero decir que en mi próxima fiesta le harás compañía a tu amiguita gótica: te quedarás en casa...

Stacy ya se había dado la vuelta. Había asestado sus puñaladas sin prever en ningún momento una posible réplica. Sin embargo, esta vez Phoebe decidió que había que decir la última palabra.

—Espera un momento, Stacy. Has llegado en el momento justo.

Hace mucho que quería darte esto. —Le pasó a su ex amiga un recorte de diario que ésta miró con recelo. Y con recelo lo abrió.

«¡Irremediablemente *trash*!»: el artículo, firmado por una divinidad del estilismo, una de las periodistas-gurú del gran circo de la moda, no dejaba lugar a dudas.

Con una sonrisa de complacencia, Phoebe alzó una ceja en señal de falsa comprensión hacia Stacy, e inmediatamente después desvió la vista hacia sus pies, donde unos inevitables Tory Burch con medallón de plata ceñían el 40 largo de la «más guapa del colegio».

En efecto, el juicio emitido en aquel artículo era inapelable. Los zapatos preferidos de Stacy ya se habían vuelto imponibles, habían quedado relegados al rango de una pasión pasajera, se habían caído del Paraíso hechos pedazos, destinados a convertirse en historia.

Stacy aguantó el envite.

Y cuando estaba a punto de abrir la boca, Phoebe se le adelantó.

—Qué lástima, Stacy, estás tan desfasada. Lástima que hayas perdido tu mágica capacidad para discernir lo que es realmente «estiloso». Aunque, claro, salta a la vista: me parece que últimamente no haces más que rodearte de personas absolutamente vulgares. Lo he oído comentar por ahí y, desde luego, lo mismo puede decirse de ese novio tuyo tan obsoleto, el tal Harry; no hay más que verlo, con esos músculos tan hinchados, con esa pinta de hombre duro de una sola pieza. Dios mío, Stacy, ¿es que no te has enterado de que el mundo está evolucionando? Qué lástima, necesitaba tanto creer en ti. Y en tu capacidad para guiarme. Qué quieres, todo cambia. Me entristece tanto pensar que he de buscarme una nueva guía. Pero ya sabes cómo es esto, Stacy, tú misma lo decías cuando aún eras la chica deslumbrante de quien guardo tan gratos recuerdos: si no eres capaz de estar en la cresta de la ola, es mejor morir ahogada.

Esta vez fue Phoebe quien se dio la vuelta.

Y quien dejó de piedra a Stacy y a Liz, que nunca hubieran creído a su ex amiga —a la que consideraban uno de esos seres lobotomizados— capaz de tal reacción.

Entretanto, Maya y Flo habían alcanzado a Phoebe. Y aprovechando que Stacy aún estaba al alcance de su voz, Maya la increpó en los siguientes términos:

—Una última cosa, Stacy. Vuelve a hacerlo otra vez, y serás tú la que acabe derechita en You Tube.

Mientras decía aquellas palabras, sacó su iPod, que acababa de utilizar para filmar en los lavabos del instituto la delirante sesión de retoque de maquillaje protagonizada por una Stacy muy enojada —incapaz de ocultar su frustración, acompañada de insultos a su padre, a su madre y a los profesores— ante la visión de su propia piel, demasiado grasa. Stacy lo había hecho todo ella solita, añadiendo un toque magistral como colofón. Había sacado unas minúsculas pinzas y, con gestos rápidos y furiosos, había comenzado a arrancarse un sinfín de pelos de la barbilla, así como del espacio existente entre su gran nariz y sus labios.

—*Oh, yes*, mira, «querida», he filmado enterita tu sesión de «barba y bigote».

Stacy le lanzó una mirada furiosa, y Maya remató:

—No es una amenaza, «tesoro». Pero presta atención a lo que te diré: retira inmediatamente esos vídeos, ya sabes a cuáles me refiero. O si no... —Y se volvió, moviendo el iPod con la mano alzada, mientras una enfurecida Stacy se consumía en la acera.

CAPÍTULO CUARENTA Y NUEVE

VIERNES, 31 de octubre
15.30 horas

Con el final de las clases comenzaba oficialmente el *weekend* de Halloween, el fin de semana de los espíritus y de las brujas, uno de los más divertidos del año.

A la salida, John se unió a Maya y a Flo.

—Ey, os habéis convertido en las heroínas del colegio.

—¿?

—Se ha corrido la voz de vuestro enfrentamiento con las *mean girls*. Stacy estaba en clase con los ojos hinchados y poniendo cara de muerta. Nunca la habíamos visto así. ¿Qué habéis tramado contra ella, mis maestras?

Las dos chicas rieron y fueron a buscar a Phoebe. Decidieron el programa de la noche. Antes que nada necesitaban efectuar una parada en el mercado de Camden. Objetivo: buscar la ropa para la fiesta más loca del año. Ocasión: el bautismo de Phoebe en los tenderetes más transgresores de Londres.

Cada uno de ellos, embargado por el entusiasmo de la fiesta, parecía haberse olvidado de sus respectivos problemas. Hasta Maya se olvidó un poco de la inquietud y el miedo que sentía desde hacía un tiempo. Desenvolvió su primera piruleta del día. Optó por una inédita, de chocolate y vainilla. Y entonces su mirada se topó con una figura alta y vestida de oscuro, que se destacaba en la acera frente al portal del instituto.

—Trent, ¿vienes con nosotros? ¿Por qué hoy no estabas en clase? —La voz alegre y ligera de John le dio la bienvenida a su amigo.

En cambio, Maya no estaba alegre en absoluto. Temía que la aparición de Trent obedeciese al resentimiento del chico por la aparición del vídeo en You Tube. Temor que le confirmó la mirada sombría e impenetrable de Trent, que no respondió a John, ni al gesto de saludo de Flo. Ni siquiera a la mirada curiosa de Phoebe. Cogió a Maya del brazo y le dijo con dureza:

—Tengo que hablar contigo.

Maya notó que su voz sonaba extraña. Imperiosa, como alterada por una sensación de peligro. Una voz que no admitía réplica.

También percibió otra cosa: en la parte del brazo que la sudadera arremangada hasta el codo dejaba al descubierto, se apreciaban algunos cortes. Raros, pensó Maya. Pequeños cortes regulares que se extendían por el antebrazo del chico. Le vino a la memoria que alguien le había hablado de ello. Seguramente su madre, en uno de sus monólogos protectores. Le parecía recordar una especie de conferencia sobre los ritos de admisión que las sectas exigen a los aspirantes, rituales iniciáticos relacionados con actos de autolesión. Como hacerse cortes, heridas o cosas por el estilo, creía haber oído. Y ahora Maya, asustada, miraba fijamente aquellos cortes, demasiado regulares para ser casuales. El día anterior, estaba segurísima de ello, no los tenía.

Trent se percató. Se miró el brazo y bajó la manga de la sudadera, tapándose los cortes.

—Se ha roto un cristal en mi habitación, me he cortado. —Incómodo, el chico cambió repentinamente el tono de su voz. Nunca se le había dado bien mentir. Ni comunicarse.

»Necesito hablar contigo, Maya, de verdad. Es importante. Más de lo que crees. Por favor, dame sólo diez minutos.

—*Time out*. No hay tiempo suplementario que valga. Tenemos que prepararnos para la noche —interrumpió Flo con impaciencia.

Tenía ganas de pasar un rato con su amiga, saber cómo estaba, comentar aquella mañana tan llena de novedades, ir a su adorada Primrose Bakery tras librarse de la presencia de los chicos. Miró a John, conminándolo con los ojos a que se llevara a su amigo con él. Pero John, como de costumbre, estaba distraído y no se movió.

Y Trent no soltaba la presa, sujetando con fuerza el brazo de Maya.

—Déjame, me haces daño —le espetó Maya, súbitamente atemorizada por la actitud de Trent. Intentó zafarse de aquella presión, pero él apretó con más fuerza.

»¡Te he dicho que me dejes! Trent, ¿se puede saber qué quieres?

Una sombra se deslizó por los ojos del muchacho.

Sólo fue un instante, que Maya aprovechó para recuperarse al tiempo que Flo lo increpaba, defendiendo a su amiga.

—Lárgate, Trent. ¿Lo has entendido? PÍRATE. Aquí no hay lugar para ti ni para tus movidas misteriosas. Si tienes algo que decirle a Maya, puedes hacerlo delante de nosotros. No nos das miedo, así que déjanos, déjala en paz.

Trent soltó de golpe a su presa, agachó la cabeza y se marchó. Pero Maya lo siguió con la mirada, pensativa. A pesar del miedo, quería comprender, quería ver con claridad. Y sabía que volvería a verlo.

CAPÍTULO CINCUENTA

Londres, 31 de octubre de 2008

Seré breve, Megan.

Porque ya ha llegado el momento de que te revele el secreto.

Sí, ya estamos, mi pequeña, dulce Megan. Ha llegado la hora.

Y tanta palabrería no sirve de nada.

Cuando se está en presencia del genio.

Son las 21.02, no dispongo de mucho tiempo.

Y dos... doctora... qué obsesivo llego a ser... Incluso registro los minutos y segundos del tiempo transcurrido.

¡Cretina!

¿Ves adónde te lleva tu presunción?

Esta noche.

Esta noche recibirás todas mis cartas.

Cuando la primera parte del trabajo esté acabada.

Por fin.

Las leerás una tras otra, por orden, lo sé.

Porque la obsesiva, digámoslo de una vez, eres tú.

Y empezarás a formular hipótesis. A hacer conjeturas. A elaborar perfiles.

Si es que eres capaz.

Si el dolor no te ha desgarrado.

Lo que te decía, minutos y segundos.

Eso es, leamos juntos, doctora.

No lo ves, ¿eh?

Eres un poco lerda, siempre lo he dicho.

Fíjate con qué me sales, ni siquiera eres capaz de descifrar una cosa tan simple.

Vamos, doctora, haz vibrar tus escasas neuronas.

Eso mismo, ¿lo ves? En mis cartas aparece una hora determinada.

Siempre las mismas cifras, ¿o es que no te has fijado?

0, 1, 2, 2.

Los números que componen la fecha perfecta: ¡2012!

Lo sé, soy un artista.

Y adoro la perfección.

El año fatal, es lo que trataba de explicarte.

Ni siquiera el Maestro ha alcanzado jamás tal grado de pureza, me juego lo que quieras.

De modo que son las 21.02.

Y ahora, permíteme que te lo describa.

Es justo que lo sepas. Porque no te dejaré poner un pie aquí. Al menos durante un buen tiempo.

O tal vez sí.

Ya veremos.

Quieres saber dónde estoy, ¿verdad?

Pues en medio de los tanques, hermosa Megan.

Entre mis tanques.

Mira, no fue fácil dar con este lugar. Necesitaba un sitio acogedor.

Silencioso.

Amplio.

No. Olvídalo. Aprende a hacer tu trabajo. No te diré en qué zona está.

Aunque, en efecto, ya lo habrás adivinado. Necesitaba una vieja nave industrial.

¿Y sabes cuántas hay en Londres?

Cerca del río, o en los viejos barrios industriales.

Caliente, caliente, pequeña Meg. Otro pequeño esfuerzo...

No, nada de oropeles. Soy un tío frugal. Esencial. Ya te habrás dado cuenta.

Tengo suficiente con mis tanques.

Con mi ordenador.

Algún libro.

Ah, esto es vida. Ojalá pudieras verme ahora.

Estoy seguro de que cambiarías la opinión que tienes de mí.

«Psicópata, sufre una esquizofrenia paranoide severa», ¿eso has escrito?

Claro que sí, estaba al corriente de tu diagnosis. ¿Qué pensabas? En la cárcel se acaba sabiendo todo. Incluso en ese colador que es Wandsworth.

Por suerte, eso pertenece al pasado, no hablemos más de ello.

Vamos, no me negarás que me admiras un poco, ¿eh? ¿Qué te cuesta?

Eso no te compromete a nada, doctora Fox.

O Store, ¿cómo prefieres que te llamen?

Más tarde, gilipollas, más tarde hablaremos de tu Dave.

Ahora déjame disfrutar del momento.

Ah, si pudieras verme.

Las chicas, ellas sí me ven. Las he distribuido en semicírculo, así también pueden oír.

Sí, las adoro. Ahora que están cristalizadas, son casi perfectas.

Casi.

Si ese maníaco del Maestro no me las hubiese hecho picadillo.

He tenido que arreglarlo como mejor he podido. Lo del maquillaje y las bases de color estaba completamente descartado. El nitrógeno los hubiese disuelto.

Por eso extraje pequeños fragmentos de piel de las zonas más ocultas y los suturé sobre las partes raspadas.

Un trabajo de artista, ya lo sé.

Por lo demás, realizado a toda prisa.

No me digas nada, Meg, por supuesto.

Las costuras son transparentes.

Ya lo sé, Meg, gracias.

Sí, valoro en mucho tu admiración.

Qué quieres, el genio no tiene precio.

¿A que ni siquiera parece que sean cadáveres?

Dios mío, cómo odio llamar a las chicas por ese nombre.

Tendrías que verlas ahora.

Más guapas que cuando estaban vivas.

De modo que yo estoy aquí, en el centro, y ellas están a mis espaldas, en el anfiteatro.

Ya veo que lo has entendido, pequeña listilla.

Espera, voy a darte una pista.

Cajas Magneplanar.

No sabes de qué te estoy hablando, ¿a que no?

Difusores isodinámicos.

No sabes de qué va, ¿a que no?

Criminóloga estúpida. Es el mejor sistema de altavoces acústicos del mundo. Te dejaré que los escuches. Tienes la sensación de estar en el centro de la música.

Y como todas las cosas hermosas, tienen un precio. Pero yo los conseguí en eBay por tan sólo 1.800 libras. Una auténtica ganga.

Siempre desde el anonimato.

A decir verdad, en eBay resulta muy fácil encontrar cualquier cosa, incluso nitrógeno líquido...

Ya vale.

Quiero decir que, con lo repelentilla que eres, seguro que nunca has comprado nada a través de eBay.

Mira que llegas a ser corta.

Y presuntuosa.

¿A que no adivinas qué estoy escuchando ahora?

No tienes ni idea de música, tontorrona, así que yo te orientaré.

Escucha, y estate atenta a mi selección, quizá aprendas algo.

En este momento, Bach.

El arte de la fuga.

Algunos Cantos Gregorianos.

A continuación, Mozart, la Primera Sinfonía.

Y Beethoven, con la Quinta.

Una degustación de Stravinsky, La consagración de la primavera.

Para llegar a Debussy, La mer.

Y a Béla Bartók: de entre sus obras, he escogido la Música para cuerdas, percusiones y celesta.

Sí, soy consciente de ello, tengo gustos refinados.

¿Te gusta la música clásica, pequeña Meg?

¿No?

Lo suponía.

Deberías cultivarte.

Si no fueses tan estúpidamente arrogante...

Y te dejases guiar.

Ahora bien, como de costumbre, he pensado en ti, animalillo. Y he añadido algún pasaje moderno.

Por así decirlo.

A mis chicas no les gusta este género.

Sí, efectivamente, es rock.

Aunque tiene algunos años. Es de tu época, para que me entiendas.

Genesis, «Firth of fifth».

Y Deep Purple, «Child in time».

¡Chisssttt!, voy a confesarte un secreto, Meg.

Esta música es especial.

¿Sabes por qué?

¿No?

Claro, nunca te enteras de nada.

Escucha, estúpida criminóloga, escucha, tengo tanto que enseñarte...

En las relaciones entre los intervalos, en los compases de estos fragmentos se cumple la proporción áurea.

En todos ellos. La marca de la perfección.

Y tú en la inopia...

Como de costumbre.

No acabo de hacerme a la idea de cuán corta puedes llegar a ser...

Muchos músicos se han basado en la secuencia de Fibonacci y en la proporción áurea para componer su música.

Sí, te lo explicaré.

Para empezar, has de saber que nuestro cerebro es capaz de captar las secuencias de Fibonacci a través de las ondas sonoras. Por ejemplo, ¿cómo hemos construido nuestros instrumentos musicales? Voy a mostrártelo, verás.

Dios, con qué generosidad derrocho mi sabiduría.

¿Dónde ibas a encontrar a otro como yo?

Tengo que decírtelo, Meg, eres una desagradecida de mucho cuidado.

Te estaba contando lo de los instrumentos. Fíjate en el piano.

Tenemos octavas de 8 teclas blancas y 5 negras, que abarcan 13 notas.

¿Lo ves? 1, 3, 5, 8. ¡Todos son números de Fibonacci!

¡Ah, la naturaleza, la perfección!

Me olvidaba.

El oído humano también se rige por las leyes de la proporción áurea.

¿A que no te habías dado cuenta?

Pero tú no prestas atención a estas cosas, ¿verdad, Megan?

Te importa una mierda la perfección de la naturaleza.

Pues te equivocas.

Una cosa más, perdona.

Una última pincelada de sabiduría.

¿Conoces los intervalos musicales?

Unísono = 1.

Octava = 2.

Quinta = 1,5.

Sexta mayor = 1,6666.

Sexta menor = 1,6.

¿Lo ves? ¿Empiezas a entenderlo?

Vamos, animalillo, hasta tú podrías llegar a comprenderlo.

Es la proporción áurea, es phi.

El sonido influye en la materia.

¿Y ahora qué me dices? ¿Lo sabías?

¿Qué me dices ahora?

¡No te imaginas cuán agotador resulta tener que tratar con ignorantes engreídos como tú!

Juraría que no te he convencido.

Me parece estar oyéndote: «¿Y las pruebas?

»Hacen falta pruebas...».

Dios mío, me pregunto cómo se puede llegar a ser tan arrogante.

¿Acaso hacen falta pruebas para demostrar la existencia de Dios, estúpida criminóloga de los cojones?

CAPÍTULO CINCUENTA Y UNO

VIERNES, 31 de octubre
16.10 horas

En cuanto llegó a casa, Maya se fue derecha a su habitación, ignorando los mensajes que su madre había dejado en el frigorífico, sus listas de tareas por hacer. «Cosa del estrés», pensó.

Encendió el ordenador y se conectó a You Tube.

Le apetecía algo ligero.

Y eligió los clips musicales de Pat y Stanley, el hipopótamo y el perro que se contoneaban al ritmo de «I will survive» o de «The lion sleeps tonight». Maya miraba una y otra vez las pequeñas sacudidas que daban los dos personajes, aquéllos eran unos de los poquísimos dibujos animados que la hacían reír. El hipopótamo gordo y cabreado y el perro bailarín, con dos pelucas de cantante negra en la cabeza, resultaban realmente irresistibles.

El sonido del teléfono trató de interrumpir el estribillo, que ella canturreaba acompañando el baile ejecutado por Pat y Stanley. No respondió, nunca lo hacía. Si alguien quería hablar con ella, tenía multitud de conexiones abiertas: su móvil, msn, su correo electrónico. Quien llamase a su casa no la buscaba a ella, así que resultaba inútil responder.

Por la insistencia de aquel sonido, dedujo resignada que esa vez no podría librarse. Y es que aquél era el tono imperioso de Perro Guardián Megan.

—¿Sí? —dijo, empleando el tono más afable que fue capaz de encontrar en su interior.

—Maya, ¿estás en casa?

—¿Y adónde me estás llamando, mamá?

—Ok, ok. ¿Va todo bien? ¿Qué haces hoy? ¿Tienes muchos deberes?

Megan en la versión pregunta-ráfaga-me-importa-un-bledo-la-respuesta.

—Sí.

—¿Sí, qué?

—Que sí, mamá, todo va bien.

—Ok, entonces, ¿hoy sales?

—Sí.

—¿Y adónde irás?

—Sí.

—¿Sí qué, Maya? ¿Me estás escuchando o estás pensando en tus cosas?

—Ufff, mamá, qué estresante eres.

—Ok, no quiero discutir. Escucha, llegaré un poco tarde.

—Vaya novedad.

—¿Qué?

—Nada.

—Ok, llegaré tarde, te estaba diciendo. Estamos investigando un caso complejo. Y no muy «simpático», por llamarlo de algún modo.

—¿«Estamos»? ¿Tú y tu superteniente?

—¡Maya! ¿Qué estás diciendo?

—Nada.

—Ah, eso. Te estaba diciendo que tratamos de resolver un caso muy feo. Por eso he de quedarme aquí, hay que hacer un último esfuerzo. En cualquier caso, por favor, escúchame: hoy es Halloween, hay un montón de gentuza rondando por ahí.

—Y todos con intención de raptarme, ¿a que sí?

—No te hagas la graciosa, señorita-sabelotodo. Ten cuidado y punto.

Megan finalizó la llamada colgándole el teléfono en las narices a su hija y a esa manía suya de provocarla a ultranza. A continuación volvió al despacho de Garret, al que había dejado en mitad de una importante reunión con el comisario jefe y con Gimpo, el *hacker*.

Tras escuchar la llamada con la voz distorsionada en el contestador automático, en la que se amenazaba a Maya sin ambages, Megan quería que también controlasen su teléfono. A decir verdad, su petición se hacía igualmente extensible al móvil de su hija. Petición aceptada, sus superiores se lo habían concedido, conscientes de que aquel par de pelmazos del teniente zen y la criminóloga puntillosa tenían entre manos algo realmente gordo.

Megan volvió con paso veloz al despacho de Garret, intentando disipar el cabreo que la conversación con Maya le había dejado en el cuerpo. Estaba decidida a confesar que también había hecho pinchar el correo electrónico de su hija. «Y me da lo mismo que sea ilegal —se dijo—, el peligro es demasiado evidente.»

Abrió la puerta de golpe al tiempo que decía:

—Garret, mira, he tenido que hacerl...

El resto de la frase se extinguió en su garganta. Pues el escenario había cambiado por completo con respecto al que había abandonado diez minutos antes. El comisario jefe se había ido, tras haber dado su bendición a cualquier control y grabación que ambos considerasen oportuno realizar.

—Sólo les pido que no vuelvan a tocarme los cojones —había murmurado mientras salía del despacho del teniente.

Gimpo volvía a estar refugiado en su ordenador, en un rincón, a la sombra. Indiferente a cuanto sucedía a su alrededor. Tecleaba febrilmente en el teclado de su portátil. Garret, en cambio, charlaba animado con una mujer que Megan no lograba ver, pues el cuerpo del teniente la ocultaba por completo. Del sillón giratorio sólo emergían dos piernas. Embutidas en unos pantis color rojo fuego que se introducían en unos zapatos de salón con vertiginosos tacones. Negros, de charol. «Qué vulgaridad», pensó Megan, sorprendida de sí misma.

Reaccionó estirando el cuello, a fin de averiguar quién era aquella rubia teñida que tan absorto tenía a Lawrence. Se aclaró la voz para llamar al orden al teniente. A «su» teniente. Garret levantó la vista, al tiempo que se incorporaba con expresión divertida.

—Cuánta bondad en una flor que se abre, y cuánta belleza en una flor que se marchita —dijo, citando una de sus habituales máximas zen mientras hacía girar la silla en dirección a Megan.

Falda roja demasiado corta, camisa blanca, chaquetilla roja oprimiendo un pecho generoso, labios demasiado rojos, pelo demasiado claro.

Megan no daba crédito a lo que estaba viendo cuando reconoció a Debbie Grave.

—Adelante, Debbie, cuéntale también a la doctora Fox lo que me estabas diciendo —intervino Garret con una sonrisa que, Megan no pudo por menos de notarlo, contenía un toque de irónica tomadura de pelo.

¿Debbie? ¿A qué estaba jugando Lawrence? Megan decidió tragarse su irritación. Por el momento. Si aquella mujer había descubierto algo, ésa podría ser la primera pista interesante del día para poder echarle el guante a Gacy. Y ése era un objetivo irrenunciable, razonó Megan. Más importante que sus celos.

—Buenos días, Megan.

—Buenos días —replicó Megan, tajante.

—Así pues, Debbie... —terció Garret, intentando facilitar el deshielo—; Debbie me estaba contando que tras observar las fotos de las chicas asesinadas, sintió alguna cosa.

—¿?

—No lo he sentido, lo he visto.

Megan permanecía atenta, por si captaba cualquier posible matiz de ficción en el tono de la voz y en las palabras de la médium.

—Esta mañana, después de que os fuerais, he dispuesto las fotos de las chicas formando un círculo en mi mesa redonda. Os confieso que me sentía incómoda. La idea de recibir al espíritu de una de aquellas pobres desgraciadas no me hacía ninguna gracia.

—Ése es su trabajo, diría yo... —Megan no pudo evitar una nota de acritud en sus palabras.

—Sí, pero dejar que me masacren no forma parte de mis atribuciones. Y sé que quien muere de una muerte violenta y prematura conserva vestigios de la misma. Su espíritu está imbuido por la violencia del momento final. Son entes desesperados y prepotentes. Cuando llegan, resulta muy difícil defenderse.

—¿Y entonces?

Megan empezaba a impacientarse.

—Tranquila, Fox —intervino el teniente—. Deja que Debbie se explique.

—De modo que he evitado adoptar una actitud receptora. Pero, puesto que había aceptado ayudaros, he intentado entrar en contacto, aunque tomando algunas precauciones. Me he guiado por las imágenes, buscando en las fotos de las chicas. Me dijisteis que en las imágenes que habíais recibido del asesino, los cuerpos estaban dispuestos en semicírculo, ¿no es así?

—En efecto.

—Bien, he distribuido a las chicas respetando esa composición, y he vivido uno de los episodios de *shining* más intensos de mi vida. Creo que no fue una de ellas quien me envió aquel resplandor, pues no había violencia, sino un amor infinito. No tengo ni idea de lo que eso pueda significar. No me habéis contado lo suficiente acerca de este caso —añadió la médium con cierta voluntad polémica.

—¿Y entonces?

—Entonces, teniente Garret, está clarísimo que ese ente intentaba proteger a alguien. A alguien en peligro.

—¿Y qué más ha visto, señora Grave?

El tono de Megan no admitía réplicas. Aquella mujer les estaba tomando el pelo, estaba convencida de ello.

—Oscuridad, noche, lluvia.

El tono de Debbie Grave se impregnó de inspiración. Megan y el teniente se miraron. Él apenas podía ocultar su odiosa mirada irónica. «La madre que te parió, Garret —pensó Megan—. ¿Qué pretendes?»

—A continuación una hoja, una hoja afilada —la médium proseguía con su confusa descripción—. Y después, después he visto sangre, mucha sangre. Una horripilante risa burlona, perversa. Una boca que se abría componiendo una mueca de horror. Y ya no he visto nada más.

—Nos ha dicho cosas más bien vagas, querida señora Grave.

A Megan no le apetecía ocultar su irritación. ¿Qué pretendía aquella mujer? ¿Por qué había ido hasta allí para contar una historia inexistente?

—Olvidaba algo —dijo la médium, más animada—. Había una valla publicitaria. Era extraña, en ella aparecía una mujer guapísima. Está claro que se trataba de un anuncio de cosmética, o de un champú...

—No divague, se lo ruego.

Garret también se estaba impacientando. Aquella mujer resultaba verdaderamente irritante. Había irrumpido allí, prometiendo vete a saber qué revelaciones. Y...

—¿Cree que la valla podría darnos alguna pista sobre el lugar donde se oculta el presunto asesino?

—No sabría decirlo. Sé que es un indicio importante. Mira, nada sucede por casualidad, en un *shining*, un resplandor. Todos los mensajes poseen un significado. Y descifrarlos es nuestro cometido.

—¿Y usted ha tratado de descifrar éste?

—La verdad es que sí. He buscado en la Web y en algunas revistas para ver si reconocía ese anuncio.

—¿Y...?

—Pues, mirad. Podría ser éste.

Debbie abrió su bolso rojo de imitación de cocodrilo y extrajo una hoja de papel cuché arrugada. El anunció de una firma muy conocida que elaboraba cremas hidratantes y regeneradoras. La foto reproducía en primer plano a una joven sonriente y radiante. El eslogan decía, perentorio: «¿Cuántos años aparento? ¿Treinta? ¿Veintiocho? Oh, no. *Sólo* tengo cuarenta y cinco. Vegan, la crema que elimina las arrugas de después de los cuarenta».

Megan reconoció aquel anuncio. La ciudad estaba tapizada de ellos, incluso había uno cerca de su casa.

—Gracias, señora Grave —escuchó a Garret despedirse de la médium.

—Después de todo, no os he resultado de gran ayuda.

—Imagínese —terció Megan—, no tenemos más que seguir el rastro de uno de los... ¿cuántos deben de ser? ¿Doscientos? ¿Más? ¿Cuántos carteles aparecen en una campaña de éxito? En cualquier caso, Debbie, no se preocupe. Simplemente se trata de poner patas arriba medio Londres, incluidos los suburbios, tras la pista de sus vallas.

El tono irónico resultaba evidente, así como su irritación.

Grave se levantó, le tendió una mano blanda y poco cordial. Se dio la vuelta y se marchó.

En cuanto salió de la comisaría, cogió el teléfono y marcó un número que, era consciente de ello, debía mantener en el más estricto secreto.

—Hola, soy yo.

—¿Y bien?

—No tienen nada sólido. Podéis seguir adelante. Pero, te lo ruego, no le hagas ningún daño.

—Lo hacemos por una buena causa, ya lo sabes.

—Ok.

—Puedes estar tranquila.

—Ok.

La médium abrió el paraguas para guarecerse de la lluvia que empezaba a caer inexorablemente. Aquella noche se esperaban tormentas y aguaceros.

Suspiró. Tal vez había logrado dejar a Trent fuera de aquella historia.

CAPÍTULO CINCUENTA Y DOS

VIERNES, 31 de octubre
16.45 horas

Sin dejar la conexión con You Tube, Maya tecleó algo inquieta su nombre y el de Phoebe.

—¡Síií! —exclamó.

Stacy debía de estar realmente atemorizada. El vídeo donde salían ella y Trent y el de la danza erótica de Phoebe habían desaparecido. *Yeahh*, ésa sí que era una buena noticia.

Tecleando a toda prisa, entró en el MSN.

MAYA91: ¡¡¡Ya estoy aquí!!!

JOHN: ¡Maya Lindaflor!

FLOG: ¡¡¡John, no empieces!!!

MAYA91: Una buena noticia.

JOHN: ??????? ☺

MAYA91: Las *means* han retirado los vídeos de You Tube.

FLOG: *Yeahhhhhhhhhhhhhhhhhhhhhhhhhhhhhh*.

PHIPHI: ☺ ☺ ☺ ☺ ☺ ☺ ☺ ☺

MAYA91: ¡¡¡No veas, ké día!!!

JOHN: Golpear a 1 para educar a 100. ¡Viva el presidente Mao!

FLOG: Harry se lo merecería.

PHIPHI: ¡¡¡Sola, mucho mejor solaaaaa!!!

JOHN: «*There is a thunder in your heart baby*».

FLOG: Pero tú no eres el relámpago de nadie. ¡¡¡Así que ya te estás largando!!!

JOHN: ¿De dónde?

FLOG: ¡¡¡De aquí!!! Sólo para chicassss...

JOHN: ¡¡¡Y una mierda voy a ser tuyo, *you smell*!!!

MAYA91: ¿Entonces, qué? De compras a Camden. Sólo para *ladies*. John, tendrás que resignarte.

JOHN: ¡Moriréis vírgenes!

FLOG: ¡¡¡CAPULLO!!!

Maya apagó el ordenador, fue al baño y se arregló para salir.

Abrió el último cajón de la cómoda color verde ácido con ruedas, de donde asomaban pasadores multicolores para el pelo, broches, lápices y perfiladores, compresas, cepillos, lacas de uñas y disolventes: en resumen, todo lo necesario para salir de casa.

Apenas había tenido tiempo de coger su rímel favorito, cuando empezó a sentir calor.

Un calor familiar, que se propagaba desde el centro del estómago, quizá un poco más arriba. «Desde el plexo solar», pensó. Aquel manojo de nervios situado justo encima del estómago, que regulaba la respiración.

Era un calor extremadamente intenso, algo distinto de las otras veces, pensó, y de repente notó que su respiración se volvía más rápida y más entrecortada. La cabeza empezó a darle vueltas de un modo que no le resultaba nada familiar.

«No, aún no he aprendido a recibir a Dave como es debido», pensó. «¿Y si no fuese Dave? ¿Y si otro intentase entrar a través de su puerta, ahora que ya estaba abierta?»

Maya notó una punzada en el estómago. Tenía miedo, debía pararlo; lo que le estaba sucediendo tenía que cesar de inmediato. Aquello no era su padre. Sentía que algo la estaba amenazando de cerca, demasiado cerca.

Intentó resistirse débilmente, pero no logró detener aquella pesada sensación de malestar que ahora ya la dominaba.

El miedo iba en aumento.

En su cuerpo estaba sucediendo algo que no era capaz de controlar.

Un sudor frío le perlaba la frente, respiraba con dificultad, sentía vértigos. Y aquella luz, aquella luz fortísima que parecía nacer de su estómago y cada vez se iba haciendo más intensa.

Maya intentó resistirse de nuevo. Quería escapar, retroceder, pero se sentía débil.

No había nada que hacer, alguien, o algo, quería entrar.

Lo sentía.

Y sabía que tendría que aceptar el desafío.

«Los que no pueden vencer deben resistir.»

Pero ella estaba a punto de sucumbir.

«Papá.»

«Papá, ayúdame», pensó.

«Papá.»

Maya apretó los puños mientras repetía la frase que su padre le había enseñado, las palabras de Sun Tzu.

Lentamente, tras un terrible esfuerzo, la luz comenzó a aclararse. La pesadez y la angustia se desvanecieron.

Maya sintió más calor todavía, y una extraña sensación acogedora. Ahora ya no tenía miedo. Le pareció sentirse como un cachorro acurrucándose en una cálida manta dentro de su cubil. Comodidad y protección.

Entonces sintió una ligera presión en la cabeza.

Se tocó el pelo, se pasó una mano por la nuca.

Nada, no había nada.

Pero ella la había sentido.

La caricia de Dave.

CAPÍTULO CINCUENTA Y TRES

VIERNES, 31 de octubre
17.30 horas

—No quiero hablar de ello, Flo. Déjame en paz, ¿vale?

—Vale, Maya, como quieras, pero tal vez te iría bien desahogarte.

—No, gracias.

Las dos amigas bajaron en la parada de metro de Camden Town. La lluvia, que había empezado a caer densa y persistentemente, no contribuía a mejorar el humor de Maya. Aún arrastraba aquella fastidiosa sensación de peligro que había percibido durante el *shining* de hacía un rato.

Sin embargo, olvidó el malestar y decidió obsequiarse con unas cuantas horas de alegría. La elección de los disfraces de Halloween entre los tenderetes de Camden Lock constituía una oportunidad ideal para distraerse.

Phoebe las esperaba delante de la tienda que le había indicado Maya: After Dark Fashions, Chalk Farm Road, 2, justo en el cruce con Camden High Street, el más grande emporio de ropa y accesorios góticos de la ciudad. Maya y Flo tomaron la calle que albergaba las tiendas más divertidas de todo Londres, famosas por la gigantescas esculturas de cartón piedra montadas encima de los escaparates, especificando el tipo de mercancía en venta: botas, sombreros de copa, guitarras y baterías. Phoebe estaba plantada ante una de ellas.

Perdida.

«Ha de resultar difícil convertir a una *fashionist* en una *gothic punk*», pensó Maya, divertida.

En efecto, Phoebe había tenido que hacer un gran esfuerzo para arrastrarse hasta Camden Town. Pero estaba allí, sonriente, en su nuevo papel.

—¡Finalmente! Os habéis tomado vuestro tiempo —les dijo a modo de bienvenida, emitiendo un gritito—. Por suerte, en esta calle no me han faltado cosas que hacer: chicas, no me habíais dicho que hay más sitios donde poder inmolarse a base de compras...

Maya sonrió.

Flo también.

¿Cómo hay que vestirse para la noche más loca del año?

Las tres amigas se pasaron las siguientes horas intentando decidir, entre los puestos del mercado de Camden y las tiendas de la zona, zambulléndose en las pilas de vestidos usados y de trajes de cortesana del siglo XVIII, de corsarias de Su Majestad, de vampiras y adoradoras del diablo, mezclados con los elaborados corsés de Raven, las resistentes botas DocMartens y las románticas levitas de Pop Soda.

Se probaron infinidad de camisas, metieron los pies en una cantidad interminable de zapatos, botas, tacones de aguja. Embutieron sus pechos y sus caderas en decenas de corsés.

Y pospusieron la decisión. Pues Maya quiso hacer una pausa antes de la elección definitiva de los vestidos para la noche.

—Sólo un momento —rogó persuasivamente a sus amigas.

El tiempo que se tardaba en ir a Rhythm Records, su tienda de discos favorita, la meta ineludible de sus incursiones en Camden, para recoger por fin el disco que había encargado: *Love will tear us apart*, Joy Division.

Maya juzgaba inevitable pasar por aquella tienda para encargar la banda sonora de su velada más importante. Pero no era la única que había tenido esa idea. Apenas acababa de entrar cuando su cerebro localizó una presencia. Oscura, apartada. Inmersa en la contemplación de vinilos de los ochenta, de los padres del *dark* y del *punk*.

La mirada del muchacho se iluminó en cuanto vio el disco de sus sueños: un clásico en estado puro, un álbum histórico, *Closer*, Joy Division.

Trent tarareaba con los labios cerrados ante la que había llegado a ser una de las cubiertas más controvertidas de la historia de la música: una estatua fúnebre que aullaba todo el dolor y el horror del acto final. Se pasaba el álbum de una mano a otra, no podía creer que por fin lo hubiese encontrado. Miró la contraportada, buscaba los créditos. Allí estaban. Se trataba realmente del *bootleg*, rarísimo, grabado durante el último concierto del grupo, el 2 de mayo de 1980 en el High Hall de Birmingham. El disco propiamente dicho aún tardó dos meses en salir. Trent acarició la lúgubre cubierta.

El disco llevaba la firma del líder del grupo, Ian Curtis, el artífice del éxito y de la desaparición de la banda, desmantelada a su muerte. Curtis, genial y epiléptico, no soportó seguir viviendo y, cuando aún no había cumplido los veinticuatro, se ahorcó, la noche del 18 de mayo de 1980: lo hallaron en la cocina, de rodillas, con un cable alrededor del cuello y el tocadiscos aún en funcionamiento. En el plato, *The Idiot*, de Iggy Pop.

Trent ahuyentó aquellos pensamientos, dejó de acariciar su álbum y se dirigió a la caja. Maya hizo un enérgico gesto con la mano para que Flo y Phoebe, que iban en dirección al chico, se detuvieran. Aún no había decidido si tenía ganas de pararse a hablar con él.

Por el momento, prefería observarlo.

Había algo que la inquietaba, una sensación que era incapaz de ignorar. Una vocecita silenciosa pero insistente que le aconsejaba estar alerta.

Ese día, Trent llevaba bajada la capucha de la inevitable sudadera negra. Eso hacía resaltar la palidez del muchacho, su pelo tan negro, sus ojos bicolores. Maya notó que el chico se había recortado el flequillo, sólo un poco. Lo justo para dejar la frente al descubierto.

Para evitar que el cabello, al caerle sobre los ojos, le granjease, además de las otras que ya poseía, la fama de ser un «emo doc».

Maya sonrió. Ante la vanidad y los temores del chico.

En ese momento la mirada de Trent se cruzó con la suya. Y, en un instante, la inquietud dejó paso a una sonrisa, dulce e incontrolable.

—Hola —saludó algo tímido, enseñando el disco de los Joy Division que acababa de comprar.

—Hola —le contestó Maya, mostrando el disco de los Joy Division que estaba a punto de comprar.

—Tú también por aquí.

—Yo también por aquí.

Trent le rozó la mano. Un toque ligero, y un profundo estremecimiento.

Flo y Phoebe estaban asistiendo a la escena, algo molestas por ser ignoradas de forma tan evidente.

—Hola, Trent —dijeron, interponiéndose.

Pero él no respondió. Aunque no por arrogancia. Ni siquiera las había oído, porque sus sentidos sólo sintonizaban las vibraciones que Maya le estaba enviando. El resto del mundo no le importaba. Trent no podía escuchar nada, porque estaba mirando a Maya. Embelesado, y triste.

Entonces decidió que tenía que arriesgarse. Le importaba una mierda lo que los demás, lo que Flo, John o Phoebe pudiesen pensar.

En un gesto imprevisto e imperioso, Trent cogió la mano de Maya. La izquierda, la mano izquierda. La acarició lentamente, procurando disimular el afecto instintivo que encerraba aquel gesto. Volvió la mano de la chica. Le puso la palma en alto y fue resiguiendo sus trazos y sus surcos: las líneas que revelaban el carácter y el futuro, según un arte ancestral de nombre impronunciable, que le habían transmitido sus antepasados.

La mano de Maya permanecía inmóvil bajo la de él. La chica ya se había resignado a las rarezas de Trent.

«Me la suda el peligro», pensó.

Y además, sentía curiosidad por conocer la respuesta a la lectura de su mano. Pero Trent no iba a dársela. Porque, con el rabillo del ojo, el chico vio al gran amigo de su madre dirigiéndose a la librería contigua.

Trent tiró de Maya, la sujetó de la mano que un instante antes sostenía con la promesa de revelarle la verdad sobre su futuro, y dijo a sus amigas:

—Fuera de aquí, chicas, esto está muy cargado.

Se dirigió hacia la salida de Rhythm Records, intentando arrastrar consigo a las tres chicas. Phoebe, sumisa a las indicaciones de Trent, abrió de par en par sus ojos hipermaquillados. Flo, irritada y recelosa, se mordió la lengua para no tener que criticar a un amigo de John, y lo siguió. Y Maya... Maya no se sentía muy bien.

«NO —gritaba en su fuero interno—. ¡BASTA! ¡AHORA NO!»

Pero el ente que había decidido ir a por ella no tenía intención de detenerse.

Maya empezó a sudar: primero fueron las manos, que quedaron empapadas, formando aureolas de humedad en las palmas y las yemas de los dedos. Al instante se soltó de Trent. Entonces le tocó el turno a su frente: una ligera película de humedad que poco a poco fue extendiéndose por la piel, hacia la nuca, el cuello, y también por el rostro, los labios, y alrededor de los ojos. El calor no dejaba de aumentar, como si le hubiesen encendido una estufa en la barriga.

Estaba completamente segura de que sus amigos se sentirían horrorizados ante la transformación que estaban presenciando. Pero no tuvo tiempo de sentir vergüenza, porque la cabeza empezó a darle vueltas, y si no llega a cogerse del brazo de Trent, se habría caído al suelo.

En ese instante la sintió.

Con toda claridad.

Esta vez, la caricia de Dave le rozó el rostro.

Tranquila, relajante, desterró aquella horrible sensación de pánico, e hizo que el miedo se esfumara.

Maya se recuperó un segundo antes de caer, pero no pudo evitar que sus amigos se sintiesen muy preocupados por ella.

—Otra vez, Maya, ¿vuelves a estar mal otra vez? —Notó que la voz de Flo estaba alterada, sin duda estaba demasiado agitada—. Ya te lo dije, tenías que habérmelo contado. ¿Y ahora qué hacemos?

—Nada —le decía Trent—. Que se siente, vamos, entremos aquí.

El chico alcanzó inmediatamente la puerta del Healtier Eating Café, el salón de té «bio» que servía el mejor café biológico de Londres. Y cuyo mostrador, con su característico aroma a naturaleza, exhibía una ingente cantidad de pastelillos y galletas de chocolate, todos con su correspondiente certificado *organic style*.

Trent acomodó a Maya en uno de los taburetes terriblemente incómodos, y le extendió las piernas acercándole otro taburete. Se acercó al mostrador. Phoebe lo seguía con la mirada, admirándose de la solicitud con que el chico estaba tratando a su nueva amiga. Flo, encantada con el lugar elegido, se estaba planteando aplazar, sólo por unas horas, las sospechas que albergaba con respecto a Trent.

Para saciar el apetito de las chicas, disipar sus recelos y, sobre todo, aliviar el malestar de Maya, Trent se había encomendado a una montaña de galletas de chocolate de cinco tipos distintos: chocolate y avellanas, chocolate y canela, chocolate y nueces con un baño de chocolate líquido, chocolate y coco, y chocolate negro. Que tomarían acompañadas de cuatro tazas de «delicioso té biológico al ginseng», un excitante natural que, así lo esperaba Trent, volvería a poner en circulación a la exhausta Maya.

—Os pido disculpas —se justificó, sobre todo para tranquilizar a Flo y no despertar demasiadas sospechas— por haberos sacado a rastras de la tienda de discos. He visto a una persona con la que no quería encontrarme. Y tampoco quería que vosotras os la encontrarais.

—¿?

—Así pues, ¿quién era? No te hagas el misterioso, señor siniestro —le exigió Flo.

—No hay ningún misterio —replicó Trent—. Se trata de Kyle

Zafth, el profesor Zafth, lo conocisteis ayer por la noche, ¿os acordáis? Estaba conmigo en el Old Blue East.

—Sí, es verdad. Estuvo tan encantador... —cacareó Phoebe, recordando los cumplidos que le había dedicado aquel hombre.

—Estaba entrando en la librería que hay frente a Rhythm Records, por eso os he sacado de allí a toda hostia. Es un tocacojones de campeonato y trae mal fario. Es muy amigo de mi madre, no sé si también son novios, nunca he podido averiguarlo. Una cosa es segura, la utiliza, se aprovecha de sus poderes, quiero decir... de su trabajo.

—Ya —intervino Flo—. Tu madre... ¿sabías que la conocemos?

Maya fulminó a su amiga. A veces, Flo parecía una estúpida integral.

«¿Sabías que la conooooceeemooosss? Claro que lo sabe, Nos lo encontramos la primera (y, por suerte, última) vez que tú me arrastraste hasta su casa...»

—Sí, ya lo sé —le respondió Trent, algo azorado—. Mi madre dice, hummm, asegura que tiene poderes extrasensoriales.

—Creo que los tiene realmente —respondió Maya con un hilo de voz—. Y no debe de resultar demasiado fácil para ella.

Trent se volvió hacia Maya en un gesto instintivo y tomó delicadamente su mano. Pero ella se echó atrás. «Ya basta de cosas raras —se dijo a sí misma—. Hoy no quiero saber nada de mi futuro.»

Pero Trent no pretendía leerle la mano. Sólo quería sentir la cálida palma de Maya, percibir su fuerza y su fragilidad, estrechar aquella mano a la que no era capaz de renunciar.

—Ya verás como todo vuelve a su sitio —le dijo—. Tranquilízate. No es más que Halloween, pasará...

—Ohhhhh, qué dulce es... —gorjeó Phoebe mientras sacaba un pañuelo de papel del bolso para enjugarse el peligroso inicio de unas lágrimas destruye-maquillaje.

—Ya... no es más que Halloween —reflexionó Maya en voz alta.

—Y aún tenemos que decidir a qué club iremos esta noche —intervino Flo.

—Mejor que no —dijo Trent en tono grave—. Creedme, esta noche es mejor no andar por ahí.

Las chicas lo ignoraron, hartas de malos rollos y presentimientos. Y se dirigieron hacia el metro, tras decidir que quedarían por teléfono.

Cuando Maya introdujo la llave en la cerradura de casa, percibió cierta incomodidad, una sensación que habría de ir en aumento.

Apenas le dio tiempo de subir la escalera a todo correr, cerrar la puerta a sus espaldas y meterse en la cama. Y entonces la invadió aquel inquietante calor contra el que había estado luchando todo el día. Pero ahora Maya no opuso la menor resistencia. Estaba demasiado cansada, demasiado exhausta para poder levantar barreras. Se rindió.

Ni siquiera sentía miedo, sólo estaba resignada.

El calor la invadía en oleadas, resultaba desagradable. Le envolvió la cabeza, los brazos, las piernas. La estrechó en una especie de abrazo que no tenía nada de acogedor.

Entonces, de golpe, desapareció.

Acurrucada en la cama, con las piernas flexionadas contra el pecho, Maya pudo relajarse por fin.

El tiempo justo para empezar a experimentar una nueva sensación. Mucho más potente. Una luz, en apariencia blanca, aunque no la percibía con la vista, estaba reemplazando el calor de antes. Se propagaba desde su estómago. Y ascendía.

La envolvió una inmensa sensación de paz. Maya se dejó llevar. Cerró los ojos y respiró profundamente.

Y la luz avanzó en círculos concéntricos por su cuerpo, alcanzando todas las zonas, hasta las más remotas terminaciones nerviosas, los pequeños capilares, cada una de las células que la mantenían con vida.

«Otra respiración», se dijo a sí misma, consciente de que tenía que sintonizar su ritmo corporal con lo que estaba aconteciendo.

Permanecía a la escucha. Y la voz habló.

«Boquita de miel, escucha. Algunas veces, la vida nos sitúa frente a una serie de pruebas. Pruebas duras y difíciles. Pero si lo hace, es porque somos capaces de afrontarlas. Tú eres especial, tesoro mío. Por eso puedo hablarte. Pero esta vez no podré estar aquí. Y tú tendrás que ser fuerte, prométemelo. No estarás sola, nunca estamos solos. Ahora hay un chico contigo. Confía en él, pequeña Maya.»

La luz se debilitó y desapareció.

Pero Maya se entretuvo un rato más en la cama. No se veía capaz de levantarse, y no dejaba de rondarle una duda: desagradable, inquietante, inoportuna.

¿Qué había querido decirle Dave?

CAPÍTULO CINCUENTA Y CUATRO

Londres, 31 de octubre de 2008

Mi pequeña y testaruda Megan, ¿aún sigues buscándome?

Crees que lograrás echarme el guante, ¿verdad?

Crees que lo lograrás a tiempo.

Sin embargo, tendrías que prestarme más atención y escucharme.

Tengo muchas cosas que decirte.

Adorable Megan, criminóloga de las pelotas.

Pero tú no me escuchas en absoluto.

Te crees que lo sabes todo, tú.

En este momento apostaría cualquier cosa a que ni siquiera te creerás las revelaciones que estoy a punto de hacerte.

Margaritas a los cerdos, como suele decirse.

Y tú tienes cierto aire de cerdita, en efecto. Últimamente te estás abandonando bastante.

Dios mío, casi no pude mirarte el otro día en Rosslyn Hill.

Bingobingo.

Sí que te vi.

Estaba tras los visillos de aquel estudio tan horrible del deficiente de tu marido. Ni siquiera te enteraste de que la cerradura estaba bloqueada desde dentro.

¿Qué habías ido a buscar, doctora?

¿Tal vez lo mismo que buscaba yo?

Caliente, caliente.

Te la he jugado.

Y te saqué delantera.

Aquí están.

Encontrados.

La otra vez, cuando estuve en el estudio del gilipollas, tuve que darme prisa. Tu Maya, tan fea y tan patosa, me estuvo tocando los cojones. De modo que tuve que interrumpir la búsqueda.

En cualquier caso, al final los he encontrado. Los documentos para el Maestro.

Y ahora procura concentrarte.

Porque vamos a hablar de conceptos difíciles.

Profundos.

Fundamentales. Para la historia de la humanidad.

¿Y tú qué vas a saber?

El Maestro, él sí que sabe del tema.

Eso es, el Maestro. Nadie tiene ni idea de quién es realmente.

Nadie lo conoce como yo.

Y los demás, bueno, somos unos cuantos.

Bastantes, a decir verdad.

En toda Inglaterra. Y en el resto de Europa. También hay algunos en Estados Unidos.

¡No te burles, cretina!

Procura tener un poco más de respeto.

¡O tu estupidez te perderá definitivamente!

No tenemos nada que ver con una de tus sectas de los cojones.

El Maestro posee facultades, y tuvo una revelación.

No te va servir de nada arrugar la nariz.

Él es el elegido.

A lo largo de la historia de la humanidad, sólo unos pocos iluminados han podido acceder a las fuentes del conocimiento: él es uno de ellos.

¿De quién ha recibido las revelaciones?

De sí mismo, de sus investigaciones, de sus facultades.

Y además estaba escrito. También lo dice una médium que trabaja con nosotros.

Todo está escrito, los muertos lo saben.

Así pues, el Maestro nos ha explicado que la fecha es 2012.

Es una larga historia, pequeña ignorante.

Está relacionada con el desplazamiento del eje terrestre. Y con el cambio de los polos magnéticos de la Tierra.

Chist, Meg, voy a confesarte algo. Esta parte no acabo de entenderla demasiado.

Pero me fío del Maestro.

Los antiguos textos sagrados de los mayas le revelaron la profecía.

Se trata de algo serio, qué rematadamente idiota demuestras ser al reírte.

Dios mío, ¿por qué he de perder el tiempo contigo, que no eres más que una deficiente y una arrogante de mierda?

Deberías estar a la altura de tu destino.

Ya lo ves. Soy bueno.

Y me obstino en darte explicaciones a ti.

Que no entiendes un pijo.

Así pues, intentaba decirte, hay razonamientos que tú jamás llegarías a comprender.

Se trata de calcular el movimiento de las estrellas y la inclinación del eje terrestre, los polos magnéticos, esas cosas que estudiaba tu maridito, en definitiva.

¡Y no me vengas con que este tema te la trae floja!

¿Sabes lo que todo esto representa para nosotros, los miserables seres humanos? ¿Sabías que esas señales están aquí desde hace tiempo, aunque no las comprendamos?

¿Sabías que la actividad del sol, las tempestades solares, se han multiplicado por diez en los últimos diez años?

¿Y qué me dices de los terremotos, cada vez más devastadores, que están asolando la Tierra?

¿Y los tsunamis?

¿Y los cataclismos que estamos sufriendo?

¿Y a ti sólo se te ocurre pensar en el calentamiento global?

¡Ilusa!

Como todos.

La Tierra está cambiando. Su magnetismo está cambiando. Está disminuyendo.

Si fueras capaz de entenderlo, si por un solo instante abandonases tu obtuso engreimiento, sabrías que todo responde a un orden divino. Incluso los movimientos de las estrellas están regidos por reglas perfectas, y esas reglas se corresponden con números.

Sí, mi ignorante criminóloga, lo has entendido bien. Otra vez Fibonacci.

Y de nuevo phi, *la proporción áurea.*

El número perfecto. La proporción divina.

Eso es lo que se oculta tras la profecía.

Y el Maestro lo sabe.

Porque él ha sido el destinatario de la revelación.

Hace unos años estuvo en Guatemala, y un chamán maya le impartió su bendición; era el último descendiente de aquel antiguo pueblo.

He visto las fotos, ¿qué te parece?

Los mayas lo consideran el último depositario de su secreto.

Y le han revelado que el 12 de diciembre de 2012 se cumplirá la profecía.

Por eso aquí nos estamos preparando.

Porque sabemos que la clave estará en las stargates, *las puertas estelares del conocimiento, las cancelas que finalmente abrirán las vías de comunicación entre los vivos y los muertos.*

«Las constelaciones pasan —dijo Jesús—; después de Aries, Piscis, y después vendrá Acuario. Entonces el hombre descubrirá que los muertos están vivos y que la muerte no existe.»

Los Evangelios Apócrifos, *me lo ha dicho él.*

A decir verdad, no he encontrado el pasaje exacto.

Lo he buscado, sin éxito.

Pero si él lo dice...

¿Y sabes cuándo empieza la era de Acuario? ¡El 21 de diciembre de 2012! ¡El año que dijeron los mayas!

Muy bien, tontita.

Ya veo que empiezas a aprender.

Le hablaré de ti al Maestro.

Quizá te acepte como uno de los nuestros.

No es nada fácil, ¿lo sabías?

No es nada fácil entrar en la organización del Maestro.

Has de tener cualidades: curiosidad, inteligencia, humildad, capacidad de sacrificio, altruismo.

Pero el premio es grande. Porque nosotros trabajamos por el bien de la humanidad.

Tú, ¿cuál de esas cualidades reúnes, doctora?

Bah, pobrecita.

No sé si estarás entre los Elegidos.

Bien, hablábamos de las puertas estelares. Contigo conviene ser preciso, es como si te estuviera oyendo.

«¿Y las prueeeeebaaaaas?»

Nada de pruebas, es una cuestión de fe.

Por encima de todo.

Porque, lo que son pruebas... hay tantas... ya lo creo que las hay.

Te voy a mencionar solamente una.

La historia de la Flor de la Vida.

Presta atención, capulla.

Estoy hablándote de cosas sagradas.

Cuánta paciencia he de tener contigo, Megan.

Ahora, deja de distraerte, parece como si te aburrieras, pedazo de estúpida...

¡Así que concéntrate!

Eso es, algunos lo llaman el sexto día del Génesis, porque se forma a partir de la rotación de seis círculos.

Hubo un tiempo en que todos sabían que este símbolo representa el esquema de la creación.

El modelo divino.

Contendría todas las informaciones sobre la vida y las leyes que la re-

gulan. Es un símbolo antiquísimo, cuyo origen se desconoce: se ha hallado en distintos pueblos y en épocas muy dispares.

Lo conocían los egipcios, los etruscos, los primeros cristianos, los chinos, los hebreos, que lo tallaron en el templo de Jerusalén.

En Roma, y en la basílica de San Clemente, por ejemplo. Aquí, en Londres, está en el Templo, el antiguo cuartel general de los Caballeros Templarios.

Su estructura es perfecta y... ¿no lo adivinas?

Contiene la proporción áurea.

Es uno de los símbolos que permite cruzar desde las otras dos dimensiones: por eso los antiguos alquimistas lo utilizaban para formar los sólidos.

Y eso no es todo. ¡Ah, cuánta poesía!

Los hombres han representado la Flor de la Vida por doquier, en forma de esculturas, en bajorrelieves, en las losas de los lugares sagrados. Incluso está inscrita en nuestras células.

Los hombres, te estaba diciendo.

No todos.

Algunos hombres, los más iluminados.

Como el Maestro.

Los sabios.

Como el Maestro.

La Flor de la Vida es el símbolo del tránsito entre distintas dimensiones.

Muy bien, veo que empiezas a comprender: sí, como ir del más acá al más allá.

Y ahora, tontita, vamos a recapitular.

Si hay un diseño detrás de lo que somos, también ha de existir el modo de descifrarlo.

Los pueblos de la antigüedad lo sabían.

Y también sabían que el esquema básico del universo, y de las criaturas que viven en él, estaba contenido en un símbolo.

Este símbolo permitía pasar de una dimensión a otra. Pero lo hemos sepultado, durante siglos de ignorancia.

Ahora se nos plantea un nuevo desafío.

Porque el 21 de diciembre de 2012 seremos convocados a una de las más grandes citas de nuestra mísera historia.

A algunos de nosotros se nos brindará la posibilidad de reconquistar el poder que encarna la Flor de la Vida.

Me refiero al poder de trascender las dimensiones.

De ir más allá de la vida y la muerte.

¿Ahora te das cuenta de lo ignorante que llegas a ser?

¿Y de lo estúpida?

¿E inepta?

¿E inútil?

¿Y de hasta qué punto me sacas de quicio?

¿Comprendes que se trata de una misión superior?

¿Y que nuestras miserables vidas no significan nada al lado de la tarea que nos espera?

Ni siquiera la de Daaaaave, tu querido Daaaaave.

O la de esas chicas hermosísimas, que se han inmolado para ofrecerme la posibilidad de cristalizar la perfección.

Y de aproximarme al secreto.

El 21 de diciembre se acaba el calendario maya, piensa en ello.

El tiempo se detendrá. Sólo un poco, y entonces volverá a discurrir de nuevo.

Ya lo sé, parecen fantasías.

Y, SIN EMBARGO, NO LO SON, imbécil.

Te pareces a esos científicos tan engreídos que arrugan la nariz ante las teorías del Maestro.

Ahora voy a retroceder un paso.

Para explicarte un fenómeno físico.

A lo mejor esto despertará tu curiosidad, ¿eh? Bien, presta atención.

La Tierra produce una pequeña resonancia electromagnética que nace de las ondas electromagnéticas que rodean su superficie. Se llama resonancia Schumann, en honor al científico que la descubrió. Es una especie de latido cardíaco del planeta. Esta resonancia se cuantifica en hertzios. Ahora bien, la frecuencia fundamental de dicha resonancia se mantuvo constante, 7,8/8 hertzios, hasta los años ochenta.

Y a partir de entonces empezó a aumentar.

Nadie sabe por qué.

Lo que sí se sabe, creo que gracias a las investigaciones del Maestro, es que la resonancia Schumann aumenta siguiendo el patrón de la secuencia de Fibonacci.

Oh, sí, querida, ¿has visto como ha vuelto a aparecer?

Fíjate cuántas cosas me ha enseñado el Maestro.

Y ahora escúchame, que ya falta poco.

Si la resonancia Schumann se rige realmente por los números de Fibonacci, pronto saltará a 13 hertzios. Es de suponer que a 13 hertzios, las vibraciones del magnetismo terrestre se elevarán, provocando fenómenos cuyas consecuencias se desconocen por completo. A ello hay que añadir que en ese momento el magnetismo de la Tierra tenderá a cero. Tontitaaaa, si desciende el magnetismo del planeta, eso querrá decir que la Tierra girará más despacio.

Nosotros creemos que entonces el tiempo se detendrá, en el momento en que los polos magnéticos de la Tierra se inviertan. En ese momento, estamos convencidos de ello, se abrirán las stargates*, las puertas estelares del conocimiento.*

Ése es el momento del que hablan todas las profecías: desde las indias a las cristianas y las del antiguo Egipto.

Según los mayas, el 21 de diciembre de 2012.

Tu Dave había descubierto que en la Tierra existen algunos lugares con magnetismo cero: sus chamanes le indicaron que los estudiara, porque son las zonas que propician el cambio. Por tanto, es lógico pensar que las puertas galácticas podrían abrirse precisamente allí.

Pero para poder estar seguros, habría que trazar un mapa.

Al Maestro se le ocurrió pedirle ayuda a tu Dave, después de leer un artículo sobre el fenómeno de la inversión de los polos magnéticos de la Tierra.

Le pareció que el doctor Fox podría resultarle de utilidad.

Pero aquel presuntuoso se pasó de la raya.

Se negó en redondo, lo que oyes.

Se le ofreció la posibilidad de entrar en la historia.

¿Y qué hace él? Se niega, despreciativo.

Será cretino.

Se merecía lo que le sucedió.

Porque a partir de ese momento el Maestro desconfió de él, y con razón.

Y me mandó que me encargara de él, que intentara hacerlo razonar, de inducirlo a que me contase lo que sabía.

El Maestro siempre me confía los trabajos delicados. Él me necesita.

Pero aquel miserable pordiosero de tu marido se me encaró, cuando estaba poniendo orden en sus trabajos.

Hay gente que debería morir joven.

Demasiado estúpida para vivir.

Perdona, nosotros le habríamos garantizado celebridad y fondos para financiar sus investigaciones.

Y así, ¿qué ha conseguido con su actitud?

Nada, tuve que sacarlo de en medio.

Y acabar casi peleado con el Maestro.

Dios mío, qué idiota.

Pero ahora el cuadro está completo. Con sus últimas investigaciones, que localicé el otro día, por fin está todo claro. Ahora sabemos qué símbolo debemos buscar.

Hasta el momento andábamos un poco a ciegas.

No, disculpa, me he dejado una parte.

Si no lo explico, como eres un poco estúpida, no entenderás nada de nada.

Así pues, tu Dave no era tonto del todo, desde luego. Además, sus chamanes le habían revelado que algunos mensajeros, unas criaturas muy particulares, habían preservado las señales, aquello que indica la posición de las puertas estelares.

No son seres predestinados.

Yo sí lo soy.

El mensaje, la señal, está escrito en su piel.

En la piel de una o más chicas con una característica: deben haber nacido en 1991, para tener veintiún años cumplidos en 2012.

Y deben haber nacido bajo el signo de Acuario.

Así está escrito en las antiguas profecías mayas.

¿Cómo dar con la chica adecuada?

El Maestro, que es un genio, tuvo una idea magnífica.

Puso en marcha un programa de prevención de tumores cutáneos entre la población más joven.

Con sus credenciales médicas y científicas, se granjeó elogios y una gran publicidad.

Y de ese modo empezó a examinar a las candidatas.

Por los estudios de tu Daaaave, sabemos que el chico/a ha de tener una serie de lunares similares al duodécimo signo de la simbología maya.

Y también ha de tener una cosa más: una línea, un punto que permita obtener el indicio definitivo.

De modo que el Maestro elaboraba una lista para mí, y yo iba a buscarlas.

A decir verdad, al principio él creía que sería suficiente con fotografiarlas. O dormirlas.

Estaba equivocado, ahora lo sabe.

Para poder examinar sus lunares como era debido, y poderlos superponer a los símbolos mayas, había que secuestrarlas, no quedaba otro camino.

Y de ese modo me ha hecho feliz. Porque he podido llevar adelante mi proyecto personal.

Te lo he explicado, ¿no es así?

Antes de meterlas en los tanques, él llegaba y seccionaba el trozo de piel en cuestión.

Y desfiguraba irremediablemente a mis bellezas.

Vaya putada.

Bueno, yo lo remedié.

Sin embargo, hasta el momento nuestra búsqueda ha sido en vano. Ninguna de las chicas raptadas era la correcta.

Por eso he vuelto al estudio de tu Dave. Y ahora, me parece, tengo la solución.

Pero ésta te la explicaré otro día, si eres capaz de escuchar.

Ahora estoy cansado.

Una cosa más.

Mi querida Meg, has de saber que las chicas que he secuestrado poseían otra adorable característica que he descubierto yo, examinando la lista que me proporcionaba el Maestro.

La fecha de nacimiento de algunas de ellas respondía con exactitud a la secuencia de Fibonacci.

Como mi madre.

De modo que eran perfectas.

Por eso he querido cristalizarlas.

Así, si alineas sus fechas de nacimiento, en el orden en que las secuestré, lo verás en seguida. Forman la secuencia de Fibonacci. Casi. Se da un pequeñísimo salto, con ese 2, que no he logrado resolver.

No tiene importancia.

¿A que soy un mago, eh?

Dilo, ¿verdad que estás un poco orgullosa de tu Mike?

¡Dilo, capulla!

Que soy superior.

Aunque tal vez tu obstinación se deba a que estás preocupada, dulce Megan.

¿Es por tu Maya?

¿Por esa pequeña sin garbo?

¿Crees que podría raptarla?

Tu dulce de miel no tiene lo que ando buscando.

Es fea, ya lo sabemos.

Y además, fíjate, ya te lo he explicado: 6 de febrero de 1991.

¿Lo ves?

6 + 2 = 8 1 + 9 + 9 + 1 = 20.

8 + 2 + 0 = 10 = 1.

1. O bien 10, depende de cómo contemos.

Y he llegado al 13.

Dios mío, podría empezar la secuencia desde el principio.

¿Me estás escuchando, coño?

Existe un poder que está más allá de nuestras míseras existencias de seres humanos.

Un gran poder.

¿Alguna vez te has preguntado por qué los hombres aspiran desde siempre a lo divino?

Porque el concepto de Dios se encuentra en nuestros genes.

El Maestro lo sabe, él ha estudiado el ADN.

Y éste se lo ha dicho, claro como el agua.

Existe una vía para entrar en contacto con el poder supremo. Con la revelación última, la posibilidad de controlar la vida más allá de la muerte.

¿Has entendido por qué debo matar?

No soy un psicópata esquizofrénico de los cojones, criminóloga idiota.

Soy un ser predestinado.

Y la hora se acerca.

¿Sabes qué te digo, Megan la presuntuosa?

Que, de momento, voy a secuestrar a tu hija.

Así aprenderás, imbécil.

CAPÍTULO CINCUENTA Y CINCO

VIERNES, 31 de octubre
20.15 horas

Maya apartó la cortina de la habitación. Oscuridad. Y lluvia. «Qué asco», pensó.

Marcó el número del móvil de su madre y, por una vez, la tranquilizó.

—Esta noche no salimos, hemos decidido ir a ver una película a casa de Flo.

Megan respiró aliviada. La idea de Maya yendo por las calles la noche de Halloween no la habría dejado nada tranquila, pero se abstuvo de hacer enfadar a su hija recalcándoselo.

Maya colgó el teléfono. Estaba irritada. Aún más. Estaba furiosa.

—¡Es Halloween, y tenemos que quedarnos encerradas en casa! —se dijo.

Al final todos se habían dejado influir por la recomendación de Trent, y puesto que no tenían otras alternativas para pasar aquella noche, habían optado por la pizza-más-película en casa de Flo. Con padres tocando las narices y hermanas revoloteando por todas partes.

—Es absurdo —exclamó Maya, cuya irritación seguía creciendo—. Qué coñazo.

Estaba a punto de arrojar la colcha al suelo de rabia cuando un calor imprevisto y violento le atenazó la boca del estómago.

«Vaya, lo que me faltaba...», pensó exasperada.

Sólo durante un segundo. Al instante se dio cuenta de que aquel calor era distinto de la habitual caricia relajante de Dave. Completamente distinto. No era denso. No era envolvente y blando. Eso era...

Era como una espina que le quemaba la barriga, obligándola a gritar. De ira.

«Maya, tranquilízate, no debes dejarte llevar por estos arrebatos, aprende a controlarte. Respira a fondo dos veces.»

El recuerdo de las palabras que Megan le repetía desde que era pequeña produjo un inesperado efecto relajante. Se tendió en la cama. Cerró los ojos y trató de concentrarse en la respiración. Uno, dos.

«Vaya coñazo. ¿De qué sirve todo esto?»

Maya fue tranquilizándose poco a poco, hasta que finalmente logró levantarse. Se miró al espejo y confirmó que, efectivamente, aquella crisis no le había dejado signos visibles. Se ajustó el corpiño, se cepilló el pelo y decidió que para asistir a una velada de pizza-más-película aquel aspecto resultaba más que correcto.

Se encasquetó los auriculares del iPod, cerró la puerta de casa a sus espaldas y partió rodeada de una alegre muchedumbre.

Maya tuvo la impresión de que, en determinadas ocasiones, una caterva de dementes escogía Londres para mostrar al mundo sus desesperadas ansias de vivir. Y aquella noche, sin ir más lejos, era uno de esos momentos.

Las calles del barrio, el cuadrilátero delimitado por Commercial Street y Brick Lane, estaban invadidas por una turba de máscaras alucinadas, que le hacían un guiño a la muerte. Costaba atravesar aquella muchedumbre, forzada a buscar la diversión anhelada y prometida, unánime en su empeño de esquivar la lluvia que se precipitaba sobre aquella noche consagrada a los espíritus.

«Vaya panorama de mierda», pensó Maya, mientras intentaba abrirse paso entre un río de jóvenes sedientos de diversión.

Giró la rueda de control de su iPod, subió el volumen por las nubes y se aisló del mundo.

The Cure, «Friday I'm in love».
Eminem, «Fuck off».
Kid Rock, «Only God knows why».
Simple Plan, «I'm just a kid».
Y el plato fuerte, los neoadorados Joy Division, «Closet».

Ya casi había llegado a la esquina de Brick Lane con Cheshire Street, a tan sólo diez minutos de casa de Flo, cuando cayó en la cuenta de que se había dejado en la suya el filme prometido, el *leit motiv* de la velada, *Sweeney Todd*. A regañadientes, giró sobre sus talones, preparándose para enfrentarse en sentido contrario, y no sin esfuerzo, a la turba de zombis.

Aún no había tenido tiempo de entrar en casa, cuando el móvil empezó a sonar.

—¿Se puede saber dónde estás? ¿Por qué tardas tanto? Te estamos esperando.

—He vuelto un momento a casa, Flo. Me había olvidado la película.

—Vale, espabílate.

«Pero ¿qué les pasa esta noche a todos?», pensó Maya. ¿El virus de la ansiedad había atacado a todos los que la rodeaban?

Llegó a su habitación. Allí estaba la película, olvidada sobre la cama. Maya la cogió rápidamente y la puso en el bolsillo de su impermeable. Dio media vuelta y se dirigió a la puerta. Apagó la luz, se encaminó al pasillo. «Un momento —se dijo a sí misma—. Sólo un momento.»

Volvió sobre sus pasos, abrió el ordenador. MSN. Trent. «Vale, quizá nos veamos dentro de un rato», pensó. Como de costumbre, Trent no había sido claro, y ella no entendió si se uniría a ellos en casa de Flo. Quizá al final no se presentaría. Mejor hacer una intentona.

Tecleó su contraseña. El portal se abrió y comenzó a indicar quién se encontraba *online*.

Allí estaba.

MAYA91: Hola.

XMAS: Hola.

MAYA91: ¿Al final ké haces? ¿Vienes a casa de Flo?

XMAS: ¿Te gustaría?

MAYA91: ¿Y a ti?

XMAS: A mí me gustaría estar a solas contigo. Como la otra noche.

MAYA91: Ayer era distinto.

XMAS: Pero yo quiero estar contigo hoy también. ¿Voy a buscarte?

MAYA91: Le he prometido a la tocapelotas de mi madre que iría a casa de Flo.

XMAS: E iremos. Un poco más tarde.

MAYA91: No insistas.

XMAS: No, dime que sí. Necesito besarte, señorita Fox. Ya no puedo +. Ahora ke ya sabes ke no estoy endemoniado, ¿dejarás que te bese sin oponer resistencia?

MAYA91: ¿Quién sabe?

XMAS: Voy hacia allí para descubrirlo. Espérame.

MAYA91: ¿Trent?

XMAS: Sí.

MAYA91: ¿Por qué no querías que fuésemos por ahí esta noche? ¿Y qué has visto en mi mano?

XMAS: A lo mejor cuando llegue te lo explico.

A Maya le brotó una sonrisa.

Aún no sabía que su espera habría de ser muy larga.

Demasiado.

CAPÍTULO CINCUENTA Y SEIS

VIERNES, 31 de octubre
20.30 horas

Mientras su hija se preparaba para esperar a Trent, Megan lidiaba con el cansancio de la jornada, que de golpe caía con todo su peso sobre sus espaldas. Los acontecimientos de la última semana se habían acumulado en su cabeza y en su estómago, dejándole un inevitable poso de pesadez. «¿Qué quiere de mí Michael Gacy? —seguía preguntándose—. ¿Por qué está jugando al gato y al ratón?»

—Meg, estoy preocupado.

Garret interrumpió el curso de los pensamientos de la criminóloga irrumpiendo en el despacho de la doctora Fox.

—¿?

—He estado pensando en la foto de las chicas, en los tanques y en los mensajes que has recibido. También he pensado en sus fechas de nacimiento, en ese jodido 1991, y...

—¿Y?

—Y hay algo que no me encaja, Meg.

—¡No me llames Meg!

—Ehhh, Megan, lo que tú digas... Pero haz el favor de escucharme. Creo que Gacy es el autor de todo esto. Siempre ha estado su mano detrás de los homicidios, de los mensajes, de esos macabros anuncios. Estoy convencido de ello.

—Vale, ¿y eso qué tiene de nuevo? ¿A qué viene esa repentina agitación, precisamente tú, que siempre has estado echando agua al fuego?

Megan era incapaz de ocultar el malestar que Garret le estaba provocando. Primero la había hecho quedar como una alarmista y una insegura, y ahora descubría que, tal vez, se trataba de un peligro real. Y que ella, Megan-la-criminóloga-visionaria, había dado en el clavo.

—En definitiva, Megan. No puedo evitarlo. No puedo evitar decírtelo. Creo que Maya podría estar en peligro.

—¿Cómo dices?

—Sí, me temo que ahora Gacy va a por ella.

—No creo que eso tenga ninguna base.

Megan se sentía ofendida. No quería, no podía creer que su hija corriese un peligro real. Y además, ¿por qué de repente Garret se mostraba tan inquieto? ¿Qué le estaba ocultando? ¿Había descubierto algo que no quería contarle?

Sabía por experiencia que cuando el teniente se ponía a la defensiva no había modo de sonsacarle ninguna información. Y Garret, en aquel momento, estaba jugando en la defensa. Atenazado por un horrible sentimiento de culpa, Megan estaba segura de ello, por haber subestimado el peligro.

—¿Has descubierto algo?

—No, nada de nada, te lo juro. Sólo que pienso que Gacy te la tiene jurada. A muerte. ¿Y qué mejor modo de hacerte daño que ensañándose con Maya?

—No me convence.

—Sé que te parece absurdo, yo siempre he sido el primero en minimizar tus sospechas, pero tienes que fiarte de mí. Debemos someter a Maya a vigilancia. Voy a enviar a dos agentes para que la protejan, y que no la pierdan de vista.

—Es inútil, mi eficaz teniente Garret. Yo ya he pensado en poner a salvo a mi hija. Maya está en casa de su amiga Flo, con ella están los chicos y los padres de Flo. Pasará la noche allí. Resulta improbable que Gacy conozca la dirección de los Crumble. Y en cualquier caso, no es de los que agredirían a toda una familia. No es su estilo.

—Si es así, de acuerdo, pero sólo por hoy. Mañana la pondremos bajo protección.

—A sus órdenes —respondió con sequedad mientras fijaba la vista en sus papeles para dar a entender al teniente que el tiempo que le había concedido ya había llegado a su fin.

Megan detestaba el aire de mando que Garret adoptaba cuando estaba a punto de perder el control de la situación. Y además, en su fuero interno, era firmemente contraria a que la policía anduviese pisándole los talones a su hija. Para Maya significaría el final de una vida normal.

—¿Estás segura de que todo está en orden? —insistió Garret.

—Sí, he hablado con Maya hace poco. Estaba saliendo de casa, a estas horas probablemente ya estará en casa de los Crumble.

Megan le enseño el móvil al teniente, dando por concluida la conversación. Y también cerró el teléfono, sin darse cuenta de que la luz de su batería parpadeaba, agotada.

CAPÍTULO CINCUENTA Y SIETE

VIERNES, 31 de octubre
21.15 horas

«Retraso. Sólo un poco.»

Flo sabía que cuando Maya recurría a un SMS, no admitía réplicas. De modo que no respondió al mensaje de su amiga. Aunque si lo hubiese hecho lo más probable era que no se hubiese dado cuenta, porque estaba ocupada. Estaba controlando su *e-mail*, que desde hacía unos días funcionaba de un modo extraño, se llenaba de *spam*. «Qué extraño —pensó—, al parecer, el antivirus ya no funciona, a ver si me acuerdo de descargar la nueva versión.»

Maya estaba cancelando diligentemente todo aquel correo inútil, cuando un mensaje llamó su atención. Detestaba los *spam*. Pero el peculiar nombre del remitente la convenció de clicar encima.

Fondo azul, flores, violetas. Maya odiaba las violetas. A la derecha, una serie de velitas encendidas. Maya miró con más detenimiento. «¿Qué leches...?»

No concluyó su pensamiento, porque una foto captó toda su atención. Su imagen, tomada esa misma tarde entre los puestos de Camden. El corpiño gris que asomaba bajo el impermeable. Maya clicó en la imagen con un ligero estremecimiento de inquietud.

Y se quedó petrificada.

Era su epitafio.

Cerró la página, a toda prisa, cerró el chat, apagó el ordenador, se llevó las manos a los ojos... ¿quién podía odiarla hasta ese punto? ¿Acaso la capulla de Stacy era capaz de llegar a tal nivel de mal gusto? Posiblemente.

Se armó de valor y decidió que debía explorar a fondo aquel sitio web. Se sirvió una Coca-Cola helada y volvió a encender el ordenador. Tecleó *www.gonetoosoon.co.uk*. Otra vez el irritante fondo azul, las violetas insoportables, las odiosas velitas. Y su foto.

Maya clicó encima, con el coraje que le brindaba su propia angustia. Y de nuevo volvió a quedarse petrificada. Cuando escuchó las notas de «With or without you» que el ordenador difundía por toda la maldita habitación, sumida en la oscuridad de la cien veces maldita noche de Halloween.

Había un texto:

«31 de octubre de 2008. Maya Fox, 17 años. Demasiado joven, nos ha dejado».

A continuación, otro escrito.

«*I LOVE U SO MUCH ULL NEVA B FORGOTN. JUS REMEMBER EVERY THING HAPPENS 4 A REASON.*»

—¡Mierda, mierda, mierda! —le espetó Maya al ordenador.

Pero no tuvo tiempo de salir de aquel horrible sitio. Estaba sintiendo un calor insoportable que se propagaba desde su barriga.

Conocía aquel calor. Y Maya no opuso ninguna resistencia.

El abrazo cálido se convirtió en luz. Aquella luz suave y serena que le transmitía paz, la tranquilizaba. Entonces llegó la voz.

«Maya, tesoro. Soy yo, papá. Escucha, esta noche te espera una difícil prueba. Has de ser fuerte, Boquita de miel. Esta noche alguien intentará hacerte daño. Mucho daño. A mí ya me lo hizo. Y yo no puedo estar ahí para detenerlo. Cuando el destino llega, amor mío, hay que afrontarlo, no hay caminos alternativos. Desgraciadamente, esta aciaga noche ya tiene su significado. Está escrito. No podemos hacer nada. Pero te prometo que haré lo imposible por salvarte. El hombre que dentro de poco intentará entrar en casa es mi asesino,

Maya. Es un loco, tu madre hace años que anda tras él. Por desgracia, se escapó de la cárcel. Y ahora quiere venir aquí para llevarte con él. Pero nosotros se lo impediremos, ¿verdad, mi amor? Sé que eres fuerte, siempre lo has sido. No te rindas, ni siquiera por un instante. No le permitas que se cobre tu maravillosa vida. Estaré contigo.»

Maya sintió una suave caricia en el pelo y se abandonó a ella. Entonces, lentamente, la luz fue disminuyendo y la voz se apagó.

Maya se rehízo y se puso a hacer de inmediato lo que su padre le había dicho.

No podría llegar a casa de Flo; tenía que atrincherarse en casa.

«Dos respiraciones, tres, demasiado rápidas», calculó angustiada. «Debo mantener la calma», pensó, mientras intentaba recordar las técnicas shaolin. Inútil, el terror la estaba ahogando. Se propagaba en oleadas pegajosas y nauseabundas, y le impedía pensar.

Cogió el teléfono.

—Mamá, por favor, mamá, contesta. Mamá, contesta, soy yo. Mamá, no quiero morir. ¡Mamá, socorro!

Pero el teléfono no tenía conexión, estaba irremediablemente descargado.

Maya marcó el número de Trent.

—Voy para allí, ya he salido de casa y estoy en la calle... ¿me echas de menos?

—Trent, ayúdame. —Maya empezó a sollozar—. Alguien va a venir a asesinarme. Quiere matarme, Trent, tengo miedo. Por favor, date prisa.

—Maya, pero ¿qué estás diciendo?

—Lo sé, me lo ha dicho mi padre. Trent, te lo ruego.

El chico no quería pensar, se dejó guiar por sus sensaciones. Y tuvo la certeza de que Maya estaba realmente en peligro. Pero él no podía ayudarla. Ni taxis, ni autobuses, ni metro. La ciudad entera parecía paralizada por una aglomeración de máscaras estúpidas y gesticulantes, dispensando alabanzas a la muerte.

Y Maya estaba a punto de morir.

CAPÍTULO CINCUENTA Y OCHO

VIERNES, 31 de octubre
21.40 horas

Megan, irritada aún por la actitud de Garret, no lograba concentrarse. Pero sabía que no podría relajarse mientras no hiciese encajar las piezas del rompecabezas. Y mientras no descubriese cuál iba a ser el próximo movimiento de Michael Gacy.

Suspiró. Y empezó a rellenar las casillas del cuadro de predicción de riesgo de homicidio: un esquema empleado por los criminólogos de todo el mundo para evaluar el nivel de peligrosidad y predecir los movimientos de los presuntos asesinos.

Megan sacudió la cabeza. Siempre el mismo resultado. Sin lugar a dudas, Gacy era un sujeto de altísimo riesgo.

Se advirtió a sí misma que la noche iba a ser larga. Pero esa noche la doctora Fox no acabaría su trabajo, que se vio interrumpido por la llegada de un sobre que le trajo a su despacho una policía de aspecto cansado, que le indicó que alguien acababa de entregarlo al agente de la puerta.

Megan no sospechó nada al ver el sobre, un sobre corriente de color amarillo, de los que acostumbran contener documentos. Ni siquiera cuando lo abrió, llevando cuidado de no rasgar el papel, cuyos bordes habían sido pegados con la banda autoadhesiva. Ni tampoco cuando extrajo de él una serie de documentos en Word completamente normales.

Empezó a recelar en el momento en que descubrió que entre las hojas impresas se hallaba una escrita a mano. Una escritura incierta, puntiaguda, cortante. Conocía aquellos trazos. No leyó, fue directamente a la firma.

Ligera, como si hubiese sido rubricada por otra mano. Redonda, antigua, todo lo contrario de la grafía afilada de las líneas que la precedían. Aquella firma también le resultaba conocida. «Michael», sin el apellido. A fin de cuentas, no era necesario.

En ese momento sus sospechas se transformaron en temor. Megan examinó de inmediato el folio escrito a mano. «Los delirios de un psicópata», pensó. Gacy le anunciaba que había cambiado de idea y que había decidido empezar por mandarle la última carta. La seguirían las otras. Así, concluía el asesino, resultaría más divertido.

Megan cogió las hojas impresas.

Unas diez páginas, calculó mentalmente.

No le apetecía leer los desvaríos de Gacy.

Pero tenía que hacerlo.

Londres,
31 de octubre de 2008
Seré breve, Megan.
Porque ya ha llegado el momento de que te revele el secreto.
Sí, ya estamos, mi pequeña, dulce Megan. Ha llegado la hora.
Y tanta palabrería no sirve de nada.
Cuando se está en presencia del genio.
Son las 21.02, no dispongo de mucho tiempo.

«Otra vez ese tono —se dijo la criminóloga—, y esa voluntad de manipularme...»

Anotó la hora en que había sido escrita la carta. Sólo habían transcurrido cuarenta minutos. «Eso significa —dedujo— que su refugio no puede estar demasiado lejos de la comisaría, si tenemos en cuenta el tiempo que ha tardado en acabar de escribir, y que la ciudad está colapsada.»

Ojeó rápidamente el texto, aunque sin lograr captar su significado. Hasta que llegó al final y leyó.

> *No soy un psicópata esquizofrénico de los cojones, criminóloga idiota.*
>
> *Soy un ser predestinado.*
>
> *Y la hora se acerca.*
>
> *¿Sabes qué te digo, Megan la presuntuosa?*
>
> *Que, de momento, voy a secuestrar a tu hija.*
>
> *Así aprenderás, imbécil.*

Se le cayó la carta de las manos; Megan tuvo que hacer un esfuerzo para no desmayarse; se sentía envuelta en un pesado velo de terror. Cogió el teléfono y, maldiciéndose a sí misma, se dio cuenta de que estaba desconectado. Buscó la batería de recambio que llevaba siempre en el bolso, conectó el móvil, lo encendió; las manos le temblaban y la operación le llevó algún tiempo.

—Vamos, vamos, vamos.

Pero ya no quedaba mucho tiempo y Megan lo sabía.

Al fin logró dar con la tecla correcta, que apenas lograba distinguir porque las lágrimas ya habían comenzado a empañar su visión.

El móvil se encendió. Y comprobó horrorizada que Maya había llamado cinco veces. Marcó el número de su hija a toda velocidad.

—Vamos, vamos, vamos.

Maya no respondía. Megan volvió a intentarlo. Y lo intentó de nuevo. Y de nuevo.

Desesperada, cogió el abrigo y la carta e irrumpió en el despacho de Garret.

Esta vez, él tenía razón.

CAPÍTULO CINCUENTA Y NUEVE

VIERNES, 31 de octubre
21.45 horas

«Maya.»

—Papá.

Agazapada en la oscuridad, Maya respondió a la voz de Dave, que le había sugerido instalar su madriguera en el hueco entre la ventana y el sofá de la sala de estar. Había apagado las luces, había bloqueado la cerradura de la puerta y se había refugiado en la sala, maldiciendo el hecho de que en su casa no hubiera cerraduras de seguridad que protegiesen las distintas estancias.

Desde aquella posición podía observar la calle sin ser vista. Y desde aquella posición vio algo.

Delante de su casa, bajo el repiqueteo de la lluvia, una figura alta, encorvada, se mantenía a la espera. Vaqueros oscuros y una sudadera tan negra como la noche que estaba viviendo, la capucha calada sobre los ojos. Se mantenía inmóvil delante de una valla publicitaria situada justo enfrente de la puerta de entrada. Aquella que mostraba a una joven sonriente y radiante, un anuncio antiarrugas.

El hombre miró hacia arriba, en dirección a su ventana.

Maya saltó hacia atrás y se puso en cuclillas. Volvió a asomarse, pero con mucha cautela. Tenía que ver, tenía que controlar la situación.

Un relámpago iluminó la calle.

Y, por primera vez, Maya contempló los ojos de su asesino. Gélidos, malvados. Y descubrió también la expresión de su asesino. Feroz.

Se dirigía a cobrar su presa.

«¡No pierdas tiempo, sal corriendo de aquí!»

La voz de su padre se difundía en su mente, atenta a guiar sus movimientos. Pero en ese instante no llegó a tiempo de impedir que Maya vislumbrara el arma elegida para matarla: una hoja reluciente, que el asesino pasó por el cuello de la modelo de la fotografía, atravesándolo de parte a parte.

Maya sintió cómo se le helaba la espalda, el corazón se le desbocaba en el pecho y el aire se le extinguía en la garganta.

Gacy volvió a exhibir su sonrisa malévola en dirección a la ventana de enfrente, sosteniendo el cuchillo en alto, seguro de que iba a conseguir su presa de esa noche.

En ese mismo instante, fuera de la comisaría, Garret gritaba por el micrófono de su automóvil.

—A todas las unidades... repito, a todas las unidades. Diríjanse a Trawl Street, esquina con Flower and Dean Walk. Máxima emergencia. Es posible que se esté cometiendo un crimen.

Junto a él, Megan no era capaz de controlar el estremecimiento que la sacudía. Lloraba y temblaba. Seguía buscando a su Maya, pegada al móvil.

Pero Maya no podía responder.

«¡Sal de aquí, rápido!»

Dave estaba con ella; Maya podía sentirlo. Impulsada por su voz, reaccionó y llegó hasta la cocina, la única pieza con dos accesos, que podría garantizarle una vía de escape.

El asesino aún no había logrado entrar en la casa, pero Maya sabía que no tardaría en hacerlo.

En la barra de la cocina su móvil seguía sonando, pero cuando llegó hasta él ya había enmudecido.

Maya no tuvo tiempo de recuperar la llamada. Se detuvo a escuchar.

Silencio.

La ventana de la cocina daba a la parte trasera de la calle, y desde su posición no podía controlar si el asesino aún seguía allí abajo.

Una preocupación inútil, en cualquier caso, porque en ese momento Michael Gacy ya había cruzado la calle que lo separaba de la entrada a la casa de los Fox.

Maya marcó a toda prisa el número del móvil de Megan. Le temblaban los dedos y se equivocó varias veces.

—Contesta, mamá. ¡Por favor!

Ocupado.

Guardó el móvil en el bolsillo y comenzó a mirar a su alrededor. Un cuchillo, necesitaba un cuchillo.

Pero sus exhaustos sentidos le comunicaron que ella no sabría cómo usarlo. «¿Y ahora qué? ¿Qué hago, Dios mío, ahora qué hago?», se preguntó mientras sentía crecer su ansiedad, cortándole la respiración.

Una caricia, sólo fue un ligero toque, pero Maya la notó con toda claridad. Era su padre, que seguía con ella, a su lado. Y su aliento obró el poder de transformar el miedo.

Maya lo comprendió. En ese momento comprendió que no iba a rendirse.

No, no iba a dejar su vida en manos de aquel malnacido que ya se había llevado a su padre.

Apenas había tenido tiempo de saborear su coraje recién recuperado, cuando oyó un golpe seco, abajo, al final de la escalera.

Maya no pudo evitar oír el ruido de la puerta de su casa al abrirse, cediendo con docilidad ante la violencia del asesino.

—Pequeeeña Maaayaaa, ¿dónde estás? Voooy a encontraaarte... ¿No quieres jugar conmigooooo?

La voz aguda de Michael Gacy penetraba en la casa de Maya.

«Tranquila, estate tranquila y no te muevas.»

Dave estaba allí, dispuesto a darle instrucciones a su hija, que seguía encerrada en la cocina. Decidida a enfrentarse a su asesino.

—Pequeeeña Maaayaaa, ¿dónde estás? Voooy a encontraaarte... ¿No quieres jugar conmigooooo?

Maya miró a su alrededor, aterrorizada. «¿Por qué mi padre me ha empujado a esconderme precisamente aquí dentro? No hay protección, no existen rincones donde ocultarse en la oscuridad», pensó.

Escogió la mesa, como cuando era pequeña. Y se acurrucó debajo.

—Mira, mira qué fotos tan bonitas hay encima de esta escalera, ¿eres tú, pequeña Maya? Oh, qué regordeta y qué mona eras de pequeñita. Subo, joven Maya, estoy subiendo. ¿No te sientes orgullosa, nena? Estoy a punto de hacerte entrar en la historia. Agradécemelo, chiquitina. Ya verás, seré bueno. Ya lo verás, no vas a sufrir. Sólo un poco. Poco, poco. Por culpa de tu madre. Desde luego, ella se merece saberlo. ¿Dónde estás, pequeeeña Maaayaaa? Vaaamos, ven a jugar conmigo. Venga, ¡no me hagas cabrear, gilipollas, hija de madre gilipollas!

Maya se escabulló en silencio por debajo de la mesa.

«Papá, papá, ayúdame, ¿qué hago ahora? —rogó sin emitir sonido alguno, conversando mentalmente con su padre—. «Por favor, papá, si tú me sacas de aquí, te prometo que saldré de ésta. Papá...»

En ese instante, su móvil empezó a sonar, imperioso. Maya miró la pantalla. Megan. «Demasiado tarde», pensó mientras cortaba la llamada y se guardaba el teléfono en el corpiño.

«Si contesto ahora, ese loco sabrá dónde estoy.»

—Pillada, Maayaaaa, te he oídoooooo.

«¡Sal de aquí!», la apremió Dave.

Maya se escurrió hacia una tercera puerta, que comunicaba la cocina con la salita donde solían cenar Megan y ella. Desde allí, se podía acceder directamente a la escalera que conducía al piso superior, a los dormitorios. Y Maya la tomó subiendo los peldaños de tres en tres, obviando el ruido que emitían sus pasos.

Gacy comenzó a subir, siguiendo los incoherentes pasos de su presa.

Cuando llegó a su habitación, Maya cerró la puerta a sus espaldas y cayó a los pies de la cama, abandonándose a las lágrimas. De pronto recordó la promesa que había hecho a su padre. Tenía que salir de aquel trance. Tenía que mantener la lucidez. Cogió el móvil y volvió a teclear el número de Megan. Nada que hacer, siempre ocupado.

«No te rindas, tesoro, yo confío en ti. ¡Ánimo! Llevas el poder del amor en tu interior.»

Maya sintió la caricia de su padre rozándole la cabeza y reunió fuerzas para ponerse en pie.

El coche de Garret y Megan atravesaba como una bala las calles saturadas de tráfico en plena noche de Halloween. El teniente iba al volante, rígido, concentrado: ¿a cuántos minutos estaban de la casa de Megan? ¿Cuánto podría resistir Maya?

—Garret, maldita sea, no hay cobertura. ¡No logro hablar con ella! Date prisa, Lawrence, por favor. Mi niña...

Megan seguía marcando en vano el número del móvil de su hija.

Con la frente apoyada en la ventanilla, la criminóloga ya no podía contener su desesperación.

—Es culpa mía, Garret. Todo es culpa mía.

—Megan, sabes que no es cierto. Llegaremos a tiempo, ya lo verás.

—Es culpa mía, no he sabido comprender quién era Gacy realmente. Y no te hice caso. Y ahora Maya va a morir. Por mi culpa, hostia, Garret. ¡Muévete, Dios mío, no vamos a llegar a tiempo!

Gacy entró en la cocina. Sostenía una linterna con la que iluminaba todos los rincones de la estancia. Profirió una maldición. Reinaba una densa oscuridad; se había ido la luz en todo el barrio.

En la habitación, mientras tanto, Maya miraba a su alrededor. Desconsolada, comprobaba la esencialidad zen que imperaba en su cuarto, tal como ella había querido. Una única cama gigantesca, una librería y un sofá. Ningún rincón donde refugiarse.

«¡Vamos, Maya! ¡Aquí no estás segura, tienes que irte a otro sitio!»

Dave la guiaba, y Maya salió de puntillas por la puerta de la habitación. En el preciso instante en que Michael Gacy abandonaba la cocina, se encaminaba al rellano del primer piso y dirigía la linterna hacia la escalera del piso superior.

Maya vio el haz de luz que la seguía, se pegó a la pared y se deslizó silenciosa hacia la habitación de sus padres. Cerró la puerta despacio y miró a su alrededor.

Casi no le dio tiempo, pues su asesino ya había empezado a subir la escalera.

Un paso tras otro, Gacy se aproximaba a su víctima.

Un paso tras otro, Gacy estaba a punto de alcanzar el piso en el que ella estaba.

Una vez en el rellano, debía escoger. Se concedió un minuto para reflexionar. Tenía tiempo. Gacy recitó una vieja cantilena, una tonada infantil, la única con que su madre le había obsequiado en su niñez, y la utilizó para decidir, contando una puerta por cada estrofa:

«Pito, pito, gorgorito,
»¿adónde vas tú tan bonito?
»A la acera verdadera.
»Pim, pam fuera.»

La elegida fue la puerta de la derecha: la habitación de Maya.

El haz de luz se dirigió en primer lugar a la cama, después al sofá, y se demoró en la librería, examinando las preferencias de la chica. Hizo una mueca.

—Cómics y música... —se dijo—. Lo sabía, tiene una mente inferior. No habrá piedad.

Gacy volvió a dirigir la luz sobre la cama. Examinó el edredón, de flores color lila y verde. Se concedió un gesto de debilidad. Lo apartó, quería ver las sábanas donde Maya dormía todas las noches. Azules. Índigo y violeta, más bien. Gacy las acarició. Volvió a cubrirlas con gesto contrariado.

—No habrá piedad —volvió a murmurar para sí.

Estaba a punto de girar sobre sus talones y salir de la habitación, cuando el móvil de Maya comenzó a sonar. Gacy lo vio. Destellaba abandonado en el sofá. Lo cogió. «Mamá», aparecía escrito en la pantalla.

—Hola, Megan.

La doctora Fox reconoció aquella voz al instante. Y se le cayó el mundo encima.

Garret la vio palidecer. Al momento su rostro se había encendido y tragaba con fuerza. Y finalmente exhaló un profundo suspiro, en un esfuerzo por controlarse.

—Sé que estás ahí, Gacy. Deja en paz a mi hija.

—Qué brillante deducción, doctora. ¿Cómo está mi criminóloga preferida?

Garret le hizo señas para que le acercase el teléfono a la oreja, y Megan retomó la conversación manteniendo el aparato a media altura, a fin de que Garret pudiese escuchar.

—Ella no tiene nada que ver. Esto es algo entre tú y yo —dijo, intentando adoptar un tono profesional.

—Tengo que reconocerlo, Meg. Tu hija no está tan mal, después de todo. En el fondo es mona, ¿sabes? Un poco inmadura, tal vez. Quién sabe, a lo mejor le sienta mejor el rojo, ¿tú qué dices, Megan?

—...

—Responde —le susurró Garret—. Debes mantenerlo ocupado. ¡Resiste, por favor!

—Un bonito rojo sangre...

—Michael, es a mí a quien quieres. Ella... De ella no sacarás nada. Lo he leído. No te sirve. Lo he entendido. Yo tal vez sí pueda servirte. Cógeme a mí...

—Sí, pero mira, Megan; ahora ya estoy aquí.

Maya, aplastada contra la puerta del dormitorio de sus padres, escuchaba horrorizada, sin acabar de decidirse.

«Fuera. ¡AHORA!»

La voz de Dave fue como un impulso, que ella secundó empezando a bajar la escalera lenta y silenciosamente. Objetivo: la calle.

Pero Michael Gacy sabía que Maya intentaría escapar. Y estaba allí, protegido por la puerta de su habitación, divertido, esperando verla correr hacia una improbable salvación.

—Oh, oh. Tu chiquitina intenta escapar de mí, doctora. ¿Qué tendremos que hacer?

—Gacy, no... no...

—Valor —le susurró el teniente—. Sigue hablándole, entretenlo.

Garret cambiaba velozmente de dirección, intentando dejar atrás la caravana habitual de la noche de Halloween. Pero la carrera del coche de la policía y de quienes lo seguían discurría con lentitud. Con demasiada lentitud.

—¡Necesitamos ganar tiempo! —masculló el teniente Garret.

Entretanto, los nervios de Maya estaban cediendo a la tensión. Cuando llegó al final del primer tramo de escaleras, oyó los pasos de Gacy, siguiéndola. Se refugió en la primera puerta que halló, a su derecha. De nuevo la cocina. Su padre estaba mudo. Maya lo buscaba mentalmente, pero no hallaba respuesta. «Respira —trató de pensar—. Despacio, concéntrate en tu objetivo, él no te tendrá, tú eres más fuerte.»

—Siento tener que dejarte, querida... ¡me parece que la pequeña quiere jugar un poco al escondite antes de quedarse dormidita!

Maya oyó claramente las palabras que el asesino le estaba diciendo a su madre. Se dejó caer a los pies de la barra de la cocina y empezó a sollozar.

—¡No...! ¡No, maldita sea, espera! —gritaba Megan al teléfono.

—*Bye, bye...*

Gacy cerró el teléfono con un golpe seco. Basta de juegos, había llegado el momento de cobrarse la deuda.

—Maaayaaaa, ¿dóóóndeee estááááás?

La voz chillona del asesino volvió a resonar, terrorífica, en los oídos de Maya, que seguía pegada a la barra, buscando frenéticamente con la mirada una vía de escape.

«Maya... Está llegando...»

Allí estaba, por fin. Una nueva caricia de su padre, que logró calmarla un instante. Pero de pronto le llegó la voz de su asesino, aguda y cortante.

—Toc, toc, ¿hay alguien?

Gacy se estaba divirtiendo. Llamó a la puerta del trastero.

—¿No hay nadieeee?

Entonces pasó a la salita.

—¿Y aquíííí?

Bajó el tirador de la puerta de la cocina, pero Maya empujó la mesa contra la puerta, en un desesperado intento por retrasar la llegada del asesino. El tirador no se movió, bloqueado por el canto de la mesa, y Gacy perdió la paciencia.

—Ya vale, capullita. Sé que estás ahí. ¡Abre esta puta puerta!

Dicho lo cual, derribó de una patada la puerta de la cocina. El haz de luz iluminó la estancia.

En su rostro se dibujó una expresión de rabia.

Maya no estaba allí. Pero el hombre había percibido un crujido en el lado opuesto de la estancia. Al instante apuntó hacia allí con la linterna, y apenas tuvo tiempo de ver que su presa cruzaba la segunda puerta y se precipitaba hacia la escalera.

—¡Tú, asquerosa...!

Maya había vuelto a escabullírsele y se había refugiado en la sala de estar, la primera puerta a la que logró acceder.

—Sal de ahí... ¿Dónde crees que podrás esconderte?

Protegida tras el sofá, Maya observaba cómo se acercaban las piernas de su asesino. La estaba invadiendo una extraña calma. En su interior crecía la convicción de que, aunque el asesino no le diese tregua, ella pensaba defenderse. Observaba el haz de luz que se proyectaba sobre los cojines del sofá, en las sillas alrededor de la mesa, en el techo, en las lámparas. Y entonces volvía a empezar su obsesivo registro. Respiraba despacio, como le habían enseñado en Shaolin. Su padre estaba cerca, e intentaba salvarla por todos los medios, Maya lo sentía. Pero sabía que su verdadera salvación sólo dependería de ella misma.

Cerró los ojos para recobrar fuerzas.

«Quién sabe —pensó—, a lo mejor, cuando vuelva a abrirlos, esta pesadilla se habrá desvanecido.»

Volvió a abrirlos y, efectivamente, el haz de luz había desaparecido. Maya intentó ponerse en pie, procurando hacer el menor ruido posible.

¿Dónde se había metido?

Silencio, y oscuridad.

Dio un par de pasos, en dirección a la puerta.

Aún reinaba el silencio. Un paso más, y la escalera.

Silencio.

Llegó a los escalones.

En su interior sintió el dulce sabor de la esperanza. A lo mejor el asesino se había hartado. Una cosa era cierta, ella no había oído sus pasos alejándose... Pero en medio de aquel silencio ensordecedor, hasta el momento no había ni rastro del asesino.

Diez pasos. Le faltaban diez malditos escalones para alcanzar la puerta de salida.

Y entonces ya habría escapado, empezaría a gritar. Y alguien ACUDIRÍA EN SU AYUDA.

Mientras Maya bajaba la escalera hacia su salvación, no se percató de que la sombra de su asesino se recortaba detrás de ella, proyectándose sobre los escalones, que se sumían en la más negra oscuridad. Gacy se le había adelantado...

«¡CUIDADO!» La voz de Dave irrumpió en la cabeza de Maya, dando al traste con sus esperanzas. Y salvándola en el momento justo.

Maya se dio la vuelta y vio el rostro sarcástico de Michael Gacy acercándose. Trató de gritar, pero la voz no le respondió. Retrocedió, aterrorizada, tropezó con los peldaños y acabó rodando hasta caer en brazos de su carnicero.

—¡Un, dos, tres, pillada! —le dijo, a modo de triunfal recibimiento.

Al volverse, la chica se encontró cara a cara con el asesino. Gacy sonrió, macabro y demente, acariciándole un mechón de su cabello.

—Ya ves, aquí estamos, pequeña Maya —le susurró su asesino, mientras le apartaba del rostro los cabellos rebeldes—. ¿Sabes que eres más bonita de lo que imaginaba...? Casi, casi podrías servir.

Maya temblaba, aterrorizada.

Pero no se dio por vencida.

Trató de reunir todas las fuerzas que le quedaban. Se concentró y lanzó una patada seca que alcanzó a Gacy en la rodilla y lo hizo caer al suelo.

—¡Apártate de mí! —le gritó, librándose de su abrazo.

Gacy le cerró el paso, sacó el cuchillo y le apuntó al pecho.

—¡Ahora jugaremos a un juego de mayores! Te gustará, ya lo verás... —le susurró, sujetándola con una mano y obligándola, bajo la amenaza del cuchillo, a retroceder hacia la cocina.

En ese momento, Michael Gacy no podía ver la sombra que tomaba forma al lado de su víctima. Una sombra que a los ojos del asesino debía de parecer simple oscuridad. Pero que a los ojos de Maya se mostraba extraordinariamente luminosa.

«Sé valiente, Boquita de miel... No podrá hacerte daño... A ti, no. A mi Maya, no.»

La voz de Dave descendió por su garganta, hasta el estómago.

Aplastada contra la pared, Maya observó cómo la hoja se aproximaba a su garganta. Brillante y puntiaguda. Gacy levantó el cuchillo, para asestar por fin el golpe tan esperado.

«Maya, concéntrate.» En efecto, Dave no la había abandonado. «¡Ahora!»

Maya se apartó. Tomó impulso repentinamente, rodó de lado y esquivó el cuchillo del criminal, que se hundió en el vacío.

Gacy gruñó.

En ese momento, Maya supo realmente que no quería morir. No entonces. No allí. Se incorporó, se dio la vuelta y empezó a correr hacia la escalera.

—¡Estás muerta! ¿Me oyes? ¡Estás muerta! —le gritó su asesino.

Maya había salido a toda prisa hacia el primer piso, derecha a la habitación de sus padres. Y hacia allí se dirigía el asesino en ese momento.

«Boquita de miel, ya casi estamos. Pequeña flor de loto, llevas el amor dentro de ti, y el amor vence a la muerte.»

Maya escuchaba las palabras de su padre, pero al mismo tiempo oía angustiada cómo el asesino se encaminaba hacia allí, cada vez más cerca. Se volvió y empezó a mirar a su alrededor, buscando desesperadamente un objeto con que defenderse. «El escritorio de papá, los libros, la silla, la chimenea a su espalda... ¡Eso es!» La pala de pesado peltre para las cenizas de la chimenea, con la empuñadura en forma de concha que se adaptaba perfectamente a la forma de la mano. La empuñó y se ocultó tras la puerta.

Esperó.

Al instante, Michael Gacy irrumpió en la habitación, aullando con voz aguda y gélida toda su frustración por no haber logrado capturar aún a su presa.

En cambio, Maya conseguía sobreponerse. Ya había efectuado sus diez respiraciones profundas. Se había concentrado en el objetivo y en su propia fuerza. Acumuló en sus brazos todas las energías que aún le quedaban, y antes de que él se le acercase demasiado, dejó caer sobre la cabeza de Gacy la pesada pala para la ceniza.

Michael Gacy retrocedió, se tambaleó. Y cayó al suelo, aturdido.

Maya apenas tuvo tiempo de alegrarse por aquel golpe tan bien asestado, pues el asesino ya se estaba incorporando, y se palpaba la sien. Maya se dirigió a la escalera y se precipitó en busca de la salida.

Gacy, sangrando y hecho una furia, alzó el cuchillo y lanzó una siniestra mirada a su presa, que huía.

Y en ese instante notó que su móvil vibraba en el bolsillo del pantalón. Se trataba del Maestro. Precisamente en ese momento. Tenía que responder.

—Pedazo de idiota, ¿dónde coño estás? —Aquella voz que le reprendía su ineptitud no admitía réplicas: el Maestro estaba furioso.

—Estoy... estoy acabando un trabajo.

—Fuera de ahí. ¡RÁPIDO! Sé perfectamente dónde estás, ¿qué te habías creído? ¿Quieres comprometer nuestro plan con tus estúpidas venganzas? Sal de ahí o eres hombre muerto. No bromeo, Gacy. ¡Puedo deshacerme de ti en un segundo!

Mientras Maya se refugiaba en el hueco de la escalera, Gacy comprendió que no había posibilidad de réplica. Las sirenas de los coches de policía se oían cada vez más cerca. Y el Maestro había sido muy claro.

Gacy miró a su alrededor, sin dejar de presionarse la sien con la mano para que dejara de brotar toda aquella sangre que seguía resbalándole por el brazo. Vio la puerta de la entrada medio abierta, bajó la escalera y, tras echar un último vistazo en busca de su objetivo, salió.

—Volveremos a vernos, Megan —fue la última, inútil advertencia que quiso lanzarle antes de desvanecerse en la oscura noche de Halloween.

CAPÍTULO SESENTA

VIERNES, 31 de octubre
22.30 horas

Exhausta, Maya salió con cautela de su escondite. Gacy acababa de abandonar la casa. Había visto cómo se marchaba, estaba casi segura, pero el miedo se resistía a desaparecer, y la sensación que se le había quedado impregnada era inequívoca: una soledad infinita.

—Gracias, papá —se oyó murmurar a sí misma, como por instinto.

Sí, Dave no estaba allí en un sentido físico. De acuerdo, ella no lo podía ver. Pero su padre la había salvado, después de todo. «No —pensó—, en realidad no estoy tan sola.»

Apenas había tenido tiempo de formular aquel pensamiento, cuando sintió llegar un calor tranquilizador. Ahora ya estaba acostumbrada, lo reconocía, sabía qué quería decir. Y después llegó la luz. Todos los signos mediante los cuales su padre se manifestaba en su interior ya le resultaban familiares. No tenía necesidad de resistirse.

Esta vez, además del calor, de la voz, de la habitual luz envolvente, vio algo más. Una luz clara empezó a bailar alrededor de sus ojos y a formar pequeños círculos, que fueron envolviéndola lentamente. Era una espiral, era como estar en el centro de la energía, en un círculo de paz y de serenidad.

Allí vivía su padre.

«Hola, Maya.»

Así fue como lo vio. No con los ojos sino con todos los sentidos. Reconoció su perfume, aquella mezcla de puros italianos que tanto le gustaban a él, de musgo y de dulzor. Reconoció su profundidad. Intuyó sus ojos, cargados de luz.

Sabía que era él, y se dejó envolver por aquella luz.

«Muy bien, mi pequeña. Estoy orgulloso de ti. Hoy has logrado que venciese la vida. Tu vida y la mía. Hoy has demostrado que el amor es más fuerte que la destrucción. Esta fuerza, la del amor que llevas dentro, nos mantendrá unidos para siempre. Nunca lo olvides. Te quiero, mi niña. Y siempre estaré a tu lado. Ve al encuentro de la vida con orgullo. Y confía en el amor.»

En cuanto se fue, supo que su padre no la abandonaría nunca. Y escuchó una música, suave y lejana. Pero fue igualmente capaz de reconocer la melodía. Y las palabras.

«*See the stone set in your eyes. See the thorn twist in your side. I wait for you...*»

—Papá, gracias —murmuró con los ojos llenos de lágrimas.

Entonces oyó otro sonido.

El timbre de su casa.

CAPÍTULO SESENTA Y UNO

VIERNES, 31 de octubre
22.40 horas

Aquel insistente sonido no la turbó. Después de todo lo que había pasado ahora se sentía exhausta, pero tranquila. Convencida de que ya estaba a salvo, de que lo había conseguido. Convencida de que su padre siempre estaría con ella. Así que fue a abrir la puerta, sin recelar de otros peligros. Si hubiese podido observar los ojos de su padre en ese momento, los habría visto sonreír.

—¡Trent!

El chico estaba demudado. La cara desencajada por el miedo, las facciones quebradas por la inquietud que debía de haber pasado durante el larguísimo trayecto que separaba su casa de la de Maya.

—Estoy aquí, Maya. Ya he llegado.

Maya sonrió.

—No he podido llegar antes... Maya, perdona, ¿y tú cómo estás? ¿Estás bien?

—Ven, pasa. Todo se ha acabado.

La chica le tendió la mano. Él la tomó entre las suyas y atrajo a Maya hacia sí. Entonces la estrechó con fuerza, en un abrazo que anuló: el terror, el miedo, la angustia y la muerte.

Maya se abandonó a la calidez de ese abrazo. Y por primera vez en aquel largo día, no quiso pensar más, sólo en dejarse rodear por el amor que la envolvía. Trent la besó dulcemente, se demoró en sus labios, absorbió la savia vital de aquella chica que lo había embrujado desde que la viera por primera vez.

Quería a Maya, y ella estaba allí.

—¿Qué ha pasado? —le preguntó con suavidad.

Ella se llevó el dedo índice a la boca, indicándole que se callara, por el momento. Quería ahuyentar el miedo que había impregnado las últimas horas de su existencia. Hasta que llegase la policía, y sabía que estaba a punto de llegar, necesitaba restablecerse.

—Después —le dijo en un suspiro.

Y se unió a él en el beso más largo que el chico hubiese podido soñar. Después lo tomó de la mano, se dirigió a la escalera y lo condujo a su habitación. Necesitaba amor, para limpiar aquellas paredes de la porquería que Gacy había arrastrado hasta allí.

Empujó a Trent hacia la cama, sin despegarse de sus labios. Él la seguía, aturdido. Pero el amor que en aquellos momentos sentía por ella traspasaba los límites de todos sus miedos y de todas sus dudas. Y se dejó llevar por el poderoso deseo que Maya era capaz de despertar en su interior. Si los dos chicos hubiesen podido verlo, habrían advertido que Dave les sonreía feliz con la mirada.

Trent acarició a Maya. Le rozó el pelo, la cara. La contempló.

«Qué guapa eres», pensó, incapaz de pronunciar ni una palabra.

Y empezó a besarla de nuevo, despacio, rozándola con sus labios cálidos y suaves. Después, el chico empezó a recitarle versos.

And if a ten-ton tucks
Kills the both of us
To die by your side
Well, the pleasure - the privilege is mine

Maya sonrió al reconocer la canción preferida de John. The Smiths. Ahora ya estaba claro de quién procedía. Ya, Trent. Sólo él podía creer que sería agradable morir juntos...

«There is a light and it never goes out.»

Trent la estaba mirando, y ella se perdió en aquella mirada.

—Yo...

—¿Sí?

—Yo... te quiero, Maya.

Maya no respondió. Pero en su interior sintió un murmullo que le aligeró el corazón. Trent tomó su mano entre las de él.

—Ajá, mira, tu línea de la vida se ha alargado. Ahora estoy más tranquilo, pero no te imaginas cómo has llegado a asustarme.

—¿Por qué? —le preguntó la chica—. ¿Qué habías visto?

—Bueno, digamos que los acontecimientos de esta noche eran... bastante evidentes.

—¿Y por qué no me advertiste?

—Porque no hay nada seguro en la lectura de la mano. Y yo podía estar equivocado.

—Y ahora, ¿qué lees?

—Mucho amor.

Maya sonrió y le dio un puñetazo en la espalda.

—¡Tonto! ¿Y qué más?

—Y... mucha felicidad...

—¿Y qué más?

—Y... que el peligro aún no ha desaparecido de tu vida.

—...

—No sé decirte más, eso es lo que pone en tu mano.

—¿Y cómo es que sabes leer la mano?

—Mi abuela era quiromántica. Me parece que ya sabes que mi madre tiene... tus mismas aptitudes, aunque hace un pésimo uso de ellas. —Trent frunció el ceño. Pero sólo fue un instante—. En cualquier caso —prosiguió—, toda mi familia posee... capacidades predictivas. Somos más sensibles que la media, aunque es mejor que no se sepa. Pero cuando vi tu mano, no pude evitar preocuparme. Intenté avisarte, pero...

—Pero eras demasiado patoso para resultar creíble.

—Eso mismo.

—Hummm, y otra cosa... ahora explícame lo de la canción. ¿Cómo sabías lo que para mí significaba «With or without you»?

—Ah, ¿eso? Mi madre. Invocó a tu padre, y yo encontré sus notas. Sabía lo de la canción de los U2, lo del sobrenombre que tu padre te había puesto: «pequeña flor de loto». Y... bueno, ahora ya puedo decírtelo, quería impresionarte. Pensaba seducirte, poniéndole un poco de misterio.

—Y en cambio, lo único que lograste fue armar un buen lío. ¡Hasta conseguiste que llegara a pensar que pertenecías a una secta!

Trent estalló en una carcajada liberadora. Sujetó a la chica, que lo rehuyó. La persiguió tendiéndose en la cama, y finalmente logró estrecharla de nuevo entre sus brazos. Empezó a besarla una vez más. Maya fingió que forcejeaba con él, aunque en realidad ya no podría prescindir de las caricias de Trent. Rodaron por la cama, enfrascados en una lucha sin vencedores. Los músculos de Trent no tenían nada que hacer frente a la agilidad de Maya. Trent intentaba atraparla, le sujetaba los brazos, la inmovilizaba con la única idea de besarla y mirarla a los ojos.

Se sonrieron. Felices. Realmente felices.

Así, enlazados en la danza de la vida, los dos chicos no se enteraron de que alguien había entrado en la casa. Cuando oyeron los ruidos provenientes del final de la escalera, Maya encendió la luz, que finalmente había vuelto. La voz de Megan, potente y llena de preocupación, resonaba en la escalera.

—Maya, Maya, ¿dónde estás?

Maya hizo señas a Trent para que se incorporara. Pero cuando la luz le permitió ver la barriga de Maya que asomaba desnuda bajo el corpiño, el chico se quedó inmóvil.

—Maya, ¿qué es esto? —le dijo casi sin voz, mientras observaba los extraños lunares que circundaban su ombligo.

Maya no comprendía.

—¡Dios mío, Maya, estás jodida! Kyle no te dejará en paz.

AGRADECIMIENTOS

Muchas personas han contribuido a la realización de este libro, con consejos, pasión, sugerencias...

Nuestro agradecimiento para todos ellos.

Así pues, gracias:

A Federica Manzon y a Marta Treves, excelentes editoras de Mondadori, que han trabajado con entusiasmo, eficiencia y grandes dosis de paciencia.

A Vicki Satlow, por la pasión con que ha seguido todo el proyecto.

A los médicos, a los investigadores, a los estudiantes que han sugerido y corregido: Gianfranco Belleza, Maria Paola Canevini, Anna Lamura, Laura Menichelli, Mateo Piazzi, Luca Valvassori.

A nuestros compañeros de vida, que nos han soportado pacientemente a lo largo de este camino: Joanne y Fabrizio.

A los amigos y a los colegas, que nos han dado soporte y nos han inspirado: Alessandra, Barbara, Guido, Guenda, Lalli, Umbe, Susanna, Cristina, Rita, Samanta y Martino.

A los chicos del 91, y no sólo a ellos. A los míticos *teenagers*, que nos han obsequiado con su energía y vitalidad: Francesca, Luca, Paolo, Giulia, Caterina, Federico, Ginni, Giulia, Giampaolo, Michele, Maria, Federico, Bianca, Camilla, Alessandro, Pietro, Enrico, Pier, Ambrogio, Lorenzo, Lavinia y Dianora.